AURORA

Député européen, Vincent Peillon a été ministre de l'Éducation nationale de 2012 à 2014. Agrégé et docteur en philosophie, directeur de recherche en philosophie, il est professeur associé à l'université de Neuchâtel en Suisse. Il a publié de nombreux ouvrages de philosophie et d'histoire.

VINCENT PEILLON

Aurora

STOCK

ISBN : 978-2-253-08659-8 – 1re publication LGF

PROLOGUE

Ce vendredi, un soleil à la lumière blanche pénètre à travers les vitraux de la petite synagogue de la place des Vosges et vient faire jouer ses rayons sur les dalles de pierre froides, salies et creusées par l'usure.

Roland Kuntz est assis au deuxième rang.

Sa kippa de velours noir brodée de fils dorés posée sagement sur son crâne, il est arrivé tôt, comme chaque vendredi, juste après l'office du matin pour ne croiser personne et être tranquille.

Le calme et la fraîcheur de la synagogue lui font du bien. Ils sont propices à sa réflexion. Kuntz a besoin de réfléchir.

Au deuxième rang devant la Téba où un enfant brun, seul avec le rabbin, récite ses prières, il reste assis, immobile.

Des lunettes de soleil à monture d'acier dissimulent en partie un visage aux mâchoires puissantes. Ce sont des lunettes comme on n'en fait plus. Elles lui donnent l'air d'un étranger. Un air un peu démodé, sépia, anachronique.

Dissimulés derrière les verres fumés, ses yeux

balayent les plaques de cuivre vissées dans le bois à la mémoire des familles de déportés : famille Berson, famille Elbaum, famille Warga…

Depuis deux mois qu'il vient tous les vendredis pour se recueillir et se concentrer, il connaît tous ces noms par cœur.

Ses mains massives reposent sur la chaise de prière devant lui. À l'auriculaire de la main droite, il porte une chevalière épaisse en métal blanc, avec une étoile de David dessinée en noir et en relief.

Kuntz écoute le rabbin dire à l'enfant :

— Quand tu t'adresses à Dieu, tu dois faire face. Ne manifeste jamais ni soumission, ni obséquiosité, ni crainte.

Le rabbin parle d'une voix douce et calme. Il s'efforce d'être apaisant.

Kuntz tend l'oreille. Cela l'intéresse.

Il a souvent entendu parler de Dieu. Très souvent. Dans toutes sortes de circonstances. Mais il ne sait toujours pas qui se fait appeler ainsi. Ce n'est pas clair. Ça ne l'a jamais été.

Pour lui, Dieu n'est qu'un nom d'emprunt. Un nom d'emprunt comme il en a utilisé si souvent lui-même. Un agent sous couverture. Innommable. Invisible.

Un infiltré.

L'enfant hésite, bute sur un mot.

Le rabbin lui fait reprendre sa lecture :

— Tu dois faire face.

Kuntz ne sourit pas. Son visage demeure impavide.

Il écoute, attentif, et s'interroge : mais que faut-il donc demander lorsqu'on s'adresse à Dieu ?

La connaissance, le repentir, la guérison, la délivrance et tous les biens qui sont nécessaires à la vie ?

C'est ce que la prière semble recommander.

Kuntz a l'impression que cela fait tout de même un peu beaucoup.

Il n'est pas de bonne humeur et le rabbin l'agace. Mais Kuntz sent qu'il s'agace d'autant plus que rien de tout cela ne le laisse indifférent, et cela le contrarie.

Comme si cela ne suffisait pas, la litanie reprend :

Il faut aussi rassembler ceux qui sont séparés. Puis récompenser les justes. Puis encore sauver les hérétiques.

Kuntz n'en revient pas. Le moins qu'on puisse dire, c'est qu'ils n'ont pas hésité à charger la barque.

Cela devient franchement comique. Ridicule même. Les hérétiques de qui ? Les hérétiques de quoi ?

Mais le rabbin a l'air de prendre tout cela très au sérieux.

Kuntz s'interroge : à qui faut-il faire face ?

Il ne comprend pas bien.

Est-ce à Dieu, aux hommes, à soi-même ?

Kuntz a beau se concentrer, tout cela lui semble trop abstrait, et confus, très confus.

Faire face à un Dieu invisible, appeler un Dieu innommable. Autant dessiner un cercle carré !

L'important est surtout de savoir se rendre invisible soi-même.

De savoir se faufiler parmi les ombres.

C'est cela que le rabbin ferait mieux d'enseigner au gamin.

Pour l'instant, il explique au petit enfant brun la bénédiction de la paix.

La paix ?

Kuntz redouble d'attention. Il se sent intimement concerné.

Pendant que le petit rabbin parle, la lumière se pose doucement sur le chandelier à sept branches.

Faire face, sans doute, et toujours faire attention. Ne jamais tourner le dos. Ne faire confiance à personne. Ne pas se laisser distraire.

Kuntz approuve.

Il pose sa main gauche sur sa cuisse et il baisse les yeux.

Il croyait être tranquille et débarrassé de sa mauvaise humeur, mais il sent la colère remonter en lui sans qu'il n'y puisse rien, la colère qui le submerge soudain violemment.

Au fond de la petite salle éclairée par la lumière douce de ce matin d'été, d'autres personnes se sont assises ; les hommes d'un côté, les femmes de l'autre. Ils sont maintenant une dizaine.

Il n'est pas guéri.

Le sera-t-il un jour ?

La guérison ? Le repentir ? La délivrance ? Réunir ceux qui sont séparés ?

Il n'aurait pas dû écouter ces sornettes. Il aurait dû rester concentré sur son travail.

« Faire face… »

Le rabbin se paye de mots.

Il ne fait que commenter, parler, bavasser. Des

montagnes de mots. Un Dieu d'encre et de papier. Une foi bavarde.

Si c'est tout ce qu'il a à proposer pour faire face, cela risque d'être un peu court. Famille Berson. Famille Elbaum. Famille Warga. Le monde ne marche pas comme ça. Il n'a jamais marché comme ça.

Kuntz regarde sa montre. Il est déjà onze heures passées. Cela fait près de trois heures qu'il est assis là sans bouger.

Il n'a pas trouvé le repos. Mais ce n'est pas le repos qu'il est venu chercher.

Récompenser les justes ?

Il ne peut s'empêcher d'esquisser un sourire mauvais. Il doit partir.

Il se lève, tourne le dos à l'enfant et au rabbin, sort de la pièce sans regarder personne, descend les escaliers recouverts d'un tapis rouge défraîchi, traverse la longue entrée et débouche sous les arcades de la place ensoleillée.

Debout derrière les barrières de protection d'acier gris, il laisse la douce chaleur de l'été pénétrer son corps et réchauffer ses os.

Kuntz fume une cigarette en regardant la place immobile baigner dans le petit soleil blanc et tiède du matin comme une île flottante sur sa crème épaisse.

Puis il range sa kippa noire aux motifs dorés dans la poche de son pantalon et se met en route.

Ne pas offenser Dieu ! La belle affaire !

Il tourne dans la rue du Pas-de-la-Mule. Le trottoir est étroit. Il descend sur la chaussée pour ne pas bousculer les passants qui viennent en sens inverse, traverse la rue des Tournelles, puis remonte sur le trottoir.

C'est un chemin qu'il a très souvent parcouru ces derniers mois.

Parvenu au boulevard Beaumarchais, il rejoint la place de la Bastille.

Dieu ne lui manque pas, ni personne, ni rien.

Il marche d'un pas tranquille.

Il longe l'Opéra Bastille. Le ciel bleu et vide impose sa gaieté estivale. Des touristes sont assis sur les marches.

Il remonte la rue de Lyon, puis l'avenue Daumesnil jusqu'à la rue Traversière où il pénètre dans un petit immeuble prétentieux à la façade de marbre agrafé. L'immeuble a mal vieilli.

Il est onze heures vingt-cinq.

Il attend l'ascenseur, monte jusqu'au sixième et dernier étage. Il n'y a qu'une seule porte sur le palier. Kuntz entre dans un appartement lumineux, meublé de façon impersonnelle, sans goût mais cossu.

« Dans la rue Traversière
On n'y passait jamais
C'était pas une vraie rue
Et tout le monde était mort... »

Sur la table basse en acier noir et bois clair traînent des magazines et des journaux, un verre avec un fond de whisky, un paquet de Craven A sans filtre, un ordinateur portable.

Kuntz enlève sa veste de costume. Il a eu chaud en marchant sous le soleil.

Le poème de Boris Vian est toujours présent à sa mémoire.

« Dans la rue Traversière
Il y poussait des roses
Et tout un tas d'aut' choses
Que personne ne voyait. »

Que personne ne voyait, sauf lui. Comme le sang rouge et invisible sur ses mains.

Plus les années passent, et plus il voit des choses qu'il est le seul à voir.

C'est aussi ça vieillir.

Kuntz ouvre l'ordinateur.

Le message qu'il attendait est arrivé.

À quelques milliers de kilomètres de là, dans la neige et la tourbe des immensités désertes du Grand Nord, l'opération va bientôt commencer.

MERCREDI 10 JUILLET

Deux jours plus tôt

1

Le mercredi 10 juillet, l'Airbus A330 d'Air Greenland se pose sur la piste de Kangerlussuaq à l'heure prévue, soit à neuf heures cinquante-cinq, heure locale.

Ce n'est pas la première fois que Robert Helmont fait le voyage depuis Copenhague. Le paysage désolé de landes brûlées par le froid et de pierres grises et noires sur les collines alentour lui est maintenant un décor familier.

Le temps qu'on transfère les bagages, il se dégourdit les jambes à l'écart des autres passagers, essentiellement des touristes.

Le Grand Nord est en train de devenir une destination à la mode, et ce n'est pas pour le réjouir.

L'air est doux. Il fait près de vingt degrés. Dans un ciel clair et dégagé où des nuages sans consistance fuient à vive allure, une lumière aux reflets bleutés habille les collines d'une gaieté qu'il a rarement vue ici. Mais cette lumière, ce soleil et cette joie ne résonnent pas en lui.

Puis ils sont appelés et il reprend place dans un De

Havilland DHC-8, capable d'atterrir sur la piste trop courte de Nuuk.

À dix heures cinquante-cinq, ils arrivent enfin.

Robert Helmont descend au milieu des autres passagers, qu'il domine d'au moins une bonne tête. On ne peut pas ne pas le remarquer. Sa haute stature, comme son visage aux traits réguliers, ses dents bien plantées, ses grands yeux bleus, ses cheveux drus peignés en arrière que le temps a entièrement blanchis, lui donnent une allure imposante.

Il attend devant le tapis roulant pour récupérer son bagage, et prend un taxi jusqu'à l'hôtel, situé à seulement quatre kilomètres de l'aéroport.

L'été, les avenues de Nuuk débordent de vie. Mais Robert Helmont ne regarde ni les gens ni le paysage. Il rumine ses pensées.

À l'hôtel Hans Egede, où il a ses habitudes, on lui réserve toujours la même chambre donnant sur l'arrière pour qu'il n'ait pas à souffrir des bruits de la rue, très animée toute la nuit à cette saison où le jour ne se couche jamais. L'alcool, le jeu, les putes, la drogue ont pris possession de la ville, et Robert Helmont a le sommeil fragile.

La chambre ouvre sur un paysage désolé de maisons multicolores et de prairies boueuses. Si ce n'est le long des quelques routes principales qui constituent les grands axes de circulation, à Nuuk les habitations sont espacées, séparées par des terrains vagues de terre brune jonchés de détritus et construites dans le plus grand désordre.

À l'intérieur, la chambre est de taille modeste mais

propre et confortable. Les murs sont lambrissés de bois clair et les meubles sont en pin. Cela fait une atmosphère chaleureuse.

Robert Helmont prend une douche, se rase de frais, vide sa valise et installe ses affaires dans la penderie. Il a toujours été soigneux, presque maniaque.

À midi quinze précis, il monte au restaurant qui se situe au cinquième et dernier étage, le Hereford Beefstouw.

Il est tôt et le restaurant est encore presque désert. Trois hommes d'affaires chinois parlent, assis à une table ronde dans un coin. Un peu plus loin, près des fenêtres étroites découpées dans le toit, un couple de touristes européens sur le retour boit de la bière en attendant d'être servi, le teint hâlé et les yeux perdus dans le vague.

Le colonel Chamblain l'attend pour déjeuner. Les deux hommes se connaissent bien, et depuis longtemps. Le colonel s'est installé de telle sorte qu'ils puissent voir à la fois la montagne de Sermitsiaq et, au loin, la mer grise du Labrador s'étendant derrière le fjord et le vieux port.

Mathew Chamblain ne se lève pas. Il lui tend juste une main amicale par-dessus la table et lui décoche un franc sourire. La soixantaine bien marquée, il a conservé un air juvénile qu'il doit sans doute à sa rousseur et à des yeux bleus étonnamment mobiles et vifs, toujours en alerte. Le colonel Chamblain est habillé en civil d'un costume sans élégance particulière, plutôt dédié au confort, trop épais pour la saison. Il a tout de même noué une cravate. Ainsi habillé, il ressemble à un ingénieur ou à un cadre d'une des nombreuses compagnies internationales présentes sur le sol groenlandais. Seuls ses cheveux coupés très court, la fermeté de son visage et l'écusson cousu sur sa cravate trahissent le militaire de carrière. Le colonel Mathew Chamblain est un officier supérieur de l'armée américaine.

Ils passent leur commande en échangeant des propos sans intérêt, puis Robert Helmont, avec un zeste d'ironie et dans un anglais à l'accent déplorable, l'interroge bille en tête :

— Alors, Mathew, les nouvelles sont bonnes ?

Le colonel répond d'un ton neutre :

— De pire en pire, mon cher Robert.

Cela ne cherche pas à se faire passer pour une marque d'humour ou un trait d'esprit.

Puis, après quelques secondes occupées à trancher sa viande avec application, il ajoute sur le même ton :

— Comme on pouvait s'y attendre.

Robert Helmont hoche la tête. Cela ne le surprend pas.

Le monde est devenu un grand foutoir.

Chamblain est comme lui. Il n'aime pas le désordre. Ils ont l'un et l'autre perdu leurs repères.

Un monde multipolaire, cela peut plaire aux intellectuels. Mais pour eux, c'est un véritable capharnaüm.

Partout des menaces, des guerres, la pagaille.

Le colonel commence à mâcher son épais steak trop cuit. Il va en dire davantage, mais il doit s'interrompre car un des cadres dirigeants de la Oilnuna.

Ltd vient les saluer et s'assoit avec eux sans y avoir été invité.

La Compagnie Oilnuna. Ltd, fondée durant les années quatre-vingt par une association du Gouvernement autonome groenlandais et de la Compagnie nationale danoise du gaz et du pétrole, est un véritable État dans l'État. Chargée de fournir une assistance opérationnelle à toutes les entreprises désireuses de prospecter et d'investir au Groenland, elle s'est réservé d'être partenaire en portage dans tout accord de licence, ce qui lui ouvre de belles espérances de développement et de profit. Son surnom est d'ailleurs sans équivoque. On l'appelle la poule aux yeux d'or. On comprend pourquoi elle est au centre de toutes les convoitises et de toutes les péripéties politiques de la vie groenlandaise depuis trente ans.

Lars est danois.

Il n'a pas la cinquantaine, mais les excès de bonne chère et d'aquavit, une certaine surcharge pondérale et un fort dégoût de lui-même acquis par une fréquentation contrainte et assidue de ses propres turpitudes, le font paraître au moins dix ans de plus. Ses traits, au sens propre, se sont affaissés.

D'un ton las et accablé, il grommelle en s'écrasant sur sa chaise :

— J'ai rendez-vous avec un journaliste venu de Toronto.

Responsable de la communication, la moitié de son temps de travail consiste à expliquer que la préoccupation première de la Compagnie n'est pas le Gain, le Profit, le service du dieu Argent, mais le développement humain, durable, respectueux des traditions inuites et de l'écosystème groenlandais…

Personne ne le croit.

Il ne se croit pas lui-même.

Mais c'est son boulot et il est grassement payé pour le faire.

La perspective de son déjeuner n'ayant pas l'air de le réjouir, il veut s'en distraire un instant avec eux :

— Comment vont les affaires, Robert ?

La question semble posée sans arrière-pensée.

Robert Helmont est un des plus gros industriels danois de salage et de fumage de poissons. Depuis quelques années, il a diversifié ses approvisionnements en venant acheter au Groenland des crevettes, du flétan et de la morue. À Nuuk, tout le monde économique le connaît.

— Ça va. Mais je dois vous dire que vos projets de nouveaux forages ne les arrangent pas. Les prix ne cessent de grimper, et l'on est bien en peine de prévoir les évolutions du marché. Vous imaginez que cela ne nous simplifie pas la tâche.

Aucun d'entre eux n'est dupe.

Lars savait d'avance qu'Helmont lui ferait cette réponse. Les commerçants et les industriels se plaignent toujours. Il n'y prête aucune réelle attention. La seule chose qui l'intéresse, c'est de pouvoir reprendre la discussion là où ils l'ont interrompue à leur dernière rencontre.

Lars fait partie de ces gens qui n'aiment rien tant que s'écouter parler et avoir l'occasion de sortir leurs couplets favoris, sans crainte aucune de se répéter et de lasser leur auditoire.

Robert Helmont lui a tendu la perche. Il ne manque pas de s'en saisir :

— Mais c'est le progrès, mon cher Robert, c'est le progrès. Un nouveau siècle a commencé. Un nouveau monde est en train de naître. C'est ainsi. L'accélération du temps est une réalité. Tout bouge, mes amis, tout bouge.

Il est tout excité et son visage gras et flasque s'anime.

Il ressemble à un prédicateur.

Le colonel Chamblain recule un peu sur son siège. Il connaît le numéro de Lars par cœur et il réprouve profondément sa personne et ses analyses. Elles heurtent sa sensibilité puritaine. Le cynisme et la vulgarité de ce type le dégoûtent.

Lars ressent l'aversion de Mathew Chamblain. Elle est palpable. Avec les années, il a toutefois fini par trouver une certaine forme de plaisir et de jubilation à déplaire.

Il y puise même un encouragement à poursuivre :

— Qu'est-ce qui vous dérange ? Les Inuits ont droit à leur part du gâteau. Comme les autres. Miam miam les Africains. Miam miam les Indiens. Miam miam les Chinois. Et miam miam aussi nos amis inuits. Ils veulent tous leur part du gâteau. Il va falloir apprendre à partager, messieurs.

Il est content de lui, et en même temps totalement désespéré.

Mais Robert Helmont ne veut pas se laisser entraîner dans la polémique. Il est seulement pressé de le voir partir pour pouvoir reprendre sa conversation avec Chamblain :

— Vous devez avoir raison, Lars. C'est dans l'ordre des choses.

Puis, voyant que le Danois, savourant sa victoire, n'est pas décidé à bouger, il l'interroge :

— On m'a dit que Nairc voudrait obtenir d'autres licences ?

En 2010, Nairc Energy, une major basée au Royaume-Uni, avait trouvé un premier gisement de pétrole. Une petite avance sur les dizaines de millions de barils soi-disant en réserve dans les eaux du Groenland.

Lars secoue la tête négativement :

— Non, c'est du pipeau. Intox. Ce n'est pas à vous, messieurs, que je vais apprendre qu'il ne faut pas croire ce qu'on lit dans la presse. Vous connaissez la nouvelle politique, Robert. Ils bloquent les licences jusqu'à nouvel ordre. Et je ne vois pas ce qui pourrait conduire le gouvernement à revenir sur sa décision. C'est tout bonus pour eux. Ils n'ont qu'à attendre et laisser venir, les prix grimpent tout seuls.

Lars n'est pas à un mensonge près.

Il pose ses mains aux doigts boudinés sur la table :

— Bon, mes amis, ce n'est pas que je m'ennuie avec vous, mais vous avez sans doute des choses à vous dire, et mon zèbre est arrivé.

Le colonel Mathew Chamblain hoche la tête en

regardant Lars s'éloigner, l'air accablé et soulagé à la fois :

— Vous voyez, Robert. La pression est trop forte. Les types débarquent avec des montagnes de dollars, de yuans, d'euros. Des milliards. Ici, tout est à vendre. Même leur foutue souveraineté nationale, dont pourtant ils n'ont pas cessé de nous rebattre les oreilles pendant des années. Le pays est aux enchères. C'est lamentable.

Chamblain a parlé par phrases courtes, de façon saccadée. Et il a paru s'adresser autant à lui-même qu'à Helmont.

Ce dernier trouve que Mathew a l'air vraiment très las.

Pour un homme comme Mathew Chamblain qui a consacré toute sa vie à servir l'Amérique, l'opération qui commence est une conclusion pénible à une carrière sans tache, faite entièrement de dévouement et de patriotisme.

Robert Helmont le sait.

Il lève son verre en sa direction, à hauteur de son visage :

— Alors trinquons à nos projets, Mathew.

Le colonel lève son verre à son tour.

Il songe déjà que quand ce sera fini, il pourra prendre sa retraite, retrouver Mary-Ann, voir ses petits-enfants grandir, rattraper le temps perdu. Il pourra surtout regarder à nouveau le drapeau américain, son drapeau, avec fierté. Ce sera son dernier combat. Il a dépassé la soixantaine. Il a bien gagné le droit à un peu de repos.

2

Le 4 octobre 1944, un commando américain basé sur un navire briseur de glace naviguant dans les eaux du Groenland attaqua une station-météo baptisée Edelweiss II.

Dix-neuf soldats allemands furent faits prisonniers.

Ils s'étaient rendus sans opposer la moindre résistance.

Ces soldats avaient débarqué sur le sol groenlandais depuis seulement trois jours et ils n'avaient pas encore fini de déballer et d'installer leur matériel lorsque les Américains leur étaient tombés dessus, les avaient encerclés puis désarmés.

Trois jours, c'était peu.

Mais c'était déjà toutefois nettement plus que leurs prédécesseurs qui, au mois de septembre de la même année 1944, avaient été capturés par l'*USCGC Northland* avant même d'avoir pu poser un pied sur le sol du Groenland.

Depuis le 9 avril 1940, le Danemark était occupé. Malgré le pacte de non-agression signé le 31 mai 1939 à Berlin, ce pays qui se voulait neutre avait été envahi par les nazis. Peu préparés à la guerre, les Danois n'avaient opposé qu'une résistance de pure forme. Les combats avaient été limités et n'avaient fait pratiquement aucune victime. Le roi Christian X était resté chef de l'État. Un gouvernement d'union nationale s'était constitué, qui avait passé un accord de bonne intelligence avec les nazis. Les Danois avaient gardé leurs pouvoirs de police et de justice. On peut encore voir des photos de l'époque où le social-démocrate Erik Scavenius est en pleine discussion avec le général SS Werner Best, ministre plénipotentiaire. Cela avait été un choix. Il avait fallu le justifier après la guerre. Mais il avait eu incontestablement ses vertus. En particulier pour la communauté juive danoise, qui n'avait pas été inquiétée et avait pu survivre sans subir les lois raciales et la déportation.

Face à la situation nouvellement créée par l'invasion allemande au Danemark, le Groenland s'était déclaré alors, sous l'impulsion des gouverneurs Eske Brun et Aksel Svane, territoire autonome. C'était, sous l'effet de la nécessité, le début d'un processus qui arrivait seulement aujourd'hui à son terme. Le Groenland avait choisi le camp de la démocratie et de la liberté. Dès lors il avait fallu qu'il se donne les moyens d'assurer sa défense. Le 9 avril 1941, l'ambassadeur danois aux États-Unis, Henrik Kauffmann, signait un accord autorisant la présence des troupes américaines sur le sol groenlandais. Elles n'en étaient toujours pas reparties plus de soixante-dix ans après.

Lorsque les Américains avaient arrêté les techniciens nazis d'Edelweiss II, la présence de ces derniers leur avait été signalée par une équipe de la patrouille Sirius créée en 1941 pour surveiller les côtes du Groenland et empêcher toute présence allemande. Composée de seulement quinze hommes, des Danois, des Norvégiens, des Groenlandais vivant avec leurs chiens dans la solitude et l'immensité des grands froids, ce n'était pas la première fois que la patrouille Sirius se heurtait ainsi à des forces allemandes. En 1943, une installation météo nazie avait été découverte sur l'île Sabine dans la baie de Hansa Sun et le caporal Eli Knussen avait trouvé la mort le 26 mars 1943 à Sandodden. Depuis, la Patrouille avait pour consigne de repérer les installations allemandes, mais de ne pas intervenir elle-même et de prévenir les autorités américaines.

Parmi les dix-neuf militaires capturés par les Américains se trouvait un jeune Allemand, Hans Ritter, originaire de Hambourg, qui s'était engagé dans les services météo de la marine après avoir interrompu ses études de physique. Il avait vingt-deux ans à l'époque. Volontaire pour cette mission, ce jeune homme au corps d'athlète et au caractère bouillonnant était un nazi convaincu.

Après leur capture, il avait été évacué puis interné avec ses camarades au Canada, comme trente-cinq mille autres prisonniers de guerre allemands. Dans le camp où il avait été transféré, le jeune Hans Ritter avait organisé avec d'autres nazis une administration parallèle et contribué à faire régner la terreur. Il voulait maintenir la dignité du Reich et de ses soldats.

Il refusait tout fatalisme, toute complaisance, toute compromission avec l'ennemi, et il pourchassait sans pitié les déserteurs et les traîtres.

En novembre 1945, Hans Ritter avait été déplacé en France pour participer à l'effort de reconstruction et plus particulièrement aux travaux de déminage qui avaient coûté la vie à plusieurs milliers de prisonniers de guerre allemands. Cela n'avait fait qu'attiser sa haine et sa soif de revanche. Il avait survécu. L'humiliation de la défaite lui était insupportable. Pour des raisons patriotiques et idéologiques, évidemment. Mais aussi pour des raisons de pur tempérament.

Hans Ritter était un combattant, un lutteur, avec un orgueil, une ambition, une énergie sans pareils. À l'été 1948, après six années d'absence dont quatre de captivité, il avait regagné l'Allemagne où il avait repris ses études de physique, s'était installé à Hambourg et avait exercé différents petits métiers pour gagner sa vie. Il avait seulement vingt-sept ans, mais déjà beaucoup d'expérience, des réseaux solides et fidèles forgés dans l'adversité, une volonté immense de revanche et toute la vie devant lui.

Durant toutes ces années où il avait vécu la lente agonie du Reich et les humiliations des vaincus, il n'avait jamais abandonné ses convictions nazies, sa croyance dans la Grande Allemagne et dans la supériorité de la race aryenne. Il croyait à la nécessité de régénérer l'espèce et de bâtir une autre civilisation que celle, matérialiste, veule, pervertie, dénaturée, impure, qui avait triomphé. Avec d'anciens responsables militaires, certains nazis, d'autres non, il avait maintenu des liens étroits et entretenu la flamme de l'espérance. Dès son retour, il s'était employé à faire vivre un réseau d'amitié, d'entraide et de loyauté selon une organisation, une hiérarchie, des procédures et des codes qu'il était le seul à connaître et à maîtriser dans leur intégralité. Il avait exercé sa solidarité avec de nombreux dignitaires nazis réfugiés aux quatre coins de la planète et en Allemagne même. Il les aidait, leur offrait assistance technique, hébergement, transport, papiers, travail, argent, et utilisait autant que cela était nécessaire l'aide des services alliés, toujours prompts, dans la guerre qu'ils se livraient entre eux d'un côté et qu'ils livraient à l'URSS de l'autre, à utiliser les talents et l'expérience des anciens responsables SS.

Parallèlement, par ses talents d'ingénieur – il avait acquis le titre de docteur en 1953 –, mais aussi de dirigeant, d'organisateur et de meneur d'hommes, il avait fait une carrière brillante dans le monde de l'industrie. En 1957, il avait pris la direction d'une importante firme de travaux publics. À la fin des années soixante, sa fortune était faite, et personne ne songeait plus à remettre en cause sa respectabilité.

L'homme était cultivé, avenant et ouvert à la modernité : celle des techniques et celle des échanges. Il aimait parcourir le monde et avait une grande facilité pour nouer des liens aussi bien personnels que professionnels avec de nombreux dirigeants d'entreprise et de non moins nombreux hommes politiques aux quatre coins du globe.

Pour lui comme pour beaucoup de responsables

nazis ou, dans d'autres pays, de collaborateurs et de factieux, la guerre froide avait été une formidable opportunité. Il l'avait compris très tôt. Les Alliés n'étaient pas très regardants sur leurs recrutements. C'est le moins que l'on puisse dire. Les Russes non plus de leur côté. Les Syriens et les Égyptiens pas davantage. Sans parler de nombreux États d'Amérique du Sud, Paraguay, Brésil, Chili, Argentine. Les uns comme les autres cherchaient des hommes aguerris, prêts à tout, ayant l'expérience de la lutte armée et le sens de la discipline. Des hommes pour qui la discrétion était devenue une seconde nature. Hans Ritter recyclait nombre de ses protégés dans les services de ces différents États et négociait d'efficaces protections. Et tandis que les soldats noirs du Reich fournissaient les cadres des réseaux américains et une grande partie des armées secrètes de l'Otan, sa fortune aussi, à travers le plan Marshall, était un effet heureux de l'argent des Alliés.

Au tournant des années soixante-dix, Hans Ritter avait diversifié ses activités et ses investissements dans l'énergie, dans l'assurance, dans la grande distribution et dans les transports, constituant année après année, acquisition après acquisition, un groupe aux multiples ramifications et au rayonnement planétaire. La Compagnie était devenue une pieuvre tentaculaire. Au début des années quatre-vingt, Hans Ritter était l'un des hommes les plus riches et les plus influents de la République fédérale d'Allemagne, et une des figures de proue du patronat, même si son goût de la discrétion n'en faisait pas un personnage public.

Pour pouvoir mieux contrôler son empire, il avait regroupé ses activités dans une holding nommée la Compagnie Hans Ritter, basée à Hambourg, dont il avait assuré seul la présidence jusqu'il y a deux ans.

Hans Ritter avait joué un rôle non négligeable dans le choix stratégique du patronat allemand, après la réunification, de jouer la carte du développement à l'Est avec les anciens pays satellites et de nouer des relations apaisées et renforcées avec la Russie. Cette stratégie avait porté ses fruits. Dans les sphères dirigeantes de l'État fédéral, dans les milieux économiques européens comme dans son propre Land, il jouissait d'une considération et d'une admiration sans réserve. Cela lui permettait de poursuivre tranquillement son travail de taupe et de creuser toujours davantage ses galeries. Qui aurait pu imaginer que cette figure exemplaire du patronat allemand, moderne, discrète, sérieuse, sociale, dissimulait un nostalgique du IIIe Reich occupé à organiser en un vaste complot mondial la revanche tant attendue ?

Depuis deux ans, le vieillard qu'il avait fini par devenir avait pris du recul. À quatre-vingt-dix ans, son esprit restait alerte, mais son corps l'avait progressivement abandonné. Cela faisait un an qu'il vivait allongé sous assistance respiratoire au dernier étage de la grande tour qu'il avait fait construire dans le nouveau quartier de Hambourg, sur les rives aménagées de l'Elbe.

Il regrettait d'autant plus d'être parvenu au soir de sa vie qu'il pouvait se réjouir de voir son travail commencer à porter ses fruits. Plus que son travail, c'étaient ses convictions qui se trouvaient confortées par les événements, au-delà même de ses espérances. Après l'effondrement du bloc communiste et la transition à l'Est, et contrairement à ce qu'avaient pu penser quelques prophètes vite contraints de faire leur autocritique, ce n'était pas à la fin de l'Histoire et au règne sans partage de la démocratie libérale qu'on assistait. Tout à l'inverse, cette dernière ne cessait de montrer des signes puissants de faiblesse. Elle avait cru à sa victoire définitive mais elle s'effondrait de l'intérieur.

Hans Ritter avait toujours pensé que la démocratie libérale était une aberration. Construite tout entière sur la haine du fort, le mépris de la puissance et de la race, elle portait dans ses flancs les germes mêmes qui allaient la détruire : la tolérance, l'égalité, l'universalisme. Son agonie était programmée. Elle était réclamée par l'intelligence, comme par tous les peuples qu'elle n'avait cessé d'opprimer et d'asservir au nom de ses grandes valeurs universelles et de sa suffisance.

Mais ce qui réjouissait le plus Hans Ritter, c'était de constater que c'étaient ses ennemis eux-mêmes qui avaient combattu pour lui et préparé sa victoire. Leurs errements et leurs excès avaient été ses meilleurs alliés. En déclarant la guerre à l'Islam, ils avaient ouvert en grand les vannes de la haine qui allait les engloutir de ses flots tumultueux, inexorablement. Ils avaient scié la branche sur laquelle ils étaient assis. Effet boomerang, leur fumeux droit d'ingérence s'invitait au cœur de leurs capitales sous la figure tragique des attentats terroristes. Comme souvent dans l'Histoire, une ruse s'était déployée, qui avait utilisé les passions des hommes pour réaliser ses desseins cachés.

Sur son lit de grand vieillard, Hans Ritter se frotte les mains et se berce de joie.

Il est un soldat. Il aime la guerre.

Et la guerre a repris.

La seule chose qu'il regrette, c'est d'avoir peu de chance d'assister à la revanche méritée qu'il a attendue et préparée patiemment tout au long de sa vie de labeur, tellement il lui devient difficile, sans les tuyaux qu'on lui a installés dans les narines, de respirer convenablement. Il craint d'être déjà parti au moment de l'effondrement final des démocraties libérales et de ne pas voir la nouvelle aurore qui en résultera.

Aurora, c'est justement le nom qu'il a choisi pour le consortium qu'il a créé avec les Russes et les Danois afin de s'emparer des réserves du Groenland et de chasser les Américains de ce territoire qu'ils se sont annexé. Pétrole, gaz, uranium, terres rares, toutes les espérances sont permises. C'est son dernier coup et c'est un coup de maître. De l'argent bien sûr, mais plus encore de la puissance.

Ce serait un crève-cœur de ne pas assister à cette revanche.

Depuis quelque temps, toutefois, la décomposition avance si vite qu'il ne peut s'empêcher de nourrir le secret espoir de voir cette nouvelle aurore se lever de son vivant.

Et cela l'encourage à s'accrocher encore au peu qu'il lui reste de vie.

3

Quand Robert Helmont descend de sa chambre, le taxi est déjà arrivé. C'est une vieille Toyota toute couverte de boue et de rouille faite pour parcourir les pistes défoncées et affronter les tempêtes de neige. Il a dormi vingt minutes, une micro-sieste qui a suffi à le remettre en forme. Il se sent ragaillardi.

À Nuuk, les distances restent très courtes tant qu'on est dans le centre. En cinq minutes, ils arrivent devant les bâtiments sans âme du nouveau Parlement.

Robert Helmont est en avance.

Il règle le taxi et s'arrête sur les marches, devant le parking, à côté des drapeaux qui flottent dans la légère brise venue du large.

Il fume une cigarette et regarde au loin la montagne de Sermitsiaq. Elle exerce sur lui une inexplicable et puissante attraction.

Il repense au colonel Chamblain et à leur conversation. Du baratin. Ils ne sont ni des héros ni des saints, seulement de vieux soldats avec des états d'âme. Chamblain est de ces hommes qui ont cru au monde libre. Le monde libre ! C'est pourtant ainsi qu'on parlait autrefois. Le monde libre, quelle foutaise ! Nostalgiques d'un monde qui n'a jamais existé, ils ont seulement décidé de rester fidèles à leurs illusions.

Mais entre la fidélité et l'honneur, la patrie et l'idéal, ils ont maintenant à choisir. Ce choix n'est pas nouveau. Cette histoire est vieille comme le monde. Des traîtres et des héros. Des héros parce que des traîtres. Des Brutus.

La vie qu'ils ont choisie… Cette expression toute faite le laisse songeur. Qu'est-ce qu'ils ont vraiment choisi ? Et que peuvent-ils choisir encore ?

Dans l'avion, il a écouté Nive Nielsen chanter ses chansons pleines de nostalgie et de sensualité, et il a compris que ses rêves n'ont pas vieilli. Ses songes n'ont pas pris une ride. Le fantôme de l'adolescent qu'il a été l'accompagne comme une ombre fidèle. C'est seulement la réalité qui s'est usée doucement. Jour après jour, elle est devenue un peu moins lumineuse, un peu moins distincte, un peu moins nette et ferme.

Il quitte des yeux la montagne de Sermitsiaq, se moque de lui-même et de son pathos, jette son mégot par terre dans la gadoue du parking et entre d'un pas résolu dans le Parlement.

L'immeuble sombre et sans élégance particulière, exagérément sobre vu de l'extérieur, est plus chaleureux et original au-dedans. Un grand hall de roches brunes, d'acier brut et de verre coloré occupe toute la hauteur du bâtiment, donnant une impression d'espace et de modernité. Il fait comme un puits de lumière. Helmont se dirige vers le bureau des huissiers, un modeste comptoir en croissant de lune posé au milieu de cette pièce gigantesque et derrière lequel deux messieurs d'un certain âge sont absorbés dans leur lecture.

Les deux hommes lèvent à peine la tête en l'entendant approcher. À l'évidence, il les dérange. Ne sachant auquel s'adresser, Robert Helmont ne choisit pas :

— Bonjour, j'ai rendez-vous avec madame la présidente Anaba Petersen.

Le plus âgé des deux huissiers le précède. Il a un crâne chauve poli comme un galet et un corps curieux, avec des petites jambes très fortes et arquées, et un buste mince et disproportionné aux épaules étroites. Helmont le suit à travers un couloir sombre situé au rez-de-chaussée. Ce Parlement est lugubre. Cet homme est presque monstrueux. Ils cheminent ainsi une vingtaine de mètres jusqu'à la porte d'un bureau à laquelle l'huissier frappe.

Derrière la porte, une voix nette et forte leur signifie d'entrer. L'huissier ouvre et s'efface pour le laisser passer.

Dans le bureau, la députée qui lui fait face est une métisse, mélange de type inuit et de type européen. Petite, les cheveux noirs, le visage rond avec les pommettes hautes, elle a des yeux bleus et une peau claire. Son visage est régulier, son expression placide. Une autorité et une distinction particulières émanent de toute sa personne. Elle impose le respect et une forme de distance.

La pièce, de proportions modestes, est encombrée

du sol au plafond de dossiers et de livres, certains débordent des étagères qui recouvrent les murs sur tous les côtés, d'autres sont posés à même le sol. L'ensemble dégage une atmosphère épaisse et asphyxiante de travail, d'obstination et de rigueur. Aucun luxe, aucune frivolité, rien, ni photos, ni tableaux, ni objets qui pourraient distraire l'attention.

La présidente lève les yeux de son ordinateur portable et lui fait signe de s'asseoir. Elle est habillée sobrement mais avec élégance d'un tailleur foncé et d'un corsage en coton blanc.

Robert Helmont se présente et la remercie de bien vouloir le recevoir :

— Entrez, je vous en prie. Asseyez-vous.

Son ton est sans aménité, presque brutal. Il exprime une forme d'impatience.

Manifestement, elle n'accorde pas beaucoup d'importance aux marques de civilité.

Elle lui indique une chaise en bois devant son bureau.

Encombré par son grand corps, Robert Helmont s'assoit sur la petite chaise face à elle et pose les mains sagement sur ses genoux.

— Madame la présidente, marmonne-t-il avec embarras, je tiens tout d'abord à m'excuser de venir vous déranger. Je sais que vous êtes très occupée. Mais il fallait à tout prix que je vous parle directement.

Le visage d'Anaba Petersen reste lisse et impénétrable. Il n'a pas réussi à éveiller chez elle ne serait-ce qu'un semblant de curiosité.

Il enchaîne :

— Rassurez-vous, je ne suis pas venu vous parler de mes affaires. J'ai dû prendre ce prétexte, et je vous prie de m'en excuser, car ce que j'ai à vous dire est tout à fait confidentiel.

La députée n'a pas l'air plus étonnée que cela de cette entrée en matière. Fonction oblige, elle doit être coutumière de ce genre de préambule alambiqué et de pauvre stratagème.

Il se redresse sur sa chaise et plonge ses yeux dans les siens afin de retrouver un peu d'assurance :

— Si vous permettez, je vais essayer de commencer par le commencement.

Elle hoche la tête et fait un signe de la main pour l'encourager à poursuivre.

— Il y a soixante-neuf ans, le 4 octobre 1944, pendant la Seconde Guerre mondiale, dix-neuf soldats allemands qui appartenaient à une mission météo baptisée Edelweiss II ont été repérés par la patrouille Sirius et capturés par les Américains.

Elle le regarde fixement et il distingue une ombre noire qui traverse son regard.

Il s'arrête volontairement. Elle ne peut réprimer une réaction d'impatience :

— Oui, c'est une histoire bien connue. Et alors ?

Cette impatience le réjouit. Il a fait mouche.

— C'est en effet une histoire bien connue, madame la présidente, et je ne me serais pas permis de vous déranger s'il ne s'agissait que de cela. Mais voilà, ce que j'ai été amené à découvrir, et ce que ne dit pas l'Histoire officielle, c'est que, lorsqu'ils ont été arrêtés, les Allemands n'étaient que dix-neuf alors qu'ils auraient dû être vingt.

Il a insisté sur la fin de la phrase. Anaba Petersen s'est imperceptiblement raidie, mais n'a rien voulu laisser transparaître :

— Ah bon ? Mais pourquoi venez-vous me raconter cela ?

Pourquoi ?

Elle ne manque pas d'aplomb pour lui poser une telle question. Elle le sait mieux que personne.

Mais il est prêt à relever le défi :

— Soixante-neuf ans, c'est bien l'âge que vous avez, n'est-ce pas ?

Ce n'est pas d'une grande élégance. Elle encaisse le coup stoïquement. Sa voix se fait toutefois un petit peu trop tranchante :

— Et alors ? Quel rapport cela peut-il avoir avec votre histoire ?

Helmont décide que c'en est assez. Ce petit jeu ne lui plaît pas. Il est dégradant pour eux deux.

— Alors ? Votre père était ce vingtième soldat, madame la présidente, et vous le savez parfaitement.

La députée le regarde maintenant droit dans les yeux. Elle respire lentement. Il sent qu'elle cherche la bonne attitude à adopter et réfléchit intensément. Tout son corps est immobile. Seules les commissures de ses lèvres, agitées de petits tressaillements presque invisibles, trahissent son embarras et son agitation intérieure.

Elle n'a rien perdu de sa superbe. Ni de sa distinction, ni de son autorité.

Il se veut apaisant :

— Je voulais juste vous dire ce que j'ai appris. Parce que je pense que vous avez le droit de savoir.

Il ne lâche pas son regard, noir et indéchiffrable. Mais quelque chose a changé dans son attitude. Elle ne peut plus dissimuler la curiosité qui s'est emparée d'elle :

— Et qu'avez-vous appris, monsieur Helmont ?

Il ne se fait pas prier pour poursuivre :

— La patrouille Sirius savait que votre père avait été recueilli par votre peuple. Elle le savait et elle n'a rien dit aux Américains. Votre père avait déserté dès son arrivée. Ce secret est resté bien gardé. Il avait fait son choix, et la patrouille Sirius avait décidé de le respecter. Il n'était plus un ennemi.

Elle ne bouge toujours pas mais son regard est désormais davantage tourné vers l'intérieur. Elle réfléchit.

Lentement, d'une voix calme, elle demande :

— Pourquoi la Patrouille aurait-elle fait ça ? Et si la Patrouille n'a rien dit, comme vous l'affirmez, comment expliquez-vous alors que les Américains soient tout de même revenus pour arrêter mon père ?

Il a franchi un premier barrage. Il a réussi à se frayer un chemin jusqu'à elle. Il ne faut surtout pas qu'elle se referme à nouveau.

— C'est ce que je suis venu vous dire.

Elle continue de le dévisager et des questions qu'elle ne formule pas s'amoncellent maintenant sur ses lèvres : Qui êtes-vous ? Pourquoi êtes-vous là ? Comment avez-vous appris ça ? Au nom de qui agissez-vous ? Qu'est-ce qui vous a poussé à venir me voir ?

Robert Helmont reprend :

— C'est un prisonnier de guerre allemand, qui, alors qu'il était en captivité dans un camp au Canada, a dénoncé votre père aux autorités américaines. Il l'a fait parce qu'il considérait que votre père était un traître et un déserteur.

Elle ne dit toujours rien. Mais l'expression de son visage se transforme du tout au tout. Comme si elle se laissait subitement envahir par la stupeur et l'émotion.

Son regard perd toute dureté, mais en même temps il s'absente.

Helmont veut en finir :

— Je vous ai amené une copie du rapport de l'officier américain en poste dans le camp de prisonniers qui a conduit l'interrogatoire. Le nom de celui qui a dénoncé votre père y figure.

Et en même temps qu'il dit cela, il pose sur le bureau un bout de papier plié en quatre qu'il a sorti de la poche intérieure de son costume.

La présidente se lève, façon polie mais sans appel de le congédier. Elle ne jette même pas un coup d'œil à la photocopie. Il comprend qu'elle veut être seule pour la consulter. Il se lève à son tour. Elle s'approche de lui et le contraste de leurs tailles, l'un à côté de l'autre ainsi debout dans le bureau, est saisissant.

D'une voix douce et ferme, qui ne laisse deviner aucune émotion, pas même la moindre agressivité, elle lui dit :

— Monsieur, les choses sont malheureusement

plus simples que vous ne le dites. Les Américains ont tué mon père. C'est un fait et vous n'y pouvez rien. Ils l'ont exécuté de sang-froid alors qu'il essayait de s'enfuir. C'est ainsi. Puis ils ont déplacé et contaminé mon peuple. C'est un autre fait. Et vous n'y pouvez rien non plus. Aujourd'hui, ils se servent de notre pays pour toutes leurs basses œuvres.

Helmont ne peut pas s'empêcher de penser au colonel Chamblain. Que penserait Mathew s'il l'entendait ?

Cette charge violente n'est pas finie.

Il faut qu'il la laisse vider son sac.

— Et au nom de quoi font-ils tout ça, monsieur Helmont ? Au nom de la liberté, de la démocratie et des droits de l'homme. Vous le savez. Tout le monde le sait. C'est maintenant publié noir sur blanc dans des rapports officiels par les Américains eux-mêmes.

Helmont hoche la tête en signe d'acquiescement.

Tout cela, il le sait. Il le sait même trop bien. Mais ce n'est pas le sujet. Elle n'a fait cette longue tirade que pour se rassurer, se raccrocher à ses convictions les mieux établies, celles-là mêmes qu'il vient d'ébranler.

Face à elle, il n'a pas bougé, bien décidé à la laisser aller jusqu'au bout de sa froide colère.

— Le 21 janvier 1968, un bombardier américain B52 s'est abîmé dans la mer au large de nos côtes. Il portait quatre bombes nucléaires. Trois de ces bombes ont explosé. La quatrième a disparu. On ne l'a jamais retrouvée.

La tête levée vers lui, elle le regarde droit dans les yeux :

— Les populations de Thulé, mon peuple, comme vous dites, cher monsieur, ont été déplacées en 1953 à Qaanaaq, à cent kilomètres au nord, pour que les Américains puissent établir leurs bases de radars, de missiles nucléaires, de sous-marins et de bombardiers. Là-bas, ces populations ont été contaminées gravement par les radiations issues de ces explosions. Il aura fallu attendre plus de trente ans avant que des procédures soient engagées par des associations et soutenues par les autorités pour faire reconnaître cette contamination et obtenir des réparations et des dédommagements. Trente ans, monsieur Helmont. Peut-être l'ignorez-vous, mais ce combat a été celui de toute ma vie et je suis en passe de le gagner. De le gagner, monsieur Helmont. Et vous, justement maintenant, vous débarquez dans mon bureau et vous me racontez tout cela. Pourquoi ? Vous comprendrez que je me pose la question.

La députée lui arrive à peine au milieu de la poitrine et il la domine de toute sa hauteur et de sa corpulence.

Mais dans ce petit bureau, c'est elle qui est toujours dépositaire de l'autorité et qui le domine en réalité de toute sa stature.

Helmont ne s'en offusque pas. Tout au contraire. Il est pleinement d'accord pour qu'il en soit ainsi.

Il admire cette femme et il la respecte.

Pour ce qui le concerne, il a fait ce qu'il avait à faire. Le reste n'appartient qu'à elle.

Ce n'est pas la peine d'insister.

Le poison qu'il a instillé dans son esprit va produire ses effets.

Juste avant de s'engager dans le couloir et alors qu'elle va refermer la porte derrière lui, il ajoute, d'une voix sourde et amicale :

— Le nazi qui a dénoncé votre père est en train de mourir. Il s'appelle Hans Ritter et il vit à Hambourg.

Ce nom ne peut pas lui être inconnu. La Fondation Hans Ritter, une émanation de la Compagnie, a financé de nombreuses associations groenlandaises, en particulier celles qui ont permis à la présidente de faire reconnaître les dégâts irréparables causés par les radiations nucléaires. Et elle ne peut ignorer non plus que c'est la Compagnie Hans Ritter qui est la cheville ouvrière et la première actionnaire du consortium Aurora dont elle a tant plaidé la cause auprès de ses amis politiques et des autorités de Nuuk.

Mais elle n'est pas plus expressive que d'habitude et elle ferme la porte sur lui, comme si elle était pressée de le voir disparaître.

Robert Helmont retrouve son chemin tout seul.

Lorsqu'il traverse le hall, les deux huissiers assis derrière leur comptoir en croissant de lune ne lèvent même pas les yeux pour le regarder.

Il sort du Parlement.

La montagne de Sermitsiaq, puissante et noire, barre l'horizon.

Les choses, il l'a appris tout au long de sa vie, ne sont jamais aussi simples qu'elles peuvent le paraître au premier abord.

Qu'elles peuvent le paraître ou qu'on aimerait le croire.

Robert Helmont est heureux. Il a fait son travail. Mais il a aussi rencontré une belle personne.

Ce n'est pas si fréquent.

Le taxi l'attend pour le conduire aux pêcheries nationales sur le port.

Il ne lui reste plus qu'à négocier durement ses achats de flétan, de morue et de crevettes pour la nouvelle saison.

JEUDI 11 JUILLET

4

Le colonel Mathew Chamblain fait les cent pas dans le petit aéroport de Nuuk en attendant de s'envoler pour Thulé.

Toujours habillé en civil, il a passé une canadienne sur son costume bon marché, et il tient à la main un vieux cartable de cuir marron patiné par les ans.

Il a compris que le Grand, puisque c'est ainsi qu'on appelle Robert Helmont dans le milieu du renseignement, sait des choses qu'il ne lui a pas encore dites, et il est impatient qu'il lui raconte ce qu'il sait pour voir si cela s'emboîtera ou non avec les hypothèses qu'il a lui-même forgées. C'est un de leurs jeux préférés. Mais il sait aussi qu'il lui faudra attendre.

Depuis un moment déjà, le Grand conduit sa propre enquête, à l'écart des services danois et des procédures officielles, parce qu'il considère que quelque chose est pourri en leur sein et qu'il ne peut plus faire confiance à personne.

Le colonel Chamblain ne lui en veut aucunement parce qu'il partage exactement le même sentiment et qu'il a lui-même mené ses propres investigations dans le plus grand secret au sein des services de l'armée mais aussi de l'Agence.

L'un comme l'autre, ils ont besoin de croire à ce qu'ils font, d'en comprendre le sens, d'en maîtriser le déroulement, d'en partager le but, d'en apprécier la pertinence.

Ce n'est plus le cas.

Et le colonel Mathew Chamblain éprouve désormais trop de doutes pour pouvoir continuer de jouer les bons petits soldats.

Il s'est engagé pour servir la démocratie et la liberté.

Pas pour manipuler l'opinion, torturer des innocents et assassiner des civils à l'aveugle, le cul bien au chaud derrière un écran.

Depuis plus de trente-cinq ans, Mary-Ann l'attend les trois quarts de l'année dans leur maison de Dallas pendant qu'il parcourt le monde. Ses enfants sont partis sans même qu'il les ait vus grandir. Et maintenant, cela va être le tour des petits-enfants. Tous ces sacrifices pouvaient encore se concevoir tant qu'il avait eu la certitude d'agir pour eux, de leur préparer et de leur garantir un avenir de paix, de prospérité et de liberté. Mais c'est précisément cette certitude qui s'est progressivement émoussée.

Le colonel Chamblain regarde sa montre.

Elle marque quatorze heures trente. L'heure de leur rendez-vous est passée depuis quinze minutes. Il reste cinq minutes avant la fin de l'embarquement.

Les passagers ont été appelés et il ne reste plus qu'eux deux à devoir embarquer.

Il sort son portable de fonction et compose le numéro de Robert Helmont. Il tombe sur la messagerie. Tout se passe comme prévu. Il laisse un message, marquant son étonnement et son inquiétude.

Il sait qu'il est écouté et il veut brouiller les pistes.

La jeune femme derrière son comptoir attend jusqu'au dernier moment qu'il se décide à passer et lui fait maintenant signe qu'elle est dans l'obligation de clore l'embarquement. Elle a presque l'air plus contrariée que lui.

Le colonel s'assoit sur une des banquettes de la salle d'embarquement et téléphone à l'hôtel Egede. Le concierge a changé depuis le matin. Mais il n'a pas vu sortir M. Helmont. Le colonel insiste :

— Pouvez-vous vérifier si la chambre a été libérée et réglée ?

Il attend quelques instants :

— Non, monsieur, pas à ma connaissance.

Le colonel prend un ton militaire :

— Pouvez-vous envoyer quelqu'un voir dans la chambre si M. Helmont n'aurait pas eu un problème ?

Le concierge n'est pas très enthousiaste mais il accepte tout de même :

— D'accord, je vais voir ça, vous pouvez rappeler…

Le colonel ne le laisse pas finir. Il connaît trop la musique.

— Non, je reste en ligne.

Quelques instants plus tard, une autre voix se saisit du téléphone :

— Allô, bonjour monsieur, ici le directeur de l'hôtel, pourrais-je savoir à qui j'ai l'honneur ?

Le ton est sec et agacé. Le colonel décline son identité.

Un silence se fait entendre à l'autre bout du fil.

— Vous comprendrez, colonel, que nous n'avons pas l'habitude de communiquer des informations sur nos clients mais…

Le colonel comprend les réserves émises par la direction.

— Bon, je vais venir.

Et il raccroche.

Puis il compose un autre numéro enregistré dans son répertoire, celui du chef de la police de Nuuk. Ce dernier répond aussitôt :

— Svet Aqualit, chef de la police…

Le colonel ne le laisse pas finir :

— Bonjour, Svet, ici le colonel Chamblain. Si vous n'avez rien de mieux à faire, on pourrait se retrouver dans une demi-heure à l'hôtel Egede.

Svet Aqualit a une voix enjouée.

— Ah, c'est vous, colonel ? Que se passe-t-il ?

Le colonel n'aime pas ce Svet Aqualit. Il le trouve trop jeune, trop arrogant, trop imbu de ses nouveaux pouvoirs. Le colonel a rencontré beaucoup d'hommes comme lui dans sa longue carrière et, généralement, il l'a constaté, ils ne finissent pas bien.

— Retrouvez-moi, Svet, et je vous expliquerai tout. On a un industriel danois qui semble avoir disparu.

Le colonel entend un curieux bruit dans la voix claire du chef de la police, comme une gentille raillerie en apparence, mais qui arrive mal à dissimuler une haine sourde et profonde cachée au plus profond de son âme :

— Vous vous intéressez aux industriels danois, maintenant, colonel ?

Le colonel ne veut pas jouer au plus fin, ni régler des comptes. Il décide de jouer l'esquive :

— Pas tout à fait, Svet. Les disparitions de touristes ou de voyageurs, c'est votre rayon. C'est bien pour cela que je vous appelle.

Ce n'est pas seulement une courtoisie. C'est aussi une façon de lui faire peser une lourde responsabilité sur les épaules. Le colonel ajoute :

— Je suis encore à l'aéroport. Je peux y être dans quinze minutes.

Svet Aqualit comprend bien le message et il ne cherche pas davantage à plaisanter ou à tergiverser. La disparition d'un ressortissant danois sur son territoire, c'est son affaire, et une affaire sérieuse :

— OK, j'y serai.

Ils raccrochent brutalement.

Puis, sans quitter sa banquette dans la salle d'attente déserte, le colonel passe un troisième coup de fil.

— Le général Rawling, s'il vous plaît. Pour le colonel Chamblain.

Le général Rawling est le commandant en chef de la base de Thulé. Chamblain le connaît depuis longtemps. Ils ont fait l'école des officiers ensemble, puis ils se sont retrouvés en Afghanistan et en Irak.

— Ne quittez pas.

L'attente est longue. Le secrétariat essaye différents numéros. Manifestement, le général n'est pas à son bureau.

Sa voix placide se fait soudain entendre dans l'écouteur :

— Colonel Chamblain ?

— Bonjour, mon général. Je voulais seulement vous prévenir que j'ai un léger contretemps et que nous ne serons pas là ce soir comme prévu.

— Rien de grave, colonel ?

— Je ne sais pas encore, mon général, mais notre invité, avec qui j'ai déjeuné hier à son arrivée de Copenhague, ne s'est pas présenté à l'embarquement.

Le général l'interrompt :

— Comment ça, pas présenté ? Il ne vous a pas prévenu ? Vous n'avez pas de nouvelles ?

Le général Rawling ne semble pas considérer cet événement comme négligeable. Il a l'air contrarié.

— Non, mon général, aucune nouvelle. Je suis encore à l'aéroport. J'ai déjà prévenu la police de Nuuk. Je souhaite rester sur place pour vérifier deux ou trois choses.

Le général retrouve son calme :

— Vous faites bien. C'est étrange tout de même de disparaître comme ça sans prévenir. Très bien, colonel. Nous vous attendons. À demain.

À l'évidence, le général Rawling a réfléchi en même temps qu'il parlait et, pour bien le connaître, Chamblain sait qu'il a dû envisager toutes sortes d'hypothèses. Un signal de danger a dû s'allumer dans son cerveau et s'être mis à clignoter furieusement. Il n'aime pas cet homme. Il ne l'a jamais aimé.

Mais il sait aussi combien il peut être dangereux et retors, et il ne le sous-estime pas.

— Merci, mon général. Je vous téléphonerai demain pour vous tenir informé. Bonne fin de journée.

Puis le colonel quitte enfin la salle déserte, échappant au regard compatissant des hôtesses demeurées présentes. Il repart pour le centre de Nuuk en taxi.

Arrivé à l'hôtel, il est le premier. Svet Aqualit n'est pas encore là. Le colonel n'attend pas. Il interroge tout de suite le concierge, un grand jeune homme efflanqué à l'air terrorisé. Le directeur de l'hôtel, un Danois prétentieux importuné et irrité par cette affaire dont il craint sans doute qu'elle ne puisse porter préjudice à la réputation de son établissement, prend le relais. Le colonel demande à joindre le concierge présent le matin. Il veut savoir à quelle heure Robert Helmont est parti, comment et pour où.

Le directeur cherche le numéro dans un grand cahier à spirale en roulant des yeux agacés et en pinçant les lèvres, ses lunettes relevées sur le front. Puis il lui passe le concierge en question. On devine que le téléphone l'a réveillé. Le temps qu'il retrouve ses esprits, il lui donne l'heure approximative et le nom du taxi. Ce dernier confirme au colonel ce que lui a dit le concierge, qu'ils sont partis vers neuf heures, à deux ou trois minutes près. Robert Helmont s'est rendu dans les bureaux de la pêcherie au vieux port. Il est venu le rechercher une heure plus tard pour le conduire à l'université. Il ne devait pas être beaucoup plus de dix heures et demie lorsqu'ils se sont garés devant les bâtiments flambant neufs. Il l'a laissé là et il est reparti sans attendre pour l'aéroport où il avait une course prévue pour l'arrivée de l'avion de dix heures cinquante-cinq. C'est ce qui lui permet d'être à peu près certain de l'heure.

Le colonel vient juste de raccrocher lorsque le chef de la police entre dans le hall de l'hôtel de sa démarche souple. Il n'est pas venu seul. Deux inspecteurs, un Inuit et un Danois, l'accompagnent et se tiennent en léger retrait. Très fin, mince, avec un visage régulier, une grande mèche noire balayant son front et lui tombant sur les yeux, Svet Aqualit est habillé avec un soin particulier, comme s'il travaillait dans la mode ou la publicité. Il ne doit pas avoir atteint la quarantaine, mais son air juvénile est peut-être trompeur. L'homme a incontestablement un charme singulier. Il émane de lui une sensualité et un narcissisme troublants.

Svet Aqualit s'accoude au comptoir de la réception. Il prend la pose :

— Alors, colonel, que se passe-t-il ?

Chamblain lui raconte les événements qui se sont produits et lui transmet les informations qu'il a pu obtenir du chauffeur de taxi. Le directeur reste à côté d'eux et le chef de la police lui demande de bien vouloir les conduire jusqu'à la chambre. Ils montent ensemble, toujours escortés à distance par les deux inspecteurs.

La chambre a été faite, mais Robert Helmont n'a pas eu le temps de boucler sa valise.

Sa brosse à dents électrique, son dentifrice, sa mousse à raser et son rasoir sont encore dans la salle de bains. Sa valise, vide, est ouverte sur la commode, ses vêtements sont rangés dans l'armoire.

Le chef de la police se tourne vers lui :

— Vous connaissez bien ce M. Robert Helmont, colonel ? Que fait-il ?

Le colonel perçoit distinctement une pointe de sarcasme dans sa voix.

— Monsieur Helmont est un homme d'affaires danois. Il vient à Nuuk régulièrement pour acheter du poisson. Nous avons sympathisé. Il voulait connaître le nord du pays et je lui avais proposé de l'emmener visiter la base de Thulé. Nous devions partir aujourd'hui.

Le directeur de l'hôtel confirme les propos de Chamblain.

— Monsieur Helmont est un habitué. Nous lui réservons toujours la même chambre, à sa demande. Il ne reste jamais longtemps, deux nuits maximum. Il vient pour ses affaires.

Svet Aqualit l'interrompt d'un geste de la main.

— Merci. Bon, peut-être que ce monsieur a eu un impondérable et qu'il va réapparaître très vite. Soit une raison professionnelle, soit les tentations de la vie de Nuuk. Elles sont nombreuses.

Le colonel déteste ce ton sardonique.

— Je vous remercie pour votre diligence, Svet. On va attendre. Vous avez raison.

Ils quittent la chambre ensemble et le colonel raccompagne les trois hommes jusque sur le perron.

Puis il retourne à la réception et demande une chambre pour une nuit.

Resté seul, il sort de son vieux cartable en cuir un ordinateur portable, introduit le code du wifi de l'hôtel que lui a passé le concierge et se connecte directement sur le dark web.

Il sait mieux que personne que toutes les communications sont surveillées, épiées, enregistrées. Il trouve ça plutôt rassurant, même si le traitement de masse et indifférencié a nui au final à l'efficacité. Mais, en ce qui le concerne, cela ne l'inquiète pas. Il a appris à brouiller les pistes.

Chamblain trouve que, pour quelqu'un qui n'a aucune disposition et aucun goût pour jouer la comédie, il s'en est plutôt bien tiré. Il a bien joué son rôle.

Sur la dark toile, il fait passer le message qu'il a besoin de faire passer à son destinataire à Paris. Avec la disparition d'Helmont, l'opération a commencé. Jamais une opération n'a visé ainsi le cœur du système. Elle doit aller vite, une semaine au plus, elle sera sanglante, mais surtout elle ne doit laisser aucune trace. Personne ne doit jamais pouvoir en faire le récit.

Puis il téléphone à Mary-Ann juste pour le plaisir d'entendre sa voix. Cela lui redonne toujours du courage et de la force d'entendre sa femme bien-aimée. Mais Mary-Ann doit être sortie car la sonnerie retentit longtemps dans le vide avant qu'il se décide à raccrocher.

En fin d'après-midi, les informations qu'il a demandées lui sont parvenues. La géolocalisation confirme les propos du taxi. La trace de Robert Helmont a été perdue un peu après onze heures trente sur la route entre l'université et l'aéroport. Il devait être dans une voiture quand son portable a cessé d'émettre.

Chamblain a délibérément utilisé les services de l'armée pour obtenir ces informations, certain qu'elles parviendraient ainsi en temps réel à ceux à qui elles ne sont pourtant pas destinées. Rawling n'est pas le genre d'homme à laisser quoi que ce soit au hasard. Il veut toujours tout contrôler. Il suffit de le savoir. De s'en servir. Et surtout de ne jamais l'oublier.

Comme on pouvait s'y attendre, la soirée se déroule sans que Robert Helmont réapparaisse.

Dès son réveil, à peine son petit-déjeuner avalé, le colonel appelle le général Rawling. Il lui communique les résultats des investigations et lui dit qu'il sera sans doute là le lendemain. Il prend un ton plus mystérieux pour lui dire qu'il a des informations confidentielles à lui transmettre concernant Robert Helmont. Le général ne laisse rien transparaître et surtout pas qu'il connaît déjà la géolocalisation de l'homme d'affaires dont chacun sait désormais aussi qu'il est un agent du FET, les services de sécurité du ministère de la Défense danois. Peut-être en sait-il même davantage. Mathew Chamblain doit à tout prix garder la confiance du général et lui faire croire qu'il ne veut rien lui cacher.

Il sort marcher un peu. L'air est doux. Un instant, la vie lui semble simple et légère. C'est sans doute le fait de savoir que l'opération est lancée. Rien n'est pire que l'hésitation, l'attente, l'inaction. Un processus est enclenché, que rien ne pourra arrêter. C'est cela qui le réjouit.

LUNDI 15 JUILLET

5

Le complexe hôtelier se situe en pleine forêt, à une heure de Paris par la route. On le découvre à la sortie d'un virage, posé sur le sable blanc dans une clairière ouverte entre les fougères, les rochers et les bouleaux. Si ce n'étaient les grands panneaux signalant le domaine du Coquibus, avec ses quatre étoiles, on pourrait croire à un camp de réfugiés ou de l'armée. On ne se refait jamais totalement.

L'hôtel se compose de trois bâtiments sans personnalité, purement fonctionnels, aux murs de crépi crème, aux toits de tuiles rouges, aux volets électriques blancs, reliés entre eux par des pelouses grasses traversées de petits chemins bitumés.

Au centre, face à la route, juste en retrait des parkings, le premier bâtiment comporte au rez-de-chaussée la réception, les salons, la salle à manger et les cuisines. À l'étage, on peut accéder, à gauche, aux bureaux de l'administration et, à droite, à la lingerie et à l'appartement du directeur. C'est là que se trouve Roland Kuntz, dans un décor de cuir et de soie, de velours et d'acajou qu'il a choisi jusque dans le moindre détail. Tant qu'à s'être retiré du monde des vivants, autant ne se priver de rien et prendre bien soin de soi.

Depuis dix ans qu'il s'est installé là et qu'il a repris ce domaine alors à l'abandon, Roland Kuntz a dû faire preuve de discipline, s'imposer des règles, ne négliger aucun détail. Il s'est noyé dans le travail. Et il lui a fallu imposer aux autres, jour après jour, les mêmes exigences, la même rigueur, le même professionnalisme qu'il s'est imposé à lui-même. Les résultats sont progressivement venus. Le domaine marche bien. Il est devenu une affaire rentable.

Debout devant la glace de la salle de bains, Kuntz se rase avec application.

Son visage est recouvert d'une mousse blanche au parfum de menthe. Il passe le rasoir avec précision, sous le nez, au pli du menton, aux commissures des lèvres, mais il ne se regarde pas. Il n'aime pas se voir.

Son rêve de la nuit lui revient. Ce n'est pas la première fois que ce cauchemar le hante.

Il marche sur la banquise au milieu des phoques et des ours blancs, vêtu de peaux de loup ou de renard, chaussé de raquettes, et il aperçoit au loin un village d'igloos, pas des igloos de neige comme sur les cartes postales, mais des igloos de tourbe, sévères et noirs.

Il est fatigué, immensément fatigué.

Plus il avance vers le village, plus le village recule. Les ours blancs se rapprochent progressivement de lui. Il n'éprouve pas de peur. Il n'éprouve aucune crainte, aucune appréhension, pas la moindre inquiétude, juste une immense fatigue et une incroyable lassitude, le sentiment que toute lutte et tout effort sont devenus inutiles. Ce n'est pas un sentiment désagréable.

Dans son rêve, les ours sont comme de grands chiens doux, prêts à l'aider, avec de bons gros yeux pleins de tendresse, d'humilité et de compassion.

Kuntz est de plus en plus fatigué, il n'avance presque plus et, à chaque pas qu'il fait pourtant encore, des pas difficiles, pesants, le village recule. Ses paupières tombent. Il n'a plus la force de rester éveillé. Il ferme lentement les yeux, pose ses deux genoux dans la neige, vaincu. Accepter sa défaite le soulage immédiatement. Une douce torpeur s'empare de lui. Il s'alanguit.

Depuis le demi-sommeil où il est plongé, prêt à attendre la mort comme une délivrance, il sent soudain son corps soulevé puis transporté par les ours. Il s'abandonne, bercé par leur marche, serein, confiant.

Il ne sent plus ni le froid ni la fatigue.

Après, il se retrouve dans une baraque, au milieu d'un village de maisons en tôle et en bois, et il boit de l'alcool, assis à une table près d'une fenêtre à travers laquelle il peut discerner au loin des constructions pétrolières et gazières. Autour de lui, des hommes et des femmes de petite taille, avec des yeux bridés, des cheveux noirs, parlent une langue qu'il ne comprend pas. Personne ne semble faire attention à sa présence. Une vieille dame au visage tout ridé et sans aucune expression vient juste remplir son verre lorsqu'il est vide.

Le temps passe.

Au-dehors, il fait toujours nuit.

C'est un temps d'attente et de solitude.

Il a chaud. Il se repose. Il mange. Il boit. Il écoute cette langue qu'il ne comprend pas. Il ne pense à rien.

Ce temps dure, mais il ne saurait dire combien de jours, de mois ou d'années tant tous les repères se sont brouillés.

Et puis un jour, alors qu'il est toujours assis à la même place, que l'ombre est toujours aussi noire et dense, seulement traversée par les lumières des hélicoptères et des avions qui rejoignent les constructions immenses se détachant à l'horizon, des explosions puissantes font comme des soleils rouges dans la nuit et lui percent les tympans.

La petite maison tremble en même temps que la terre.

D'immenses flammes montent à la verticale et des sirènes trouent le silence de leurs stridences angoissantes.

Tous les regards noirs, vides et alcoolisés de ses compagnons se tournent vers lui et il peut lire dans leurs yeux une interrogation silencieuse et digne.

Il voudrait pouvoir leur dire qu'ils vont survivre, ou seulement pourquoi ils vont mourir.

Mais il ne le sait pas.

Il ne sait rien.

Les explosions sont de plus en plus proches, un immense brouhaha gagne le monde, la terre tremble de plus en plus fortement, et c'est alors, sans avoir pu comprendre ce qui se passe et quelle en sera l'issue, qu'il se réveille.

Kuntz prend une longue douche. Il lui faut dissiper ce malaise. Oublier leur regard. Enterrer cette interrogation silencieuse et digne demeurée sans réponse. Se délivrer des fantômes de la nuit.

Avec les années, son corps s'est alourdi. Il est désormais douloureux au réveil. Il a besoin de cette douche, de la chaleur de l'eau sur son dos, ses reins, ses épaules et sa nuque.

Il fait quelques mouvements d'assouplissement, puis s'habille pour descendre à la salle à manger prendre comme tous les matins son petit-déjeuner au milieu des clients. L'escalier débouche sur la réception. Il salue le jeune homme qui s'y tient, un grand échalas aux cheveux graissés par le gel, un diamant dans le lobe de l'oreille, la peau marquée encore par quelques boutons d'acné, et il pénètre dans le restaurant.

Des clients sont déjà installés et d'autres se servent au buffet.

Il s'assoit à sa table habituelle, au fond de la salle, près de la fenêtre. La journée va être chaude.

Depuis dix ans qu'il regarde par cette fenêtre chaque matin en buvant son café noir, il connaît chaque arbre, chaque branche, chaque rocher, presque chaque grain de sable. Cela le tranquillise.

Il boit un café noir et un jus d'orange, puis il passe à la réception pour prendre les clés de la voiture.

De la salle du restaurant lui parviennent toujours les bruits du service et des conversations, des bruits familiers et rassurants dans la douceur de ce matin d'été. Roland Kuntz sait que cette journée ne sera pourtant semblable à aucune autre.

Lorsque Kuntz se retourne pour gagner la sortie, une jeune femme élancée lui barre le chemin.

Sa silhouette, gracieuse, sa distinction, évidente, son élégance, subtile, se découpent dans la perspective de la porte d'entrée à double battant.

Au premier regard, Kuntz comprend qu'elle n'a rien à faire là. Elle ne ressemble pas du tout à sa clientèle ordinaire et elle jure fortement avec la laideur fonctionnelle du lieu qu'il a créé.

Elle n'a rien à faire là, mais elle se dirige quand même tout droit sur lui :

— Vous êtes Sam ?

Elle a un léger accent, une voix cassée et douce.

Le jeune homme à la réception lève les yeux, intrigué.

Kuntz s'arrête. Il doit jouer sa partition comme il l'a prévu. Cela ne lui plaît pas beaucoup, mais il le faut.

— Pardon ?

La jeune femme se campe devant lui avec assurance. Elle est un peu plus grande que lui, toute fine, et sa peau est exagérément blanche, d'une couleur de perle.

Elle recommence :

— Vous êtes « Sam » ? avec une intonation insistante.

Il sourit en dodelinant de la tête, l'air navré.

— Non, je ne vois pas. Mon nom est Roland Kuntz. Je suis le propriétaire de cet hôtel. Que puis-je faire pour vous ?

Le visage de la jeune femme se ferme un peu. Elle semble décontenancée :

— Je m'appelle Laetitia Helmont. On m'appelle Pia.

Il l'attrape par le bras et la dirige vers la sortie. Elle est surprise mais elle se laisse faire.

Il se souvenait d'une petite fille aux traits réguliers et à l'air un peu triste. Elle est devenue une magnifique jeune femme.

Parvenus à l'entrée du parking, il lui lâche le bras.

Elle le dévisage, essayant de comprendre. Elle avait dû s'attendre à un autre accueil.

Il perçoit ce qui se passe en elle :

— Venez, je vous raccompagne à votre voiture. Vous allez me dire ce qui vous arrive.

Elle s'arrête devant une petite citadine noire. Il regarde les plaques d'immatriculation. C'est une voiture de location.

Dans la lumière, elle est encore plus belle. Ses cheveux vénitiens ont des reflets insensés de roux et sa peau montre un teint parfait, très légèrement doré.

La jeune femme se penche en avant et fouille dans son sac à la recherche de ses clés.

Il ne peut voir ses yeux de lilas mauve dissimulés derrière les verres sombres de ses lunettes de soleil, mais il sent son odeur, une odeur fraîche de foins coupés et d'herbe encore humide de la rosée du matin.

Elle est si jeune.

— Dites-moi ce qui se passe.

Elle ouvre la portière et s'installe au volant.

— Mon père m'a dit que si un jour il lui arrivait

quelque chose, il fallait que je vienne vous trouver. Que je vienne trouver Samuel Epstein. « Sam ».

Kuntz ne relève pas. À quoi bon ? Il se contente de sourire avec bienveillance.

— Et il lui est arrivé quelque chose ?

Elle répond aussitôt :

— Papa a disparu depuis jeudi. Cela fait quatre jours maintenant. Il était au Groenland pour ses affaires.

Kuntz doit trouver quelques mots à dire. Cette comédie l'empoisonne :

— Et vous n'avez aucune nouvelle depuis jeudi ?

— Aucune.

Elle est rongée par l'inquiétude et le chagrin.

— Rentrez à Copenhague.

À la fois surprise, désemparée et furieuse d'une telle brutalité, elle se tourne vivement vers lui. Pourquoi cette injonction ? C'est comme s'il la congédiait.

Il lui faut rapidement corriger le tir :

— Ne vous inquiétez pas. Je vais vous contacter très vite.

Et il referme la porte sur elle.

Il a cinquante-sept ans maintenant. Quel âge peut-elle avoir ? Il se souvenait d'elle quand elle était encore une toute petite fille. À peine la trentaine. Peut-être la trentaine. Il ne sait pas exactement.

Il se dirige vers sa voiture. Pendant qu'il marche, il sent son regard planté comme un couteau dans son dos.

Elle a trouvé « Sam ». Grand bien lui fasse. Ce n'est que le début de l'histoire et elle ne sait pas où elle a mis les pieds, ses jolis petits pieds de ballerine.

Que lui a dit Robert ? Que sait-elle ?

Évidemment rien.

Les autres les prennent pour des imbéciles. Une bande de retraités miteux, embourgeoisés, rouillés, sur la touche. Une bande de vieux kidons bons à mettre au rebut. Mais le savent-ils seulement ?

En tout cas, ils ont mordu à l'hameçon. Ils lui ont envoyé la gamine.

Intérieurement, Roland Kuntz sourit. Il s'en étonne lui-même.

Il monte dans sa voiture, met le contact et sort du parking avant elle, sans même lui jeter un coup d'œil.

Sa main est posée sur le volant de cuir épais, et sa grosse chevalière avec l'étoile de David brille dans le soleil.

Il y a longtemps qu'il ne s'est pas senti aussi vivant et, tout compte fait, ce n'est pas si désagréable que ça.

6

De Cabo Negro, où Kuntz l'a envoyé pour rencontrer celui qu'on appelle le Prophète, Philippe est revenu enthousiaste. Ce n'est pas tous les jours qu'il vous est donné de croiser Moïse, Lycurge, Jésus ou Mahomet. Mais surtout, ce n'est pas tous les jours que l'on se retrouve au Paradis.

Le Prophète l'a reçu dans un hôtel face à la mer, un petit hôtel blanc aux volets bleus, avec une terrasse de laquelle on peut voir au loin les montagnes du Rif se découper sur l'horizon et la Méditerranée sage et immobile comme un lac immense alangui à vos pieds.

Une plage de sable blond ondule tel un gros serpent paresseux sur des kilomètres, où l'on distingue de loin en loin les taches de couleur de quelques rares parasols.

C'est si beau que Philippe a failli ne jamais revenir.

Pourtant, tout a été compliqué depuis l'aéroport de Tanger : la route défoncée, la vieille voiture dont l'armature d'acier des fauteuils lui rentrait dans les reins, la halte aux portes de la médina de Tétouan dans la chaleur et le bruit.

Heureusement, la vue de la terrasse de l'hôtel et le thé à la menthe lui ont passé sur l'âme une caresse de velours sucré et tous ses malheurs se sont envolés dans un cri de mouette.

Le Prophète tient d'emblée à remettre les pendules à l'heure.

Il ne croit pas à la théorie des grands hommes, ni à aucune révélation. Il refuse qu'on l'appelle le Prophète. Non seulement c'est un blasphème, ce dont il se moque, mais c'est ridicule et inconvenant.

Philippe l'écoute d'une oreille distraite.

Tout cela lui semble sans aucune importance. Il ne s'imagine pas lui porter la moindre contradiction. Pour quoi faire ?

Cet homme a beau dire, tout le monde l'appelle le Prophète. Et tout le monde continuera de le faire.

L'hôtel Le Petit Mérou est fermé depuis des années. La peinture bleue de ses volets est un peu passée, par endroits écaillée, ajoutant d'autant à son charme. C'est là que le Prophète lui a donné rendez-vous, et c'est là qu'il l'a trouvé, bien gardé par des dizaines d'hommes qui font semblant de vaquer à d'autres occupations dans les alentours.

Ils regardent au loin le rocher de Gibraltar dans la brume de chaleur, et les gros tankers et les cargos immobiles dans le détroit.

Le Prophète fume et Philippe fume avec lui.

La lumière est bleue, puis blanche, puis jaune, traversée d'éclats colorés comme des paillettes de diamant et d'or. La lumière ressemble au ventre scintillant d'un poisson. Elle ricoche sur les flots, puis part s'accrocher aux flancs des montagnes sombres qui se découpent à l'horizon, immenses masses brunes surplombant la mer tout au long de la côte.

Des pêcheurs posent leur filet à cinquante mètres de la plage, les corps à moitié nus enfoncés dans l'eau. Leurs gestes sont lents et calmes.

Philippe sait que le Prophète n'est pas un esthète. Il vit là parce qu'il ne peut vivre nulle part ailleurs. Son royaume est magnifique, mais pour lui c'est une prison.

Recherché par tous les Offices de lutte contre le trafic de stupéfiants et Interpol, le Prophète est une légende, aussi bien chez les policiers que chez les voyous. Rien que pour le haschich, les experts du Programme des Nations unies pour le contrôle de la drogue estiment ses exportations à mille tonnes annuelles. Pour un petit gars qui a commencé plateau Rouher, à Creil, dans l'Oise, c'est une belle réussite.

À plusieurs reprises, des balles ont sifflé à ses oreilles. Mais aucune n'a jamais réussi à l'atteindre. La chance ou bien le doigt de Dieu. Il est respecté et craint pour sa fierté, sa mémoire, sa cruauté. Mais aussi pour sa capacité à survivre au milieu des cadavres.

Il est vrai qu'il ne connaît pas le pardon.

Qu'il ne supporte pas non plus l'offense.

Et qu'il marche avec des yeux derrière la tête, sans jamais faire confiance à personne.

Le Prophète est le dernier survivant de ce que l'on a appelé le cartel de Tétouan. En prison dans son royaume entre la mer, le ciel et les montagnes, il vit en paix depuis des années, selon des arrangements et des protections que chacun devine mais que tout le monde préfère ignorer. C'est mieux ainsi.

Kuntz a besoin de lui.

Il a envoyé Philippe, son quintal de chair ferme, ses tatouages et son nez cassé qui lui fait une respiration bruyante, ses yeux de cocker pleins de douceur et de confiance.

Philippe est le meilleur des hommes.

À condition de ne pas le fâcher.

Comme Kuntz, le Prophète n'est plus tout à fait un jeune homme. Son visage s'est émacié, de nombreux fils d'argent courent dans sa belle chevelure encore épaisse et longue, ses gestes et sa parole sont ralentis.

Le Prophète vit très simplement, sans ostentation.

Il est un chef, à la tête d'une puissante organisation, et sa légende le précède. À côté de lui, Philippe n'est rien. Un simple exécutant. Il aurait pu ne pas le recevoir. Il aurait pu le laisser à la grille. Il aurait pu le faire manger à la cuisine avec ses hommes de main. Il aurait pu le faire abattre comme un chien.

Mais il a fait exactement l'inverse.

Il l'a reçu comme un prince.

Il ne le fait même pas fouiller. Il lui parle à visage découvert et il boit le thé avec lui sur la terrasse du Petit Mérou, face à la mer immobile et aux montagnes sombres.

Des femmes voilées s'activent pour dresser la table sous les parasols et déposent des olives, des anchois et du pain encore chaud sortant tout juste du four.

— Il n'y a plus de justice. Seulement la vengeance. Roland a raison. Ces hommes sont des chiens enragés. Des morts, toujours plus de morts. Ils ne pensent qu'à tuer.

Philippe l'écoute d'une oreille distraite.

Il ne veut pas se laisser voler cet instant de béatitude par des jugements trop noirs.

Ayant réussi à survivre à son enfance, ce qui n'était pas gagné d'avance, Philippe a depuis choisi d'être résolument du côté du bonheur et de la légèreté.

De toute manière cela n'a pas d'importance, car le Prophète n'attend pas de réponse. Il ne s'adresse à personne en particulier.

Des huîtres viennent de leur être servies.

Le Prophète change de ton et de physionomie :

— Tu ne savais pas qu'il y a des huîtres au Maroc ? Mange, elles sont excellentes.

Il s'interrompt et il mange en silence.

Philippe juge que le mieux est de faire comme lui.

Les huîtres sont délicieuses.

Puis on leur apporte des sardines et du saint-pierre, cuits sur des pierres brûlantes.

Philippe vit un moment de grâce.

Le Prophète mange avec ses doigts.

Il n'y a plus un bruit autour d'eux. Le soleil est à la verticale, la chaleur est étouffante. Les femmes ont disparu à l'intérieur de la bâtisse de l'hôtel et les pêcheurs sont rentrés chez eux. Même la petite brise marine du matin s'est évanouie. Tout le monde cherche à se protéger.

Philippe allume une cigarette.

Le Prophète est un homme chaleureux, qui sait recevoir.

Et il a de la conversation :

— Ce que nous faisons, ce n'est rien. C'est comme si nous voulions vider la mer avec une cuillère à café. Mais peut-on ne rien faire ? La tâche est sans fin. Mais que signifierait le renoncement ?

Une fois encore, Philippe ne juge pas utile de répondre. Tout cela lui échappe un peu.

Les femmes reviennent dans un petit bruit d'étoffes et posent des pâtisseries aux amandes et du thé à la menthe sur la table.

Ils boivent le thé en silence, heureux d'être assis côte à côte.

— Tu peux partir tranquille, lui dit le Prophète en se levant. Nous serons à la Rota. Nous tuerons le général. Et mes hommes vous aideront à Copenhague. Vous pouvez compter sur nous. Je suis heureux d'avoir fait ta connaissance. Rentre bien et fais attention à toi.

Ils font ensemble quelques dizaines de mètres sur le chemin de pierre brûlant qui descend vers la grille et la route en contrebas. Un quatre-quatre Porsche poussiéreux est garé, prêt à partir, et des hommes attendent à côté et devant la grille.

Le Prophète lui pose une main amicale sur l'épaule :

— Dis à Kuntz que quand ce sera fini, je serai heureux de le recevoir ici.

Ils se donnent l'accolade et Philippe monte dans la voiture :

— Bon retour, mon ami, et que la paix soit avec toi.

Le Prophète referme la porte et la voiture regagne

la grande route pour le conduire jusqu'à Casablanca. Il doit arriver en début de soirée à Paris. Il a rendez-vous avec Kuntz et, après, il lui faudra prendre la route pour Copenhague. Treize heures de conduite, seul dans la nuit, voilà ce qui l'attend. Il faut qu'il arrive à dormir un peu dans l'avion.

Mais rien ne pourra jamais lui faire regretter ce voyage à Cabo Negro.

Deux Picards se retrouvant à manger des huîtres chaudes et à boire du thé à la menthe face au détroit de Gibraltar !

On a beau dire, c'est tout de même une belle vie que la vie des voyous.

7

Kuntz revient au domaine du Coquibus vers dix-sept heures et il prévient la secrétaire qu'il sera absent quelques jours. En dix ans, c'est la première fois qu'il part ainsi, sans prévenir ni donner de motif ni de destination.

Il boucle rapidement une valise et un sac, puis il s'en va sans prendre le temps de dire au revoir à personne.

Kuntz roule vers Paris.

Depuis le début, il sait que s'il veut leur donner une petite chance de réussir l'opération, c'est à condition de trouver des alliés. Mais il sait aussi que ce n'est pas dans les pages jaunes de l'annuaire qu'il pourra les trouver.

Il les choisit donc dans ses souvenirs et dans son cœur.

Ben Jaffar le Prophète, Ajar le Kurde, Bressan le Sicilien : il sait qu'il peut compter sur eux.

L'entrée dans Paris est plus chargée que prévu car la circulation ne se fait que sur deux voies.

Il regarde dans les rétroviseurs régulièrement,

mécaniquement, sans appréhension particulière mais avec application. Il retrouve une vie qui a été longtemps la sienne, dont il connaît très exactement les ressorts, les contraintes, et dont il maîtrise tous les automatismes.

Il prend l'avenue du Maine, embouteillée sur toute la longueur, tourne à gauche juste avant d'arriver à la hauteur de la gare Montparnasse et entre dans un parking souterrain.

Il attend un instant, puis se gare à côté d'une autre voiture dans laquelle il transfère sa valise et son sac.

Cinq minutes plus tard, il ressort du parking au volant d'une Polo Volkswagen et il rejoint la rue de Rennes.

Pendant une demi-heure, il roule entre le boulevard Saint-Germain et les quais de Seine. En ce dimanche après-midi, la circulation est fluide. De nombreux promeneurs déambulent dans la ville, les jambes et les bras dénudés.

Personne ne semble le suivre.

Il reprend le boulevard Saint-Germain et le descend sur toute sa longueur, franchit la Seine sur le pont de Sully et prend les quais. Il passe devant la grande horloge de la gare de Lyon et tourne dans l'avenue Daumesnil, qu'il remonte jusqu'à la place Félix-Éboué. Il en fait deux fois le tour avant de s'engager en direction de la porte Dorée.

Décidément il n'intéresse personne.

Il tourne à gauche, s'engage dans la rue de Toul et pénètre dans le parking d'un immeuble moderne de huit étages. Il a trouvé le bip du garage, les numéros du digicode, l'adresse et les clés de l'appartement dans la boîte à gants de la voiture.

Kuntz ressort sans prendre le temps de monter à l'appartement et marche vers la place Daumesnil où il prend un taxi. Ça circule mal sur les quais et le chauffeur, sympathique et bavard, veut parler de tout et de rien. Kuntz se tait et ne relance jamais la conversation.

Le chauffeur de taxi finit par renoncer et se mure dans un silence épais et réprobateur.

Il le dépose en haut des Champs-Élysées devant le Drugstore, au croisement de l'avenue Marceau et de la rue Vernet.

Kuntz s'engouffre dans cette dernière d'un pas rapide. Il y a longtemps qu'il n'est pas venu dans ce quartier et pourtant tout lui semble familier.

Avant d'arriver au croisement avec la rue de Bassano, il entre dans un restaurant discret aux vitres opaques.

Marco est là, debout derrière son comptoir, avec ses yeux tristes de type qui a déjà trop bu mais qui a encore soif. Il ne bouge pas un cil et il fait comme s'il ne l'avait pas vu.

C'est sa coquetterie à lui. Et sa fierté.

Kuntz s'accoude au comptoir :

— Bonjour, Marco, ta valise est prête ?

Une beauté du désert à la peau cuivrée, avec des grands yeux fendus en amande, racée et vulgaire à la fois, les fesses hautes et de jolis petits seins bien mis en évidence dans un soutien-gorge blanc pigeonnant, s'approche de lui et le frôle de façon provocante.

Marco lui adresse un regard noir pour qu'elle décampe.

— Tu as embauché Néfertiti ?

Sans même lui avoir demandé ce qu'il souhaite, Marco lui sert une suze jaunasse, puis y rajoute deux glaçons et du schweppes.

Marco a attendu si longtemps que la Terre se remette à tourner qu'il a fini par ne plus y croire. Depuis trois jours, il est heureux. Philippe est passé le voir et lui a transmis les ordres. Il s'est mis tout de suite au travail.

Penché par-dessus le bar, il demande à Kuntz :

— Va y avoir du boucan ?

Il a toujours aimé parler le vieil argot des voyous.

Kuntz vide son verre en souriant. Marco connaît déjà la réponse.

S'il pouvait, Marco se mettrait à genoux et il supplierait le dieu des malfrats pour que ça se mette à flinguer dans tous les coins. Il va être servi. Depuis dix ans qu'ils ont raccroché les gants, il se morfond.

Son jardin tropical à côté des Champs-Élysées n'est qu'une tombe froide où il se gèle les os depuis trop longtemps.

— Tu en avais assez de passer l'aspirateur et le chiffon à poussière ? demande-t-il à Kuntz sur un ton goguenard.

Puis, d'un air pénétré, il ajoute :

— On a vécu couché, vieux frère, couché, tu m'entends, et c'est pas des façons.

Marco a toujours eu le goût de l'exagération.

Il continue :

— Tu vois, Roland, les choses ont changé. Regarde bien. Leur histoire de réchauffement climatique, c'est du pipeau. Il fait glacial, mon pote. C'est gelé, on se les pèle, c'est comme si on était à poil sur la banquise.

Kuntz repense à son rêve.

Puis il regarde son ami et il n'aime pas ce qu'il voit : son teint plus fatigué, ses yeux plus humides, les plis à son cou, sa chemise tendue sur le ventre. Cela le rend agressif :

— Tu sais ce qui a changé, Marco ? C'est surtout que tu as pris du bide... Tu t'es laissé aller. Tu devrais te surveiller.

Marco ne se laisse pas faire :

— Me surveiller ? Au moins toi, tu sais de quoi tu causes... Et après ?

Marco le regarde dans les yeux :

— T'as peut-être le ventre plat, Roland, mais t'as pas rajeuni non plus. Gras ou maigre, je vois pas la différence. On sent le sapin à plein nez et c'est la même odeur. Si tu veux jouer au squelette avant l'heure, c'est ton affaire, mais tu permettras qu'on puisse vouloir faire autrement.

Il leur ressert deux verres, une suze et un gin, remplis à ras bord de glaçons et de schweppes, et ils vont s'asseoir dans une alcôve destinée d'ordinaire à d'autres ébats.

Ils bavardent un moment.

Marco a toujours compris vite. Il connaît parfaitement sa partie. En trois jours, il a réglé toute l'intendance. Il n'y a plus qu'à se laisser flotter. Toute l'équipe est déjà au travail.

À cette heure-ci, en début de semaine, le bar est à moitié vide et le personnel en bas nylon désœuvré.

Marco appelle la serveuse, une fille avec des jambes démesurées, des bas à couture et une petite queue-de-cheval blonde, pour qu'elle leur apporte du caviar.

Il veut lui faire goûter son « Prunier ».

Kuntz le trouve trop salé.

Marco est d'accord.

Trop salé, il est trop salé.

Kuntz se lève. Marco doit partir ce soir pour Trapani, puis le rejoindre directement à Copenhague. Cela ne le réjouit pas.

Cette fois-ci Kuntz lui serre la main, sort du bar et descend la rue Vernet jusqu'à l'avenue George-V. Il la remonte vers le Fouquet's, juste au coin des Champs-Élysées.

Aminata doit l'attendre devant le marchand de journaux avec sa Mini break.

Paris est brûlant, une chaleur moite et asphyxiante a envahi la ville. Un orage se prépare.

Marco lui a donné un certain nombre d'informations. La fille de Robert a réservé sur le vol pour Copenhague de neuf heures cinquante le lendemain. Retour au bercail. C'est là que Kuntz la retrouvera. Une partie de l'équipe sera sur le même vol.

Aminata s'arrête derrière le kiosque, comme toujours parfaitement à l'heure.

Kuntz monte dans la petite voiture et elle démarre sans même lui dire bonjour.

Des seins lourds, des fesses rondes, mais un corps élancé aux chevilles fines, un buste droit, un ventre plat et musclé, des jambes agiles et puissantes, Aminata peut changer de look, de coiffure, de couleurs d'yeux plusieurs fois par jour.

Ce n'est jamais la même femme.

Elle adore se déguiser et jouer des personnages.

Kuntz la regarde de profil. Depuis tout ce temps, contrairement à Marco, elle a peu vieilli. Elle vieillira plus tard.

Elle conduit vite et bien à travers le flot dense et nerveux de la circulation parisienne, variant fréquemment de file, se glissant dans des trous de souris, et elle écoute ce qu'il a à dire.

Puis ils répètent plusieurs fois les horaires, les lieux, les noms, les enchaînements. Tout doit être huilé, rodé, synchronisé. Elle sait exactement ce qu'elle a à faire.

Elle le dépose rue de Charonne, un peu après le croisement avec l'avenue Ledru-Rollin.

Il est déjà presque vingt et une heures trente et le jour commence à décliner.

Il entre dans un immeuble en pierre de taille couvert de tags multicolores, puis il ressort cinq minutes plus tard par le passage Charles-Dallery. Ensuite, il coupe par le passage Rauch pour tomber dans la rue Basfroi et rejoindre l'avenue Ledru-Rollin un peu avant la place Voltaire.

Pure précaution. Il connaît Paris comme sa poche.

Kuntz a faim.

Il fait toujours aussi lourd et il transpire.

Au tout début de la rue Richard-Lenoir, il entre dans un kebab. Son âge et sa mise détonnent totalement dans cet endroit. Les quelques rares clients le dévisagent avec insistance et sans aménité.

Kuntz s'assoit dans le fond de la salle, à la dernière table, de manière à avoir toute la petite salle dans son champ de vision, et il veille à ne regarder personne en particulier pour ne pas créer d'incident inutile.

Un jeune homme mal rasé s'approche pour prendre sa commande. Saisissant le serveur par le bras, il lui dit doucement :

— Dis à Ajar que Kuntz veut le voir. Et dis-lui que je suis pressé.

Le type hoche la tête. Il comprend que ce qui se trame ne le concerne pas et il ne veut surtout pas s'en mêler. Il sort un téléphone portable de derrière le comptoir où il a repris sa place pour préparer la commande et passe un appel rapide.

Dix minutes plus tard, un homme d'une soixantaine d'années avec une épaisse moustache pénètre dans le kebab et se dirige directement vers Kuntz qui est déjà en train de manger son plat et de boire son thé.

Il est de petite taille, plutôt fluet, avec des lunettes aux verres sales, habillé de façon négligée et ordinaire.

Les deux hommes se donnent l'accolade, puis ils s'assoient l'un en face de l'autre :

— Roland, cela fait si longtemps. Je ne pensais plus te revoir.

Kuntz s'inquiète :

— Ils ne t'ont pas prévenu ?

Ajar le rassure :

— Si.

Il peut donc aller à l'essentiel :

— La chasse est ouverte, Ajar, et j'ai besoin de toi.

Celui-ci est direct :

— Que veux-tu que je fasse, Roland ?

— Il faudra m'aider à Izmir. Je te dirai où, quand et qui. Mais à Izmir, quand je te le dirai, ce sera à vous de jouer. J'ai besoin de vous là-bas.

Ajar approuve :

— Tu peux compter sur nous. Nous y serons.

Kurtz finit de manger en prenant des nouvelles des uns et des autres, puis il se lève. Ajar le Kurde reste assis. Il est d'accord. Il n'a plus beaucoup d'espoir, mais cela ne doit pas empêcher de se débarrasser de cette vermine et de continuer la guerre.

Lorsque Kuntz sort du restaurant, Philippe l'attend, assis sur le capot d'une voiture.

Une moto-taxi vient de le déposer.

Il arrive directement de Casablanca.

Le soleil et la mer brillent encore dans ses yeux.

Ils marchent ensemble sur le boulevard Voltaire jusqu'à la place de la Nation, où ils se séparent. Philippe lui fait un compte rendu précis de sa rencontre avec le Prophète. Il ressemble à un gosse émerveillé.

Puis il disparaît dans une bouche de métro. Il a encore beaucoup de route à faire.

La nuit est tombée mais l'orage hésite toujours à éclater.

La ville est asphyxiée de chaleur.

Quelques personnes essayent de prendre le frais

sur les bancs, devant les immeubles ou aux terrasses des cafés encore ouverts.

Kuntz marche jusqu'à la rue Sidi-Brahim. L'excitation de l'action fait qu'il ne ressent nulle fatigue.

— Même si le sang doit couler ? lui avait demandé Ajar.

Et alors, a-t-on le choix ? Peut-on faire autrement ?

Le jeu de massacre va commencer.

Ce n'est que justice. Et vertu.

C'est ainsi qu'il faut voir les choses.

Pas autrement.

La guerre qu'ils mènent, si secrète et solitaire soit-elle, est une guerre juste.

Il faut seulement que tout se déroule comme il l'a prévu.

Mais cela, personne ne peut le garantir.

8

Marco a pris un vol pour Trapani, avec changement à Rome.

Trapani, pour lui, ça ne veut rien dire.

C'est le bout du monde, et même un peu au-delà.

Mais Kuntz a lourdement insisté :

— Tu verras, ils font de très bonnes pâtes à la sardine.

Cela n'a fait rire que lui.

Kuntz n'a aucun humour. Il n'en a jamais eu. Mais Marco ne discute jamais les ordres, même lorsqu'il n'en pense pas moins.

D'un autre côté, ça fait longtemps qu'il n'a pas pris de vacances.

Des vacances avec qui ? Des vacances pour aller où ? Des vacances pour quoi faire ?

En bouclant sa valise, il a un soudain accès de mélancolie.

Giorgio Bressan a pris sa retraite.

Il n'y croit pas.

Prendre sa retraite, c'est comme prendre des vacances. Pour des hommes comme eux, ça n'a aucun sens.

Bressan, le bel Italien cruel et chaleureux, a vendu ses affaires au Danemark et est rentré finir sa vie dans les îles Égades, son pays natal à l'ouest de la côte sicilienne.

Favignana, Levanzo, Marettimo ?

Personne n'a été capable de lui dire dans laquelle de ces îles il se trouve.

Le secret est bien gardé. Giorgio Bressan aussi.

Marco a tout de même tenté de se défiler :

— Pourquoi moi ? Tu sais bien que je ne peux pas le saquer. Et c'est réciproque. Il n'a jamais pu me voir en peinture.

Mauvaise pioche.

L'argument s'est retourné contre lui tel un boomerang :

— Justement. Je ne te propose pas un voyage de noces. Et au moins, vous vous connaissez.

Marco a dû admettre que ce n'était pas sot.

Il fallait trouver autre chose.

Il avait tenté de plaider l'épuisement de son capital solaire, une connerie qu'il avait lue dans un magazine au début de l'été.

Mais Kuntz s'était montré inflexible :

— Tu ne pars pas à la plage. T'as qu'à mettre des moufles, un bonnet et un anorak, je m'en fous, moi, de ton capital solaire. D'ailleurs, t'as toujours été trop dépensier.

En son for intérieur, Marco avait trouvé que ce n'était pas une façon convenable de parler à un ami fidèle et dévoué. Même si c'est indéniable qu'il est dépensier. Un véritable panier percé.

Pour Marco, avec ses trois mariages et ses pensions alimentaires, l'argent est un sujet de préoccupation majeur.

Il aurait aimé pouvoir parler avec Kuntz de tout cela.

Du temps qui passe, des enfants qui vous font des soucis, des escaliers qui sont plus difficiles à monter, des douleurs de dos le matin quand vous êtes si raide qu'enfiler vos chaussettes devient un exercice de haute voltige.

Mais Kuntz ne voulait jamais parler de ces sujets ni, plus globalement d'ailleurs, de rien.

Il s'était muré dans le silence peu de temps après avoir vagi comme tout le monde au sortir du ventre de sa mère et depuis il avait décidé de ne pas gaspiller davantage sa salive. La conversation n'était pas son truc.

Marco arrive à Trapani alors que la soirée est déjà bien entamée.

La ville est chaude, belle, s'avançant dans la mer entre rocailles et salines, plus riche, plus moderne et plus secrète qu'il ne l'avait imaginée.

Son hôtel tourne le dos au port. Il est situé à l'arrière de la vieille ville, le long d'un rempart qui surplombe la mer. Marco se change, prend une douche et sort alors que la soirée se poursuit sans que l'ombre ait apporté le moindre souffle de fraîcheur.

Giorgio Bressan lui a donné rendez-vous pour dîner dans le quartier juif juste derrière le port, à l'entrée de la plaine. L'adresse est recommandée dans les guides.

À vingt-trois heures trente, fourbu de fatigue, il est au restaurant mais, si la table est retenue, Giorgio Bressan n'est pas là. La serveuse a un beau visage triste et doux, et elle parle un peu français.

Il s'installe, bougon et déprimé.

Après dix minutes d'attente, une grosse voiture dont on peut se demander comment elle a réussi à se faufiler dans des rues si étroites s'arrête devant le restaurant et un homme en descend, plutôt un jeune homme, se dit Marco lorsqu'il le voit qui entre dans le restaurant.

Il s'approche de lui d'un pas vif et souple, le costume et la cravate très élégants.

— Monsieur Marco ? demande-t-il dans un français chantant.

— Qui d'autre, à votre avis ? répond Marco d'un ton morne et cassant.

Le jeune homme, il a à peine plus de vingt-cinq ans, lui décoche un très large sourire, découvrant une belle dentition, et s'assoit face à lui :

— On m'a prévenu que vous n'aviez pas très bon caractère. Bienvenue en Sicile, monsieur Marco.

Marco n'en revient pas d'une telle assurance. Le gamin lui est sympathique. Et il a déjà compris qu'il ne verrait pas Giorgio Bressan ce soir.

Le jeune homme enchaîne :

— Pardonnez-moi, je ne me suis pas présenté. Francesco Fiorro, je suis le neveu de Giorgio. Il est désolé. Vous savez, il n'est plus très jeune. Mais vous le verrez demain.

Marco laisse le silence s'installer entre eux et le jeune Francesco patauger dedans des deux pieds.

Il se plonge dans la carte. Tant qu'à être là, autant manger.

Le jeune homme veut se rendre utile :

— Si vous me permettez de vous conseiller, je…

Marco l'interrompt en levant la main :

— C'est bon, petit, j'ai choisi. Si tu veux manger avec moi, pas de problème. Mais surtout tu ne joues pas les guides touristiques, ça me refile de l'urticaire.

Le jeune homme répond, toujours de la même façon, par un immense sourire chaleureux et plein de santé. Il doit savoir que sa dentition avantageuse plaide pour lui.

La jeune femme triste vient prendre la commande.

Marco remarque qu'elle boite légèrement.

Une fois la serveuse partie, le silence s'installe à nouveau.

Le petit Francesco s'en tire bien. Il ne paraît ni nerveux ni embarrassé.

Marco suit la serveuse du regard, ému par ses cernes bleutés, le galbe de ses bras à la peau blanche, sa petite queue-de-cheval et ses cheveux noirs tirés en arrière.

Francesco se tait et mange avec appétit. C'est un bon gars, qui ira loin. Une force et un charisme particuliers émanent de sa personne.

Marco avale son escalope au Marsala l'esprit et le cœur ailleurs, puis à peine a-t-il fini qu'il se lève :

— Alors, à demain, petit.

Le jeune homme a juste le temps de lui dire le lieu et l'heure du rendez-vous.

Marco sort dans la nuit brûlante. Même la légère brise est si chaude qu'elle lui cuit les joues. La nuit n'a amené aucun répit. Au bout de cent mètres il transpire à nouveau et sa chemise est tachée de larges auréoles sur son torse et sur son ventre.

Il file vers l'hôtel, mêlé à une foule épaisse et lascive comme un lait d'amande.

Arrivé dans sa chambre, il retrouve la fraîcheur de la climatisation, prend une douche, puis s'allonge sur le lit et regarde la télévision.

Le lendemain, Marco attend un bateau sur le quai dans la chaleur de midi. Il fait étouffant.

Le *Zeus*, c'est le nom du bateau, est à quai.

Marco a l'air d'un parfait touriste au milieu des autres.

Un gnome en tee-shirt jaune de la compagnie fait la circulation en riant sur le quai de bitume. Il a l'air le plus heureux des hommes malgré son corps difforme et l'insupportable fournaise.

Marco monte à bord d'un pas traînant.

Depuis le matin, son ventre le déchire et sa tête est douloureuse. Il a eu beau avaler des litres de café, rien n'y a fait. Il est dans le coton et n'arrive pas à reprendre ses esprits.

Il s'installe à l'intérieur, dans une cabine pleine de vieillards et d'enfants en bas âge, pendant que les autres restent sur les ponts pour profiter du paysage. La climatisation est trop faible, mais c'est quand même plus supportable. Il achète une bouteille d'eau minérale au distributeur. Il a soif. Puis il s'assoit sur une banquette de moleskine qui l'oblige à se tenir droit. Son ventre lui fait mal, comme s'il était rongé de l'intérieur par un ulcère géant, et comme d'habitude dans ces cas-là son dos se met aussi à le lancer, en bas des reins, et à tirer jusque dans ses jambes.

Cette vie est vraiment un emmerdement.

Il boit la petite bouteille d'eau d'un coup.

Il a soif, très soif.

Kuntz est un beau salopard de l'avoir envoyé dans ce coin perdu avec tous ces métèques.

Le bateau a mis le cap sur l'île de Favignana. Il ne doit pas avancer à plus de dix nœuds. La mer est plate, sans une risée, et le soleil à la verticale inonde le golfe de lumière et de chaleur.

Marco monte un instant sur le pont supérieur pour se dégourdir les jambes.

Des touristes, tous italiens, ont pris place sur les bancs de bois et la plupart sont allongés pour le voyage, sans doute dans le but de se noircir encore plus la peau.

Les marins remontent de la soute et gagnent la partie réservée au personnel à l'avant du bateau.

Marco a vraiment trop chaud. Il ne peut pas tenir dehors.

Il est en train de rejoindre le pont arrière pour se mettre à l'abri quand un frisé à tee-shirt jaune, avec des bras d'haltérophile et un corps de danseuse, un diamant à l'oreille, lui demande de bien vouloir le suivre.

Marco lui emboîte le pas.

Le type détache la petite chaîne qui barre la coursive du pont avant, le laisse passer et remet la chaîne en place derrière lui.

Puis il le précède à nouveau, le temps de parcourir trois mètres, et le fait entrer dans une cabine située sur la droite. Un homme en uniforme blanc, avec des épaulettes dorées de capitaine, le salue et sort en même temps qu'il avance d'un pas, ébloui par l'ombre.

C'est alors qu'il l'aperçoit et cela lui fait un choc brutal.

Giorgio Bressan est là.

Mais ce n'est plus que le squelette de l'homme qu'il a connu autrefois.

La maladie lui a rongé les chairs et bouffé les muscles.

Giorgio est assis à la table rectangulaire au milieu du carré, recouverte d'une nappe de dentelle fine comme dans un intérieur ancien, et il est vêtu sobrement d'un pantalon de toile beige et d'une chemise à manches courtes qui laissent voir sa maigreur.

Son regard noir, perçant et dur, saisit celui de Marco.

— Tu vois, Marco, je suis là.

Il ne bouge pas de la table, seul son bras maigre posé devant lui se lève légèrement pour l'inviter à s'asseoir avec lui.

Marco s'approche et s'assoit. Giorgio lui sourit de son visage émacié et fatigué où brûle encore la force de ce caractère impétueux et implacable qui en a fait trembler plus d'un.

Mais ce n'est que la flamme d'une bougie qui va bientôt s'éteindre.

— Que se passe-t-il, Marco, pour que tu viennes jusqu'ici et que tu prennes tous ces risques ?

Marco n'aime pas ce léger ton de menace qui semble sortir des profondeurs de la tombe.

— Je n'ai pas l'impression de prendre le moindre risque, Giorgio.

Cela est dit de telle sorte que ce ne peut qu'être blessant.

Giorgio sourit, le même sourire que son neveu, seulement avec cinquante années de plus.

— Tu ne m'as jamais aimé, Marco.

Marco ne répond rien, ce qui est une façon de ne pas le contredire. Pourquoi l'aurait-il aimé ?

— Moi, tu vois, ça me fait plaisir de te voir. Ça me rappelle beaucoup de bons souvenirs. La belle époque, mon ami !

Marco le voit bouger la jambe. Il appuie sur une sonnette. Le frisé aux bras puissants telles des cuisses réapparaît :

— Qu'est-ce qu'on te sert ?

Marco ne sait pas quoi prendre.

— Je te propose un café glacé. Ils sont excellents.

Marco opine du chef.

Le frisé aux bras puissants leur sert leurs boissons, puis les laisse seuls.

Giorgio Bressan l'interroge :

— Tu as toujours autant confiance dans ton ami Roland ?

Marco lui sourit :

— Je n'ai confiance en personne... sauf en lui.

Giorgio Bressan boit aussi un café glacé. Il approuve et sourit :

— Pourquoi tu es venu, Marco ?

Marco réfléchit en regardant la mer à travers les hublots.

— Nous avons besoin de vous, Giorgio. Et d'abord à Nisida. On ne peut pas y arriver sans vous.

Giorgio sort son paquet de cigarettes et demande d'un geste s'il peut fumer. Il est malade et il fume encore. Le pronostic ne doit pas être bon.

Il appuie sur la sonnette une nouvelle fois, le marin en tee-shirt jaune apparaît et il lui demande un cendrier.

Marco lui parle de Nisida et explique de quoi il s'agit. De tuer un officier supérieur de l'Otan, un amiral américain, un homme bardé de médailles, de citations, de décorations.

Giorgio allume sa cigarette et une quinte de toux le plie en deux à la première bouffée. Puis, quand ça se calme, il reprend :

— Ce que vous faites, Marco, il faut le faire. Pour Naples, ne vous inquiétez pas. Nous nous en occuperons. En voisins. Sais-tu que c'est ici – et il montre la mer – qu'Ulysse s'est fait attacher au mât pour résister au chant des sirènes. Et que c'est là-bas, à Nisida, qu'il a combattu les cyclopes.

Il lui raconte brièvement la légende des cyclopes.

— Nous ne sommes que des pêcheurs, Marco, mais dis bien à Roland qu'il peut compter sur nous et qu'il n'a pas de souci à se faire. Ton amiral est déjà mort. Et comme Ulysse, nous nous appelons « personne ».

Le capitaine entre, lui fait un signe et Giorgio met des lunettes de soleil et un chapeau de paille.

Il doit partir.

Il est monté dans le bateau dissimulé dans une voiture et il descendra de la même façon, caché aux yeux indiscrets.

Ils se serrent la main et Marco ressent un pincement au cœur.

Giorgio Bressan est épuisé.

Mais il trouve le ressort de planter une dernière fois son regard noir dans le sien avec la force des serres d'un oiseau de proie.

Marco reste quelques instants seul dans la cabine, puis un marin vient le chercher à son tour et le reconduit jusqu'à la grande salle fraîche pleine de retraités et de nouveau-nés. Nombre d'entre eux s'apprêtent à descendre. Il lui suffit d'attendre que le bateau décharge et charge à nouveau, et il va repartir vers Trapani sans même avoir besoin de bouger d'un centimètre. Le bateau dessert les deux autres îles, puis il rentre. Dès ce soir, il sera dans l'avion.

Il ne sait quoi penser.

La vision de Giorgio Bressan si diminué l'a atteint. Les vingt-cinq dernières années ont fait un sale boulot. Le colosse qu'il a connu est désormais un vieillard amaigri et ralenti. Et cette histoire de sirènes et d'Ulysse attaché au mât du bateau l'a bouleversé.

Il sort sur la passerelle pour voir les véhicules descendre du *Zeus* et adresser un dernier adieu en pensée à Giorgio. Il essaye en vain de deviner dans lequel il se cache. Trois camping-cars ont rejoint le quai où règne une vive agitation et cherchent à se frayer un chemin au milieu d'une foule imprudente. Marco parierait bien qu'il est dans l'un d'eux.

Il rentre sagement dans la pièce fraîche, achète une barre de chocolat et une nouvelle bouteille d'eau au distributeur automatique. Il a moins mal au ventre et il commence à avoir faim.

La vie reprend doucement le dessus.

Rentré à Trapani en milieu d'après-midi, Marco repasse à l'hôtel, prend une douche et boucle sa valise.

Tard dans la nuit, il arrivera à Copenhague.

Kuntz va être content.

La fête va pouvoir bientôt commencer.

Et elle promet d'être belle.

MARDI 16 JUILLET

9

De dos, il reconnaît Gérard, avec sa mince silhouette et ce halo de discrétion et de silence qui plane toujours au-dessus de lui comme une nuée de moustiques sur un marécage.

Les frérots sont là aussi, un peu plus loin, avec leurs têtes passe-partout de Français moyens.

Cheng est assis sagement, ses écouteurs sur les oreilles, au plus près de la porte d'embarquement. Il ressemble à Jackie Chan.

Kuntz est un solitaire qui aime être accompagné.

Vu ce qu'il a à faire, c'est une sage précaution. Ces quatre-là, chacun dans son genre, sont des valeurs sûres. Ils n'ont plus à faire leurs preuves.

Gérard est habillé comme toujours : petit blouson de cuir noir cintré sur tee-shirt noir, jean foncé, Converse basses noires, et il tire juste une petite valise cabine à roulettes, évidemment noire. C'est son uniforme depuis trente ans. Comme si le temps n'avait pas prise sur lui. Derrière le masque serein de son visage aux traits fins, il semble toujours sur le point de s'absenter.

Dantec est un homme délicat, subtil et mystérieux. Cela fait bien longtemps qu'il s'est soustrait du visible et de sa frénésie.

Un pâle sourire, dont on ne sait jamais s'il est en train de s'esquisser ou déjà en train de disparaître, éclaire son visage aux lèvres fines, au nez droit, aux yeux tranquilles. Il dégage un air de douceur et de bonté presque angélique, une allure étrangement juvénile. Sa démarche aérienne renforce encore cette impression. Dantec donne le sentiment de n'être pas tout à fait de ce monde et de n'avoir pas d'âge.

Ce n'est pas tout à fait faux.

Il vit sur les réseaux, dans un univers virtuel fait d'algorithmes, de connexions, de code d'accès, de barrières de protection. Son monde se projette sur la surface plane d'un écran, mais cette surface a une profondeur qui lui permet de connaître les mystères de la gigantesque termitière humaine, d'en pénétrer les entrailles, d'en sonder les cœurs et les reins.

Gérard est capable de percer tous les secrets. Les secrets des particuliers. Les secrets des entreprises. Les secrets des États.

Il a accès à cette doublure invisible et mystérieuse sans laquelle le monde serait aussi plat et ennuyeux qu'une assiette à dessert.

Il peut déjouer toutes les protections, franchir tous les pare-feux, déprogrammer et reprogrammer les systèmes les plus sophistiqués, introduire des perturbations et des virus dans les réseaux en théorie les mieux protégés.

Kuntz attend d'être parmi les derniers pour embarquer.

Lorsqu'il pénètre dans l'avion, la fille de Robert Helmont est assise au quatrième rang contre le hublot. Absorbée dans la lecture d'un magazine, elle ne lève pas les yeux. Depuis la veille, elle a changé de tenue. Habillée d'un ensemble en daim léger qui rappelle les années soixante, d'un chemisier à fleurs pour souligner le genre et de bottes montantes à talons, elle a une allure plus sophistiquée et plus branchée.

Il n'est surpris ni par sa beauté ni par son élégance. Mais elle a un air plus dur et plus fermé que lorsqu'elle est venue au Domaine. Elle a repris de l'assurance.

Noire comme l'ébène, Aminata est assise à côté d'elle, des cascades d'or aux poignets, aux oreilles, sur la poitrine, un faux sac Vuitton posé sur ses genoux.

Dantec est un peu plus loin, droit comme un i sur son fauteuil, toujours son petit sourire rêveur aux coins des lèvres. Cheng est à côté de lui. Il écoute sa musique.

Pia n'aperçoit Kuntz qu'au moment où il arrive à sa hauteur dans l'allée. Elle n'a même pas l'air surprise. Seulement contente.

— Vous avez changé d'avis ?

Aminata fait écran entre eux et c'est bien ainsi. Cela oblige à garder ses distances.

Il n'a pas changé d'avis. Elle le sait fort bien. Mais peut-être veut-elle faire comme si elle avait douté de lui.

— On se voit tout à l'heure, lui dit-il pour se donner une contenance et pouvoir gagner son fauteuil.

La jeune femme hoche la tête en signe d'acquiescement et lui décoche un sourire qui creuse deux délicieuses fossettes sur ses joues :

— À tout à l'heure.

Kuntz est tout chamboulé.

Aminata, qui a choisi des yeux verts et de longs faux cils, le regarde sans indulgence. Cette fille ne lui inspire rien de bon. Pas davantage cette atmosphère orageuse, électrique, qui l'a obligé à jouer les paratonnerres lorsqu'ils ont échangé trois mots insipides.

L'avion commence à rouler pour gagner sa piste d'envol et le chef de cabine procède aux démonstrations de sécurité.

Le pilote met les gaz, les moteurs libèrent leur puissance, l'avion prend son élan, accélère progressivement sa course, puis il décolle.

Le vol n'est pas long, à peine plus d'une heure et demie.

Aminata se lève.

Elle jette un regard furtif à Kuntz. Elle veille sur lui comme une poule sur ses poussins.

L'hôtesse de l'air commence à servir un snack attristant, café pisseux, jus d'orange industriel, viennoiseries surgelées.

C'est mieux que rien.

Roland Kuntz vole vers Copenhague en trempant un biscuit échappé de sa Cellophane dans un jus brunâtre.

Mais il n'a pas le temps de s'apitoyer vraiment sur son sort que l'avion entame déjà sa descente.

Les petites lumières rouges s'allument dans le plafonnier au-dessus de lui.

Obéissant, Kuntz boucle sa ceinture.

Le pilote pose l'avion sans heurts et l'immobilise sur la piste.

Il est onze heures vingt.

Pia s'est réveillée, elle range ses magazines dans son sac en velours à motifs, puis elle attend que Kuntz arrive à sa hauteur pour descendre avec lui.

Elle a l'air reposée et de bonne humeur :

— Je suis si contente que vous ayez changé d'idée.

Il n'en est rien, mais il hoche quand même la tête et sourit en signe d'approbation. Elle veut l'agacer. Cela n'a pas d'importance.

Aminata sort avant eux.

Ils marchent côte à côte, lui portant son sac en cuir faussement vieilli, elle se battant avec son téléphone portable pour trouver du réseau et écouter ses messages.

Ils attendent leurs bagages devant le tapis roulant sans échanger un mot et elle s'éloigne un instant pour aller chercher un chariot à roulettes.

Dantec est là, face à eux, de l'autre côté du tapis roulant, occupé à scruter le vide en toute chose, son pâle sourire accroché à son fin visage.

Elle récupère sa valise en cuir souple, une valise neuve et chère, qu'il installe sur le chariot comme si c'était naturel.

À quelques mètres, Aminata les observe avec consternation. Pudiques, les frérots quant à eux préfèrent regarder ailleurs. Cheng est déjà parti.

Ils se dirigent vers la sortie, lui poussant le chariot, elle bavassant au téléphone dans une langue sans chaleur ni grâce.

Ils ont l'air d'un couple. Un couple dépareillé mais un couple comme on en voit beaucoup. Un homme de la soixantaine, sans distinction, trapu, l'air dur et l'assurance de ceux qui ont fait leur place au soleil, et une jolie fille, plus grande, plus fine, assumant de n'être à ses côtés que pour de mauvaises raisons et contente de l'être.

Il croise leur image dans une glace et il se trouve totalement répugnant.

Dehors, un petit brun frisé les attend.

Il est maigre, dépassant tout juste le mètre soixante-cinq, la quarantaine, habillé d'un pantalon de toile, d'un débardeur et d'une paire de tongs, l'air efféminé.

Il lui tend une main miniature, minable et fuyante, un peu moite, et se met à pousser le chariot en jacassant d'une voix étrangement placée, avec des graves et des aigus excessifs et désordonnés.

Le petit homme fait comme s'il n'existait pas et ne s'adresse qu'à Pia.

Ils vont au parking et Kuntz l'aide à charger les bagages dans une Volvo break d'un âge antédiluvien. La voiture est sale. Des miettes de pain, des vieux Kleenex, des paquets de cigarettes vides traînent par terre et sur la banquette. Cette dernière est recouverte d'une couverture à carreaux aux couleurs défraîchies qui sent le chien mouillé.

Kuntz s'installe à l'arrière et ouvre sa fenêtre pour soulager son odorat.

Philippe est là.

Il les a suivis depuis le hall des arrivées, une casquette de yachtman plantée sur la tête, un appareil photo en bandoulière, des espadrilles aux pieds.

C'est sa façon à lui de vouloir que son quintal de chair et de muscle passe inaperçu. Il a loué une voiture japonaise pour avoir des plaques danoises et ne pas attirer l'attention. C'est très réussi. La fatigue d'une nuit blanche au volant lui donne une démarche de boxeur groggy.

Quand ils démarrent, il s'engage dans la circulation derrière eux.

Tout est en ordre. Dantec est parti de son côté, Aminata aussi, les frangins avec elle. Cheng a pris de l'avance.

Pia s'installe devant sans même lui proposer sa place. Il n'est sans doute qu'un bagage de plus.

L'homme s'appelle Livio. Il est d'origine italienne. Il conduit mal, de façon saccadée, ne se sert jamais ni de ses rétroviseurs ni de ses clignotants. Mais elle semble habituée à lui, à sa voix de crécelle, à ses manières de folle, à ses brusqueries, et heureuse de le retrouver.

Sans doute un drogué, songe Kuntz en regardant le paysage défiler derrière la vitre sale.

L'homme parle danois. Kuntz ne comprend rien de ce qu'il dit, mais il lui donne le sentiment d'être toujours énervé.

Pia semble l'avoir déjà oublié. Kuntz pose la main sur son épaule pour se rappeler à son bon souvenir :

— Vous me déposez à mon hôtel ?

Elle se retourne et, comme si cela était évident, elle lui demande :

— Pourquoi ? Vous ne voulez pas vous installer à la maison ?

Il ne sait quoi dire. Il bredouille :

— Si vous voulez, mais alors il faut que je prévienne…

Alors qu'elle a repris sa conversation avec le petit homme frisé, Kuntz, ses deux grosses mains posées sur ses cuisses épaisses, regarde défiler le paysage.

Que voit-il ?

Des morts et des morts, bien entendu.

Des serpents avec la tête coupée et, au milieu d'eux, ayant réussi à se faufiler parmi les ombres, une jolie jeune fille douce et tendre qui se penche vers lui pour l'embrasser et le réveiller de son songe, pour l'arracher à son sort.

Jusque dans l'arbre calciné abattu par la foudre, jusque dans la terre sèche fendue par le gel, jusque dans le galet dur poli par les eaux vives et glacées du torrent, il y a un cœur qui bat. Il suffit parfois de savoir l'entendre.

Décidément, le lyrisme n'est pas fait pour lui.

Il se trouve vraiment pathétique.

10

Après être venu les chercher à l'aéroport, Livio dépose Pia et Kuntz devant une maison cossue d'Amaliegade, une ancienne maison d'armateur.

La petite sonne, par paresse de chercher ses clés dans son grand sac en désordre.

Philippe continue sa route mais, sur le trottoir d'en face, plongé dans un guide de Copenhague, il y a un touriste asiatique en short et en sandales qui ressemble furieusement à maître Cheng.

Une vieille dame vient ouvrir, une collerette de fine dentelle blanche autour du cou sur une robe noire, des bas épais et foncés, un corps fatigué par les ans mais un beau et calme visage qui, lorsqu'elle sourit, laisse voir des dents encore bien plantées.

Le hall d'entrée est sombre, dallé de marbre noir. Des doubles portes en bois épais ouvrent de chaque côté sur des pièces de réception plongées dans une semi-obscurité. Outre un grand escalier droit partant vers les étages, le hall distribue d'autres pièces. Situées à l'arrière de la maison, sur le jardin, elles sont invisibles depuis l'entrée.

Robert Helmont a dû gagner beaucoup d'argent.

— Je vous présente Edith, qui m'a élevée.

Kuntz lui serre la main cordialement. Il ne dit rien mais il se souvient de l'avoir vue autrefois, il y a presque trente ans. Elle ne le reconnaît pas, ou n'en laisse rien paraître.

Edith est un prénom d'oiseau, un prénom de perruche, songe Kuntz. Mais il convient bien à cette vieille dame avec sa dentelle blanche autour du cou.

— J'espère que vous vous plairez ici, dit celle-ci d'un ton encourageant, comme on se débarrasse d'une formalité.

En échange, il grommelle un vague « Je n'en doute pas », tout aussi formel.

Cette femme a un petit air de supériorité qui ne lui revient pas. Mais il émane d'elle en même temps une inquiétude sourde et diffuse. La disparition de Robert Helmont semble l'habiter comme une terreur qu'elle cherche, sans y parvenir, à dissimuler de son mieux.

Du fond de la maison, une autre petite femme, pakistanaise celle-ci, en pantalon noir et veste blanche, le visage légèrement maquillé et des boucles d'argent accrochées aux oreilles, vient vers eux et les salue avec empressement.

Edith se tourne vers lui :

— Elke va vous montrer votre chambre. Reposez-vous un peu. Vous déjeunerez avec nous ?

Pia l'interrompt :

— Évidemment, Nanie.

Puis il suit sagement Elke.

Elle tente de lui arracher son sac, mais il tient bon

et finit par la faire céder. Ils montent un seul étage, tournent à droite et vont jusqu'au bout d'un couloir large d'environ deux mètres. La maison est spacieuse. Elle sent l'aisance et l'encaustique. De larges fenêtres se trouvent à chacune des extrémités du couloir, qui laissent passer la lumière du jour. Un joli tapis d'Aubusson court en bande étroite sur le parquet lustré. Des gravures et des aquarelles de bateaux anciens aux jolis gréements habillent les murs entre les appliques en acier chromé.

Le Grand habite une belle maison opulente à deux pas du palais royal, dans le quartier le plus riche de Copenhague.

Kuntz a du mal à l'imaginer dans ce décor de grand bourgeois du Nord qui ne lui ressemble en rien.

La chambre qui lui est réservée se trouve sur la gauche. Elle est la dernière avant la fin du couloir et elle ouvre sur un jardin d'une cinquantaine de mètres de profondeur, protégé par de hauts murs de briques. Une tonnelle est plantée au milieu du jardin et des rosiers grimpent sur les murs. Il y a des grappes de roses de diverses couleurs. L'atmosphère du jardin est délicieuse, raffinée, romantique. Sa chambre dispose de sa salle de bains privative et de ses toilettes, en marbre brun et en plomberie italienne de luxe.

Elke le laisse poser son sac et, après lui avoir montré les commodités et le grand placard où ranger son linge, lui demande en anglais si elle peut le laisser.

Il n'y voit aucune objection.

Pia vient le chercher en personne pour déjeuner.

Elle a pris le temps de se changer. Elle porte maintenant un simple jean délavé, une chemise de soie bleue unie et des espadrilles en cuir.

— Je voulais m'assurer que vous êtes bien installé.

Il l'est et la remercie, puis il lui emboîte le pas et descend les escaliers derrière elle sans trouver un seul mot à dire.

Une grande cuisine ouvre par deux portes-fenêtres sur le jardin.

Livio est déjà à table quand ils pénètrent dans la pièce qui sert aussi de salle à manger. Il lit un journal de bandes dessinées.

La porte claque, puis une femme entre en coup de vent. Très brune, les cheveux bouclés, habillée en tailleur de laine gris, son corsage vert en soie tendu par une forte et belle poitrine, elle a environ quarante-cinq ans, un début de maturité.

Elle embrasse la petite et Livio, puis lui serre la main chaleureusement.

— Je suis tellement contente de vous rencontrer, tellement contente que vous soyez là.

Kuntz se réjouit de la retrouver ici. Mais elle n'a pas l'air très à l'aise dans ce rôle et, comme souvent dans ce cas-là, elle en fait trop. Cela lui fait bizarre de le revoir après toutes ces années.

— Si j'avais pu, je serais allée vous chercher moi-même, mais je ne pouvais pas laisser l'usine.

Livio reste la tête plongée dans ses bandes dessinées. Il semble captivé et indifférent à tout ce qui se passe autour de lui.

Elke dispose sur la table une assiette de fromage,

une salade de betterave, des tranches de saumon fumé et du pain noir.

Manifestement, le déjeuner prévu est frugal.

Pia perçoit l'embarras de la situation, même si elle ne peut pas en deviner les vraies raisons :

— Je vous présente Bernilde.

Et se tournant vers Bernilde, sur un ton amusé :

— Comme d'habitude, tu ne t'es pas présentée, ma chérie. Tu crois toujours que tout le monde te connaît.

Livio lève les yeux vers Kuntz et, de sa voix de crécelle, il ajoute :

— Bernilde a été une grande vedette de la chanson, ici.

Bernilde rit et s'excuse :

— C'est vrai. Je suis la directrice de l'usine. Je travaille avec Robert depuis quinze ans. Et accessoirement je partage aussi sa vie.

Kuntz trouve cela cocasse qu'on lui présente Bernilde, et plutôt amusant. C'est lui qui l'avait recrutée et formée il y avait un peu plus de vingt ans de cela. Elle s'interrompt un instant et il saisit dans son regard un embarras persistant.

Pour s'en sortir, elle change brusquement de ton :

— Nous sommes très inquiets. Cela fait maintenant cinq jours que Robert a disparu. La police de Nuuk n'a trouvé aucune trace de lui. Nous n'avons aucune nouvelle. Aucune information. Rien.

Kuntz leur fait raconter par le menu les derniers jours, le départ, se fait expliquer les affaires de Robert. Mais Pia ne voit rien de saillant. Bernilde non plus.

Le petit Livio pas davantage. Pour eux, cette disparition est inexplicable.

La pièce est fraîche. Il est bientôt quatorze heures trente.

Livio part le premier. Il n'a presque rien mangé, mais il a fini son journal. Il a un rendez-vous. Bernilde doit partir à son tour pour regagner l'usine. Des clients l'attendent.

Kuntz veut se promener. Il décide de se rendre à Rådhuspladsen et de déambuler à partir de là dans la rue piétonne.

Avant de sortir, il prévient la jeune femme :

— Ne m'attendez pas pour dîner.

Elle ne lui donne pas de clé.

— Vous pouvez sonner à n'importe quelle heure, il y a toujours quelqu'un.

Mais elle ne pose aucune question.

En marchant dans la rue piétonne de Strøget, il aperçoit maître Cheng assis à la terrasse d'un café.

Il est attablé devant une bière, un casque sur les oreilles, des lunettes noires sur le visage, une chemise hawaïenne, des tongs aux pieds.

Kuntz s'assoit à deux tables de lui, commande un Coca-Cola et sort son portable.

Sur son téléphone, trois smileys se sont affichés.

C'est un message de Philippe.

Il a été suivi.

Kuntz se lève. Il doit se remettre en route. Il descend la rue pour gagner le port. Il est déjà dix-sept heures. Il y a plus de monde dehors que tout à l'heure.

Les trois smileys ne se sont pas encore matérialisés sous la forme d'un corps humain. Mais cela, il le sait, ne saurait tarder.

11

Si ce n'est qu'il s'est vidé de presque toute présence humaine, le port n'a pas changé. Il faut marcher longtemps entre les grues et les entrepôts pour atteindre les bassins. Des vieux cargos rouillés trempent dans l'eau noire et croupie des bassins du fond, quelques rares silhouettes de marins se détachent parfois sur leurs ponts, affairés à d'obscurs travaux d'entretien ou de réparation. Peut-être certains ont-ils été oubliés là depuis des années.

Kuntz marche vingt minutes sans se retourner, à un rythme soutenu. Il fait tout de même chaud et il commence à suer malgré la légère brise venue de la mer.

Il tourne derrière un entrepôt et attend, à l'abri d'une flaque d'ombre, adossé au crépi encore chaud du soleil qui l'a frappé tout l'après-midi.

Il aimerait bien fumer une cigarette. Il lui faut attendre un peu.

Trois minutes s'écoulent dans un silence troublé seulement par les cris des mouettes se bagarrant les détritus stagnant sur les eaux épaissies par les rejets d'huile, et par les bruits métalliques des gréements et des grues s'agitant dans le vent encore tiède de cette fin d'après-midi d'été.

Trois minutes interminables.

Il entend d'abord comme un bruit de respiration, puis un pas discret, le léger souffle d'une semelle de crêpe, et il aperçoit, presque en même temps, une ombre qui se dessine, mouvante, et passe le coin de l'entrepôt.

Toutes ses pensées s'envolent en un instant comme une nuée de moineaux.

Ne reste que le silence brutal et dense de sa concentration.

Il est entièrement absorbé par les gestes qu'il doit enchaîner, tel un automate puisant dans la mémoire intacte de son corps des vieux réflexes qu'il craint d'avoir oubliés.

Il se sert du mouvement de l'homme, de sa vitesse, pour le projeter la face contre le mur et lui frapper le visage contre le crépi. Un premier coup alors qu'il le tient par la nuque, puis un second plus violent en l'agrippant par les cheveux.

Il sait qu'il ne faut surtout pas lui laisser le moindre répit.

Il lui donne un coup de genoux dans le bas du dos, entre les reins et le coccyx, puis il le frappe violemment avec son pied droit à deux reprises dans les jambes pour le mettre à terre.

L'homme est de grande taille, il a une bonne quarantaine, blond, un visage régulier, un corps lourd.

Son visage est ensanglanté, sa bouche ouverte aux

dents brisés crache un sang noirâtre et filandreux, des coupures multiples tailladent son front et ses joues, mais ses yeux expriment davantage la surprise qu'à proprement parler la peur.

Kuntz pose violemment son genou sur sa poitrine, au niveau du plexus solaire, et il appuie de tout son poids, bloquant sa respiration.

Il lui demande, en articulant distinctement en anglais :

— Qui êtes-vous ?

L'homme balbutie une réponse incompréhensible et du sang sort de sa bouche.

Kuntz le saisit par les cheveux et lui cogne la tête une nouvelle fois contre le sol avant de répéter sa question :

— Qui êtes-vous ? Pourquoi me suivez-vous ?

Il sent le corps de l'homme se détendre sous la pression de son poids, comme pour manifester qu'il renonce à toute lutte ou pour se préparer à la mort.

Kuntz se lève, et lui envoie un coup de pied dans les côtes.

Il faut le laisser reprendre sa respiration. Il allume une cigarette. L'homme ne cherche même pas à se redresser. Il reprend doucement son souffle.

Kuntz repose sa question :

— Qui vous a demandé de me suivre ?

L'homme ferme les yeux un instant, des yeux gris qui regardent le ciel, et il murmure :

— Mlle Helmont.

L'homme ne sait pas si Kuntz l'a entendu. Alors il

répète, d'une voix plus articulée, en toussant des filets de sang :

— C'est Mlle Helmont qui m'a engagé pour vous protéger.

Kuntz sait qu'il doit faire semblant de croire à ce mensonge.

Il répète :

— Mlle Helmont ? Pour me protéger ?

Un bruit de pas se fait entendre dans le silence. Quelqu'un s'approche.

Kuntz écrase sa cigarette et se plaque à nouveau contre le mur.

Mais c'est un pas qui ne cherche pas à se dissimuler et qu'il reconnaîtrait entre tous.

Maître Cheng passe le coin, sa casquette vissée sur la tête, et sans même le regarder il prend l'homme sous les bras et le tire à l'abri de l'entrepôt pour que personne ne puisse le voir.

Kuntz demande à Cheng :

— Tu as vu Philippe ?

Cheng n'a pas le temps de lui répondre qu'un bruit de moteur leur parvient.

Philippe arrive. Ils embarquent le type dans la voiture japonaise, l'installant avec Cheng sur la banquette arrière, puis ils roulent jusqu'à la sortie du port, où Kuntz descend.

Il monte dans un taxi et se fait conduire au jardin zoologique. Il prend le portefeuille de l'homme et, le temps du trajet, il regarde son contenu : carte d'identité, permis de conduire, attestation d'assurance, cartes de crédit, cartes d'abonnement et de fidélité.

Il prend l'argent qu'il y trouve, paye le taxi avec, puis jette le contenu du portefeuille dans la première poubelle à l'entrée du jardin.

Il envoie les coordonnées du type à Dantec.

Mais il a déjà une idée assez précise de ce que ce dernier va pouvoir trouver.

Elle le fait suivre. Pour le protéger ? Quelle rigolade ! Ces types ne manquent pas de culot. Elle n'est sans doute même pas au courant.

Mais il faut qu'il accepte d'être pris pour un imbécile. Ce n'est pas difficile. Et il est entraîné.

Dantec lui adresse un nouveau mail.

Il a confirmation de ce qui pour lui était déjà une évidence. Le grand type qui l'a suivi est bien un officier du FET, les services secrets danois. Kuntz n'est pas étonné.

Il envoie un message à Philippe. Il lui dit de raccompagner le type où il le demande. Que peuvent-ils faire d'autre ? Le tuer ?

Ensuite, il leur faudra foncer à Hambourg où Aminata les attend.

Il se promène encore un moment dans le jardin zoologique. Il faut qu'il laisse assez de temps pour que l'information de l'agression leur parvienne et circule. Puis il reprend un taxi et regagne la grande maison d'Amaliegade.

Il a rendez-vous à l'extérieur pour dîner, mais avant il voudrait se reposer un peu.

Il est dix-neuf heures vingt lorsqu'il descend du taxi. Son rendez-vous est à vingt heures trente. Cela lui laisse peu de temps. Pour une première journée, elle a été bien remplie. Et il sait qu'elle n'est pas finie.

Kuntz sonne à la porte de la belle maison de maître. La Perruche vient lui ouvrir. Elle a l'air bouleversée. Tous ses gestes sont plus petits et plus rapides, plus saccadés encore que d'habitude.

— Pia veut vous parler.

Cela a tout l'air d'une convocation. La Perruche l'introduit dans un petit salon situé à gauche dans l'entrée. Il ressemble à une salle d'attente pour les visiteurs, avec une banquette, deux fauteuils, une console et deux jolis trumeaux qui se font face. La pièce est plongée dans l'obscurité et le parquet crisse sous les pas. Seule une faible lumière filtre à travers les persiennes fermées.

Kuntz sait à quoi s'en tenir. Il fait ce qu'il était prévu qu'il fasse. Sans aucun état d'âme.

Il s'approche de la cheminée et il pose sa main sur le marbre d'un rouge sombre. Il regarde son visage dans la glace du trumeau un long moment. Depuis combien de temps ne s'est-il pas regardé ? Il a toujours trouvé qu'il ne se ressemblait pas. De ce point de vue, les choses ne se sont pas améliorées. Cet homme d'un certain âge, le visage dur, les lèvres minces, les cheveux gris, la mâchoire forte, les yeux dissimulés par des lunettes aux verres fumés et aux montures en acier argenté ne lui ressemble pas. Et pourtant c'est bien lui.

Des pas rapides descendent l'escalier et il a à peine le temps de se reculer du miroir et de pivoter sur lui-même que Pia se trouve déjà à l'entrée du petit salon, à deux mètres de lui.

Ses yeux de lilas mauve ont viré au noir et sa voix, qui se déclenche comme un coup de fusil, l'atteint directement en plein visage et en plein cœur.

— Mais vous êtes fou, qu'est-ce que vous avez fait, vous vous rendez compte de ce que vous avez fait ?

Il se rend parfaitement compte.

Mais elle, que sait-elle ? Que comprend-elle ? De quoi se rend-elle compte ?

Il essaye d'argumenter.

Comment aurait-il pu deviner que c'était elle qui avait engagé ce type ?

Évidemment, cela ne manque pas de bon sens. Elle pourrait entendre cet argument. Cela n'a pas l'air pourtant d'être le cas. Car ce n'est pas le sujet à ses yeux. Le sujet, c'est sa réaction. C'est sa violence. Que rien ne peut justifier.

— Mais vous vous rendez compte ? Vous avez failli le tuer. Dans quel monde vivez-vous ?

Pia n'en démord pas. Puis elle porte le coup de grâce :

— Vous n'êtes pas doué de parole ? Vous ne pouviez pas lui parler ?

Kuntz baisse la tête. Que faire d'autre ? Elle le traite de brute, d'animal, de primate, et il ne peut rien faire. C'est son rôle. C'est sa vie. Elle peut tout se permettre. Parce qu'elle est innocente. Parce qu'elle est ignorante.

Il est vrai que le visage qu'il a contemplé dans le miroir ne plaide pas en sa faveur.

Il tourne sa chevalière sur son doigt.

Pourquoi, se demande-t-elle en le regardant, lui ont-ils conseillé d'avoir recours à lui, d'aller le chercher, de le convaincre de venir ?

Le portable de Kuntz fait un bruit curieux. Il s'excuse auprès de Pia. C'est Marco, qui lui téléphone de Rome, où il est en correspondance.

Il s'excuse à nouveau.

— Je dois y aller.

D'un ton sec, elle lui répond du tac au tac, avec une lueur de défi dans les yeux :

— Allez-y, je ne vous retiens pas.

Profil bas, il passe devant elle sans oser la regarder et il monte jusqu'à sa chambre d'un pas lourd. Il a été au comble de son art. Un véritable désastre humain. Mais il s'est mis en retard et il a juste le temps de prendre une douche. Après l'après-midi qui a été le sien, ce n'est pas du luxe.

Il se change, met un costume sombre, une chemise bleu clair, une cravate de soie, et s'asperge de déodorant senteur brise marine.

À vingt heures vingt-cinq, il descend. Un taxi l'attend.

Il ne croise personne. La maison semble déserte. Elle porte le deuil d'une grande espérance.

En sortant dans la rue, il arbore le sourire satisfait d'un gamin qui vient de jouer un mauvais tour.

12

À Hambourg, au siège de la Compagnie Hans Ritter, le docteur Hetzel est furieux. Il arpente son grand bureau du dernier étage, face à l'hôtel de ville et à la chambre de commerce, tournant autour de l'épaisse table en merisier où le vice-président Brenner reste immobile en attendant que la tempête qui s'est déclenchée se calme.

Depuis le début, il la sentait mal, cette histoire. Depuis le début, il les avait prévenus. Depuis le début, il leur avait dit de faire attention. Et maintenant il se retrouve avec une équipée de dingues sur les bras dont personne n'est capable de lui dire, ni qui ils sont, ni pour qui ils travaillent, ni même ce qu'ils veulent.

Le matin, lorsqu'il est sorti de son opulente maison située dans le quartier résidentiel de Blankenese, avec son beau parc aux arbres centenaires, ses massifs de buis taillés au millimètre et sa vue imprenable sur l'Elbe, une camionnette lui a barré la route.

Le temps qu'il freine pour éviter la collision, un petit homme grassouillet entre deux âges et tout de blanc vêtu, comme un yachtman ou un infirmier, s'est assis à côté de lui, lui a pointé un flingue sur le ventre et l'a menacé de tortures, de supplices et de souffrances sans fin, tout cela dans un anglais impeccable mais avec un curieux zézaiement.

La camionnette est repartie dans un crissement de pneus, le laissant stupéfait, tremblant de peur et ivre de rage.

C'était clairement un avertissement.

Une manière de lui faire comprendre qu'il est vulnérable. Qu'ils peuvent l'atteindre quand ils le veulent et où ils le veulent.

Hetzel, sec et nerveux, enroulé comme une liane autour de son nœud papillon, n'en finit pas de crier sa colère depuis le matin et de bousculer tous ses collaborateurs.

En vain.

Personne n'a rien trouvé concernant ce petit bonhomme grassouillet aux cheveux gris et blonds, pas la moindre trace.

Puis les mauvaises nouvelles n'ont pas cessé de s'accumuler les unes après les autres tout au long de la journée.

Hetzel ne peut pas tenir en place.

Se tournant vers son assistante, une femme d'un âge certain dont le sérieux et la sagesse sont soulignés par le bandeau de velours noir posé sur sa chevelure gris souris, il demande d'un ton vif :

— Birgitt, vous avez eu la confirmation de Boston ?

Celle-ci répond aussitôt, visiblement peu ébranlée par la colère du docteur Hetzel :

— Pas encore, monsieur le président.

Hetzel s'assoit à la table à côté du vice-président Brenner, un géant blond beaucoup plus jeune que lui, avec un air flasque et des rondeurs excessives, la peau marquée de rougeurs vives constituant par endroits de véritables plaques.

Hetzel a beau s'être assis, il continue de s'agiter et de secouer la tête comme un pendule.

Il se tourne à moitié vers son voisin :

— Alors, Brenner, qu'est-ce que vous avez à nous dire ?

Sans lui laisser le temps d'esquisser même un mouvement de bouche pour lui répondre, il se remet aussitôt à glapir.

Cet homme semble avoir mis ses doigts dans une prise électrique et être monté sur ressorts.

Hetzel ne peut rester en place.

Il s'est à nouveau levé pour hurler tout son saoul et faire les cent pas :

— Pouvez-vous me dire comment il se fait que ce matin je me sois retrouvé avec un pistolet sur le ventre, menacé par un inconnu, dans ma voiture, devant chez moi ? Allez, je vous écoute, ça m'intéresse. Au prix qu'on vous paie, vous allez bien nous sortir quelque chose…

Brenner n'est pas plus impressionné que ça. Il le connaît trop, et depuis longtemps.

Ce type est hystérique. Il faut toujours qu'il soit excessif, grossier, insultant.

Hetzel s'arrête un instant devant la large fenêtre pour contempler la place majestueuse devant lui. Il aime cette ville, son histoire, sa richesse, son indépendance, son arrogance bourgeoise. Il est ici chez lui. Il est né là. Il a grandi là. Il a vécu toute sa vie au bord de l'Elbe et il peut d'autant moins admettre qu'on vienne sur son territoire, chez lui, pour le menacer et chercher à lui faire peur.

Il regarde l'ombre qui est tombée sur la place. Les jours raccourcissent depuis un moment.

Tourné vers la ville, il reprend, sur un ton plus calme et comme s'il se parlait à lui-même :

— Si ça se trouve, ils sont là, quelque part. Ils nous observent. Ils nous guettent. Ils nous épient.

D'une voix neutre, Frau Mitgarten s'adresse à lui sans quitter son écran des yeux. Depuis vingt-cinq ans qu'elle travaille avec Hetzel, elle connaît son caractère et a appris à s'en accommoder :

— J'ai Boston, monsieur le président. Ils confirment les informations précédentes. Tout le système intranet a été piraté. Toutes les archives et toutes les correspondances, y compris les documents classés confidentiels, ont été visités. Un intrus a pu se promener pendant plus de quatre heures dans le réseau sans que personne le repère. Il n'y a aucune trace qui permette de savoir d'où est venue l'attaque. La seule certitude que nous pouvons avoir, c'est que la Compagnie n'a plus de secret pour lui. Ils vont continuer leurs investigations, mais il y a peu de chances que cela donne des résultats différents.

Un silence lugubre s'est installé dans la pièce.

Chacun mesure exactement ce que cela signifie et les conséquences que cela peut avoir.

Elles sont incalculables.

Subitement placide, le docteur Hetzel s'assoit sur le fauteuil libre à côté d'elle et il agite la tête comme s'il n'arrivait pas à y croire :

— Qui sont ces gens ?

Une nuance d'admiration perce dans sa voix.

— Bordel, qui sont-ils ?

Puis il se retourne lentement vers Brenner, toujours assis à la même place, immobile.

Il est devenu livide.

— Qu'est-ce que vous en pensez ?

Il fait effort pour parler calmement.

Brenner s'y risque :

— Ils vont nécessairement chercher à entrer en contact avec nous à un moment ou à un autre. On verra bien. Il faut attendre. Mais ils vont se manifester d'une manière ou d'une autre.

Dans le contexte, ses paroles paraissent exagérément optimistes et il s'en rend compte en même temps qu'il les prononce.

Le docteur Hetzel hoche la tête. Il aimerait y croire. C'est une hypothèse. Mais ce n'est malheureusement pas la seule.

Le vice-président Brenner se lève, comme s'il voulait se dégourdir les jambes. Debout, il fait presque deux mètres. Il a les épaules étroites et le bassin trop large.

— Je vais faire renforcer votre protection. Je crois que nous ne sommes à l'abri de rien.

Brenner a parlé d'une voix monocorde. Il est sinistre.

Hetzel hoche à nouveau la tête, mais cette fois en le regardant.

Brenner a anticipé sa question :

— On regarde tout, président. On épluche tout. Nous n'excluons rien, aucune piste. Les gars sont au travail. Mais nous ne disposons que de peu d'indices.

Il sait que le docteur Hetzel n'a pas d'estime pour lui et qu'il n'était pas favorable à son recrutement. Mais il s'en moque. Brenner ne doit sa carrière qu'à Hans Ritter et il considère n'avoir de comptes à rendre qu'à lui. Il a pour mission d'être ses yeux et ses oreilles au sein de la Compagnie. C'est ainsi en tout cas qu'il conçoit et qu'il exerce sa fonction.

Le docteur Hetzel le sait et cela n'aide pas à améliorer leur relation.

Pour Brenner, cette réunion a assez duré. Il a du travail. Voir Hetzel faire son cinéma et aboyer comme un roquet n'est pas sa tasse de thé. Il n'est pas payé pour servir de nounou ou de psychothérapeute à ce nain mégalomane.

Il le salue brutalement d'un signe de tête et il sort.

Hetzel ne cherche pas à le retenir. D'abord, cela ne servirait à rien. Ensuite, il n'en a pas envie. Il ne peut pas non plus le supporter. À ses yeux, Brenner est un mou et un incompétent. Il ne mérite pas le poste qu'il occupe.

Hetzel reste seul avec Frau Mitgarten :

— La journée a été longue, Birgitt. Vous pouvez rentrer. Je n'ai plus besoin de vous aujourd'hui. Dites au chauffeur de se tenir prêt pour vingt et une heures quarante-cinq et allez-y. Merci.

À vingt et une heures quarante-cinq, comme prévu, le président Hetzel rentre chez lui escorté de deux gardes du corps. Entre les deux malabars, sa petite taille et sa maigreur ressortent encore davantage. Il est plus calme, comme s'il s'était fait à l'idée que ce n'est que le début d'une crise sans précédent destinée à durer.

Depuis des années qu'il travaille à la Compagnie, jamais un événement de cette nature ne s'est produit. Mais surtout, jamais on n'aurait imaginé qu'il puisse s'en produire un jour.

La Compagnie est intouchable. Non seulement en raison de sa puissance et du respect qu'elle inspire naturellement, mais surtout en raison de sa capacité à se ménager tous les arrangements, les passe-droits et les complicités nécessaires. La Compagnie a un budget réservé pour payer des avocats à ferrailler contre les particuliers et les associations, victimes ou justiciers, qui régulièrement la contestent, la soupçonnent ou la combattent. Sa puissance financière lui permet tous les excès et tous les abus. La Compagnie sait harceler. Elle est procédurière. Elle peut faire durer les poursuites pendant des années. Certains ont fini ruinés, brisés.

Elle dispose aussi d'un autre budget, plus discret et plus important, pour détourner les regards, monnayer les informations, soudoyer les décideurs. Dans les activités qui sont les leurs, ce sont des pratiques ordinaires. Qui a jamais cru, où que ce soit dans le monde, que l'on puisse forer des puits, exploiter des mines, construire des gazoducs, sans se salir un peu les mains ? C'est le contraire qui surprendrait, et qui d'ailleurs ne serait pas crédible.

Personne jusqu'ici n'a jamais sérieusement songé à s'attaquer à la Compagnie. Et pour cause. Aucun de ceux qui en ont la capacité n'y a intérêt. Quant aux autres, il leur faudrait être fous !

Enfoncé dans la banquette arrière de sa BMW conduite par l'un des gardes du corps, le docteur Hetzel regarde les quais défiler dans la nuit. Son tempérament n'est ni à la peur ni à la plainte. Il sait que la situation radicalement nouvelle qui s'est créée résulte de deux ordres de cause qu'il faut bien distinguer. L'un relève d'une évolution profonde qui ne dépend en aucun cas de leur seule responsabilité et sur laquelle ils n'ont pas prise. On peut commenter, disserter, analyser autant qu'on voudra cette évolution, cela ne changera rien. L'autre est d'une nature différente. Il relève d'une faute qu'ils ont commise. Une négligence. Une inattention. C'est cette faute qui aurait pu être évitée. C'est elle qui doit être rapidement identifiée, analysée, corrigée.

Dans la poche intérieure de sa veste, son téléphone vibre. Hetzel regarde le message, un SMS. C'est Martha, son épouse adorée, qui l'avertit que ses petits-enfants vont se coucher parce qu'ils ont cours le lendemain matin. Ils ne peuvent pas l'attendre pour le baiser du soir. Depuis qu'elle a divorcé, leur fille unique Katherine est revenue vivre chez eux avec les jumeaux et la grande maison a retrouvé sa joie. Martha aussi. Il lui répond qu'il n'a pas fini sa journée. Il n'arrivera pas avant une grosse heure et il les embrasse tous.

13

Au siège de l'Otan à Bruxelles, avenue Léopold-III, une réunion de crise se tient au plus haut niveau dans la salle réservée au commandement intégré et à l'état-major. Il est dix-neuf heures trente ce mardi 16 juillet.

Dans la petite salle totalement hermétique à la confidentialité garantie, plusieurs grands pays sont représentés au niveau de leurs premiers responsables. La réunion a été convoquée en urgence, à la demande du secrétaire général en personne dès que celui-ci a pris connaissance de la teneur des documents qui lui ont été adressés.

Chacun des participants, huit au total, a devant lui une petite chemise cartonnée barrée d'un large bandeau sur lequel est écrit « confidentiel ». Dedans figurent des documents identiques soigneusement agrafés par liasses. Ce n'est rien d'autre que les copies de ceux que le secrétaire général a reçus sur son mail privé en début d'après-midi.

Le malaise est perceptible.

Le lieutenant-colonel Herrings, un Anglais d'une

quarantaine d'années, bien sanglé et élégant dans son uniforme, dirige la réunion. Il est le directeur du cabinet militaire du secrétaire général.

Aucune traduction n'est prévue.

Il attend que chacun soit assis et commence par remercier les participants de leur présence, tout en s'excusant des conditions dans lesquelles cette réunion a été convoquée.

Tout en lui est professionnel, son allure, son ton, ses attitudes :

— Vous trouverez dans les chemises devant vous les documents que nous avons reçus cet après-midi, soit une liste de noms, dont certains vous sont bien connus, et de comptes bancaires avec des ordres de virement datés. Ces comptes, dont la plupart se trouvent dans des paradis fiscaux, sont au nom de trustees ou de fiduciaires. Mais les documents les mettent en relation avec les noms. Vous trouverez aussi un autre document qui relie les mêmes noms à un certain nombre d'événements. Ce sont des événements très divers, mais tous en rapport avec des opérations économiques dans des secteurs stratégiques, essentiellement l'énergie, le commerce d'armes et les métaux rares. Enfin, vous trouverez un troisième document, qui détaille un réseau de personnalités, d'associations, de partis, de médias, d'entreprises qui seraient liés à une même organisation agissant à des fins politiques et de façon transnationale.

Cette organisation aurait été créée après la guerre. Elle aurait jeté ses bases dans les camps de prisonniers allemands au Canada, puis elle aurait opéré à partir de l'Allemagne, avec la complicité de beaucoup de services occidentaux, au premier chef les services américains et notre Organisation elle-même. Elle aurait changé de nature au début du nouveau siècle, après le 11-Septembre pour être plus précis.

En même temps que le lieutenant-colonel détaille le contenu des dossiers, les participants qui l'écoutent attentivement ont commencé de consulter les documents en leur possession avec gravité et intérêt. Ils saisissent immédiatement l'importance et le caractère hautement inflammable des informations qu'ils ont entre les mains.

— Donc, comme vous le constatez, si ces documents sont dignes de foi, notre Organisation ainsi que des responsables de très haut niveau dans les états-majors, les services de renseignements, la vie politique et économique de nos pays respectifs, seraient au cœur de ce réseau. Dit autrement, nous avons là le plus grand scandale que nous n'ayons jamais eu à affronter. La gangrène, la corruption, le complot nous ont dévorés de l'intérieur.

Le silence s'est fait autour de la table ovale où ne siègent que des hommes. La stupeur et l'accablement se lisent sur les visages. Chacun a pu parcourir assez vite les documents, glaner ici ou là quelques noms et mesurer l'étendue apocalyptique des dégâts.

Mais le lieutenant-colonel Herrings n'a pas encore tout à fait fini son compte rendu d'opération chirurgicale.

— Comme cela apparaît clairement à la lecture de ces documents, le plus nouveau dans ces révélations réside dans la description qu'ils donnent de l'alliance objective passée entre les extrémistes engagés dans la guerre de civilisation contre l'Islam, les nostalgiques du Troisième Reich et la nouvelle Russie. Vous conviendrez facilement que c'est incontestablement, pour notre Organisation, un changement de doctrine.

C'est le seul trait d'esprit que le lieutenant-colonel Herrings s'est autorisé depuis le début de son propos.

À voir la tête des officiers supérieurs, il est tombé totalement à plat.

Un petit homme aux cheveux luisants peignés en arrière, portant un costume trop ample à rayures et des lunettes à demi-foyer aux montures bleues qui lui donnent une touche de modernité en décalage total avec tout le reste de sa personne, prend la parole en premier :

— Et l'objet de notre réunion, colonel, c'est quoi ?

Chacun comprend très bien ce qu'il veut dire dans l'anglais approximatif mais décomplexé qui trahit sa nationalité italienne.

Herrings a tout dit. Mais il a omis l'essentiel. Volontairement. Pourquoi sont-ils là ? Quel est l'objectif de cette réunion ?

Le lieutenant-colonel sourit. Il ne paraît ni surpris ni offensé par cette réaction pourtant brutale :

— Vous m'excuserez, mon général, si je ne dispose pas de toutes les informations que vous pourriez souhaiter avoir. Mais étant donné la gravité de la situation et son caractère absolument sans précédent, il a semblé au secrétaire général qu'il était nécessaire de vous tenir informés en temps réel.

C'est finement joué.

Herrings a été choisi pour assumer une tâche délicate.

Il s'en acquitte admirablement.

Le général Spitella apprécie le beau jeu. Il hoche la tête en signe de remerciement.

Herrings enchaîne :

— Le secrétaire général, pour des raisons que je n'ai pas à commenter mais que vous comprendrez parfaitement, est démissionnaire. La nouvelle ne sera rendue publique que lorsque et si vous le décidez. C'est à cette assemblée, certes informelle mais représentative de notre Organisation, qu'il appartient de décider de la stratégie que nous devons adopter.

Les participants se regardent, interloqués.

Au cas où les uns et les autres n'auraient pas compris, il ajoute :

— C'est une très lourde responsabilité qui nous échoit.

Le général français, un homme plus âgé que les autres, sans doute atteint d'un début de surdité car appareillé à une oreille, habillé aussi en civil, se tourne vers lui :

— Comment ces documents nous sont-ils parvenus, colonel ? Sait-on qui les détient à part nous ? Et êtes-vous certain de leur fiabilité ?

Il est manifestement estimé de ses collègues qui se tournent à leur tour, silencieux et attentifs, vers Herrings dans l'attente de ses réponses.

Celui-ci se sert un verre d'eau :

— La fiabilité ? Très grande d'après ce que nous

avons pu recouper, mon général. Même si nous nous sommes interdit d'utiliser les procédures conventionnelles de vérification, pour pouvoir garder au maximum la confidentialité. À ce stade, nous voulons maintenir le plus haut degré possible de discrétion. Quant aux documents, je vous l'ai dit, ils sont arrivés sur la boîte mail personnelle du secrétaire général lui-même, et nous n'avons pas pu remonter à l'envoyeur. Ils sont arrivés vers treize heures, et le secrétaire général les a trouvés lorsqu'il a consulté sa boîte vers quatorze heures trente en rentrant de déjeuner. Notre hypothèse, c'est que ce sont des professionnels avec un potentiel technologique de très haut niveau. Les informations, vous le verrez, proviennent toutes de la même source, la Compagnie Hans Ritter. Nous avons eu confirmation que le système informatique de cette dernière a bien été piraté dans la nuit de lundi à mardi. Dans les grandes largeurs. Un intrus a pu se promener plusieurs heures et accéder aux documents les plus confidentiels. Et là encore, pas de traces. À considérer les documents, et la façon dont la Compagnie Hans Ritter est visée, on ne voit pas qui pourrait être intéressé par une telle déstabilisation. Personne n'est vraiment épargné, pas même les Russes ou les Chinois. Disons que ça arrose large. Très large. Quant à votre troisième question, elle demeure à ce stade sans réponse. Tout nous incline à manquer d'optimisme. Cela ressemble fortement à une opération mains propres. Cependant, nous avons le sentiment que la dénonciation de la corruption n'est pas ici le mobile principal. Cela cache autre chose. De plus, comment dire…

Il hésite un court instant :

— … politique.

Agacé par cette longue tirade, et sans doute inquiet de ce qu'il a entendu, le général Spitella, faisant rouler ses yeux comme des billes derrière ses demi-lunes bleues, décide de reposer sa question :

— Je me permets d'insister, au risque de vous paraître grossier : quel est l'objectif de notre réunion ? Vous êtes bien conscient, colonel, qu'il va nous falloir en référer à notre hiérarchie. Alors pouvez-vous nous dire ce que vous attendez de nous précisément ?

Il a bien compris le piège.

Les autres aussi.

Étant donné l'importance de l'affaire, ils ne peuvent se permettre d'être les otages de décisions prises ailleurs. Il convient d'abord d'éviter tout jeu de dupes.

Le représentant du Royaume-Uni vient en renfort de son collègue :

— Spitella a raison. Il faut sans doute exercer une certaine solidarité. Nous y sommes toujours favorables. C'est le principe même de notre alliance. Il semble toutefois que certains ont jugé qu'ils pouvaient s'affranchir de cette solidarité à notre endroit. Et que fait-on ? On nous appelle pour payer les pots cassés. C'est jamais agréable d'avoir le sentiment d'être pris pour des imbéciles. Il y a donc peut-être aussi des responsabilités à établir. C'est, me semble-t-il, un préalable. Pour le reste, je vois juste dans cette histoire un beau roman. Celui qui a écrit cela ne manque pas d'imagination et de talent, même si on ne peut pas dire que ce soit très subtil.

Lord Richard Badow a lui aussi le rang de général. Il a dirigé le cabinet de plusieurs ministres et, à ses heures perdues, il écrit de grandes fresques historiques qui ont su trouver un large public. Quand il parle de roman, c'est en homme de l'art.

Chacun, autour de la table, comprend que, malgré l'expression de son mécontentement et son rappel à l'ordre, lord Badow a fait une ouverture importante. Il est le premier à évoquer ce que pourrait être une stratégie de riposte.

Ils peuvent en effet très bien décider que tout cela n'est qu'un roman. Traiter l'affaire en interne, couper les branches pourries et nier tout en bloc en plaidant la tentative de déstabilisation. C'est une hypothèse à envisager sérieusement. Tactique classique, mais toujours efficace. Il suffit de jouer la montre.

Le colonel Herrings reprend la parole. Il aurait aimé que le général Paulus s'exprime pour les États-Unis d'Amérique. Mais le général Paulus, en uniforme, son béret posé sur la table, n'a pas l'air décidé à ce stade à exprimer la moindre opinion et à émettre le moindre son.

Connu pour son caractère bourru et entier, avec son mètre quatre-vingt-dix, ses cent vingt kilos et ses états de service, il est le seul Noir américain à avoir accédé à des fonctions de ce niveau dans l'Organisation.

Paulus est au moins autant craint qu'admiré. Il est connu pour ses colères légendaires qui sont comme des ouragans emportant tout sur leur passage.

— Si nous nous retrouvons ici dans deux heures pour faire le point…

Le général Paulus regarde ses collègues, en particulier son collègue danois, et, sans se soucier du fait qu'il interrompt le lieutenant-colonel Herrings, il commence à bougonner :

— Moi, je vous le dis, messieurs. Cette fois-ci, on ne s'en sortira pas avec des combines. Face à nous, ce ne sont pas des gauchistes. Ce n'est pas la Ligue de protection des bébés phoques ou l'Association de défense des poissons-chats à qui on a affaire. On a affaire à des soldats. Et ils ont l'avantage de l'offensive. À considérer leur mode opératoire, ils n'ont pas décidé de faire dans la dentelle. Et mon avis est qu'ils n'ont pas un coup d'avance. Ce n'était qu'une mise en bouche. Un amuse-gueule. Ils en ont plusieurs, de coups d'avance.

Le général Paulus enfle légèrement le ton. Il a une voix puissante et un ton martial :

— Alors on ne s'en tirera pas comme d'habitude en tortillant des fesses. Si certains d'entre vous pensent ça, ils se trompent. Ils ne nous lâcheront pas. Si vous voulez faire le dos rond, essayez, vous verrez, ils vous le briseront.

Il laisse ses paroles produire leur effet et regarde chacun des hommes assis autour de la table, comme s'il les provoquait. Mais ce n'est pas fini. C'est comme s'il leur mettait un marché en main :

— C'est la guerre. À vous de choisir dans quel camp vous voulez la mener. Mais surtout n'allez pas vous raconter qu'on va s'en tirer avec une astuce de bureaucrates ou un cabinet de conseil en communication. Il va pleuvoir des cadavres. Et si on ne fait pas attention, les cadavres, ce sera nous. Nous tous. Je ne sais pas qui sont ces gens. Je ne sais pas qui se cache derrière eux. Je ne sais pas ce qu'ils veulent. Ce que je sais, en revanche, c'est qu'il ne faut pas les laisser chier comme ça sur nos drapeaux.

Le général Paulus accompagne sa brillante conclusion d'un coup de poing sur la table qui fait trembler les verres et les carafes d'eau. Tout le monde est consterné par ce ton brutal et familier. Paulus a sérieusement rafraîchi l'atmosphère.

Les désaccords sont palpables et chacun ne peut s'empêcher de se demander à quoi jouent les Américains. Paulus a-t-il un mandat ou s'exprime-t-il en son nom ? Qu'est-ce qu'il veut ? Une purge ? La guerre ? Mais contre qui ?

Seul Herrings est content, même s'il ne veut rien en laisser paraître.

Le moins qu'on puisse dire, c'est que Paulus a fait le boulot. « Il ne faut pas les laisser chier sur nos drapeaux » : c'est direct, imagé, efficace. Herrings apprécie. Il apprécie d'autant plus que ce n'est pas son genre de beauté. Le général Paulus lui a dégagé le terrain. Il peut donc conclure :

— Messieurs, merci. On se retrouve donc ici dès que l'on aura du nouveau. Encore merci.

L'équivoque demeure. Chacun s'en rend bien compte. Qui sont ces gens qui chient sur nos drapeaux ? Les factieux, les traîtres et les corrompus qui ont organisé leur complot en interne ou les justiciers qui veulent les poursuivre, les combattre et les éradiquer ?

Ce n'est pas clair, sauf peut-être dans l'esprit ombrageux du général Paulus.

Mais personne ne se risquerait à lui demander des éclaircissements.

Le général Paulus se lève et, sans s'attarder, il regagne son bureau en bougonnant.

La discussion ne s'est pas déroulée au niveau des représentants permanents et il sait ce que cela veut dire. C'est une affaire militaire. Depuis longtemps, il a compris qu'ici comme à Washington les choses ne se passent pas comme elles devraient se passer. Mais il a toujours protégé les siens. Peut-être s'est-il trompé de priorité, mais il ne le croit pas. Il continue de penser que Mathew Chamblain n'aurait pas dû se mêler de ça ni remuer toute cette merde. À quelques mois de la retraite. Qu'est-ce que Mathew a besoin de jouer les justiciers ? Et qu'est-ce qui pourra en sortir de bon ? Pour qui ?

Mathew Chamblain est son ami depuis l'école des officiers. Il est le parrain de sa fille. Qu'est-ce qu'il peut faire ? Mathew est un type bien, un vrai patriote. Le général Paulus est fier d'avoir son estime. Dans le monde d'anguilles, de chauves-souris et de limaces où il évolue, l'estime de Chamblain est pour lui un bien précieux. Il n'est pas prêt à y renoncer.

À la Maison-Blanche, ils leur ont donné le feu vert. À condition toutefois que les opérations restent secrètes, ponctuelles et maîtrisées. C'étaient les termes mêmes, Paulus s'en souvient, du secrétaire d'État.

Manifestement, ce n'est pas la tournure que prennent les événements. Bordel, qu'est-ce que Mathew est en train de fabriquer ?

14

Lorsque Kuntz entre dans le restaurant, il éprouve une puissante impression d'étrangeté. L'endroit est chic et à la mode, rempli de bourgeois bohèmes snobs et gourmets. C'est le bistrot en vue, cet été-là, à Copenhague.

La salle est curieusement disposée, répartie sur deux étages, avec des balustrades, des colonnes, des sculptures et des créations florales qui dessinent une multitude de méandres et de recoins. La décoration est kitsch. Des sofas de velours, des tentures sombres, des vases et des lampes en cuivre aux abat-jour de verre coloré créent une atmosphère chaleureuse mais étouffante et décadente.

Kuntz est le premier surpris.

Il ne s'attendait pas du tout à ça mais tout au contraire à un lieu géométrique, dépouillé et sobre.

Une créature à l'épaisse chevelure bouclée, moulée dans une combinaison taillée dans une couverture de survie et montée sur des talons compensés de dix centimètres, le précède jusqu'à sa table. Son invité est déjà assis.

Karlo est devenu un très vieux monsieur. Totalement chauve, avec de tout petits yeux plissés et bleu pâle cachés derrière des lunettes aux verres épais, il est encore plus énorme qu'avant. Il a une tête toute ronde et glabre comme celle d'un nourrisson. Un très vieux nourrisson avec des bajoues et une peau un peu grise. Il a toujours ressemblé à un éléphant de mer échoué parmi les hommes, l'air pataud et l'œil malin.

Quand Kuntz arrive, il est en train de lire la carte qu'il a portée tout près de son visage avec une attention scrupuleuse. Il n'a jamais eu une très bonne vue. Et il a toujours été gourmand.

Le vieil homme lève lentement les yeux vers lui. Ils se regardent un instant en silence, puis Karlo replonge dans sa lecture.

Le temps n'est pas une ardoise magique. Il n'efface jamais rien. Les blessures peuvent guérir, les douleurs passer, mais les cicatrices demeurent. Un seul coup d'œil leur a suffi pour voir qu'ils ont beaucoup vieilli tous les deux. L'un face à l'autre, ils ne peuvent pas tricher. Leur amitié est un sérum de vérité.

Kuntz le charrie :

— Tu t'es fait élégant, lui dit-il avec une moue d'admiration et d'approbation, en l'observant de haut en bas.

Karlo a toujours négligé son apparence. Ses pulls troués et tachés, ses chaussures sans lacets, évasées et pleines de terre, ses pantalons en tire-bouchon ont longtemps été pour tout le monde un objet de plaisanterie et d'effarement.

Ils ont aussi fortement contribué à installer sa légende.

Ce soir, il porte une chemise propre même si elle est un peu défraîchie, une veste de toile et un pantalon coupé normalement.

Le visage du vieil homme s'éclaire d'un sourire plein de mansuétude et de tendresse et, d'une voix étrangement étouffée et monocorde, il lui dit :

— Et je serai encore plus élégant à ton enterrement, petit. Tu peux compter sur moi.

Kuntz l'a connu à l'époque où Karlo portait les godillots, la veste et la casquette marron des employés de la DSB, les chemins de fer danois.

Kuntz n'était encore qu'un petit voyou. Karlo était employé au service de nettoyage de la gare centrale. Ils s'étaient immédiatement rapprochés. Pour des petits trafics.

Comment Kuntz aurait-il pu alors se douter que derrière ce gros clochard traînant dans un sac de plastique les cadavres des bouteilles de bière qu'il buvait toute la journée, les gardant pour l'argent de la consigne, il avait affaire à un agent israélien, un officier supérieur du Mossad, un chef de réseau ?

C'était impensable.

Jeune juif allemand réfugié chez des cousins au Danemark dans les années trente, Karlo avait quitté Copenhague et gagné les États-Unis au tout début de la guerre.

L'ambassadeur Henrik Kauffman l'avait pris en affection.

Dans ce contexte, le jeune juif n'avait même pas

pu finir ses études secondaires. Il avait dix-huit ans lorsque, en 1942, il était parti au Groenland et s'était engagé dans la patrouille Sirius un an seulement après sa création. Un jeune juif dans la Patrouille, marchant dans le froid et la neige pendant des jours entiers avec ses chiens, cherchant à dominer sa rage et à épuiser sa colère, voilà ce qu'il était à l'époque. Toute sa famille, ses parents, ses deux petites sœurs, avaient disparu. Il apprendrait après la guerre qu'ils étaient tous morts en déportation, dans les chambres à gaz du régime nazi.

À son retour du Groenland, il avait tenu ses fiches à jour et il avait débarqué en Israël dès la fondation de l'État. C'était bien de prier pour la paix, mais la paix n'était jamais venue. La guerre s'était poursuivie et Karlo était resté un soldat.

Très tôt, il s'était spécialisé dans le renseignement. Il parlait danois, allemand, anglais, espagnol, français, hébreu couramment. Il avait appris l'arabe et le russe. Karlo avait contribué à créer les services, à définir les méthodes, à valider les protocoles, à construire les formations, à recruter les cadres et les officiers. Il avait planifié et supervisé les premières opérations à l'étranger. Il avait le grade de général.

Puis, brusquement, il avait décidé de rentrer à Copenhague au début des années soixante-dix pour reprendre une vie ordinaire et modeste.

Il s'était fait embaucher à la DSB. Il travaillait à la gare dans le service de nettoyage.

Lorsque Kuntz avait fait sa connaissance, trente-trois ans plus tôt, il avait l'air d'une épave, avec sa barbe de trois jours, ses godillots sans lacets, son pull vert maculé de taches et son sac en plastique. Ces années-là, Kuntz montait un trafic de cigarettes et d'alcool vers les pays scandinaves où les taxes étaient plus importantes.

Karlo s'était rapproché d'eux.

Des bandits juifs ? Sa curiosité était aiguisée.

C'était l'époque des pianos-bars autour de la gare.

Il les avait emmenés dans son refuge, chez Mathilde, une mère maquerelle française qui avait échoué là et avait des prétentions artistiques. Elle avait adopté ces jeunes Français pleins de vie et d'ambition, le grand, élégant, distingué, charmeur, le petit, bougon, taciturne, violent.

Il leur avait fallu du temps pour gagner sa confiance, deux années à écouter les chansons tristes du piano-bar, à se promener au parc aux daims, à monter des opérations minables d'abord, puis avec de plus en plus d'envergure. Karlo parlait rarement affaires. Il connaissait beaucoup de monde. Il les mettait en relation. Alcools, cigarettes, devises. Mais ce qu'il aimait plus que tout, c'était les faire parler de leur vie.

Karlo l'avait donc recruté et Robert avec lui. Nous étions au début des années quatre-vingt. Il n'était alors qu'un jeune juif sans passion. Sa mère avait raison, qui répétait toujours la même chose : la guerre ne s'est jamais terminée. Il avait été simple pour Karlo de faire écho à des paroles qui avaient bercé son enfance. C'est comme s'il n'avait fait que continuer une phrase interrompue sans raison.

Karlo lui avait appris, ainsi qu'à Robert, les rudiments du métier.

Se faufiler parmi les ombres.

Couper la tête des serpents.

Avoir toujours un coup d'avance.

Il leur avait enfin donné une raison de vivre.

Et maintenant, il est là, face à lui, dans ce lieu improbable où Karlo, le général, l'a convoqué :

— On boit une bière ?

Karlo a toujours adoré la bière.

Kuntz ne veut surtout pas le priver d'un plaisir, même si le lieu, si sophistiqué, ne s'y prête pas vraiment.

Mais le passé n'intéresse pas Karlo.

Aujourd'hui, malgré le très grand âge auquel il est parvenu, pas plus qu'hier. Toute sa vie, il s'est concentré sur l'opération en cours.

C'est ce qu'il fait encore ce soir, alors que l'ombre commence à étendre sérieusement ses ailes sur sa vie. Il combat.

Kuntz sait qu'il ne faut pas se presser. Cela fait plus de dix ans que Karlo prépare cette opération. Comme toujours, le vieil homme lui dira ce qu'il doit savoir. Au moment opportun. Mais ils ont déjà planifié l'essentiel, jusque dans le moindre détail.

Ils boivent de la bière en piochant dans des petites assiettes du saumon, des betteraves et des harengs marinés.

Karlo parle curieusement, par bouffées, comme s'il poursuivait une même rumination continue qui, par moments, on ne sait pourquoi, affleurait à l'expression et faisait irruption comme un geyser.

Puis, soudain, il se tait.

Ils mangent un coq aux asperges.

Le vieil homme a les yeux qui pétillent tellement il est gourmand.

— Qu'est-ce qui s'est passé ?

C'est sa technique habituelle. Il pose toujours lui-même les questions auxquelles il veut répondre :

— Ils ont joué avec le feu et, maintenant, c'est à nous qu'ils demandent d'éteindre l'incendie. Tout seuls. Comme des grands. Sans filet de sécurité, Roland. Ils nous faut réparer ce qu'ils ont détruit. Réparer et nous sacrifier. Mourir au champ d'honneur. C'est ce qu'ils attendent de nous.

Kuntz sait que ce n'est pas comme ça que les choses vont se passer.

À vingt-trois heures vingt, les deux hommes se séparent.

Ils ont mangé merveilleusement et fini tout en légèreté et en délicatesse avec un riz à l'amande et des pommes au four à la cannelle.

Kuntz a cru qu'il allait exploser, mais Karlo a tout engouffré avec le même appétit qu'autrefois.

Il prend son bras pour cheminer vers la sortie à travers les labyrinthes de verdure.

À la porte du restaurant, deux gardes du corps sortent de l'ombre et installent Karlo dans une limousine noire. Le vieux clochard a repris ses mauvaises habitudes de chef de guerre.

Kuntz veut marcher un peu, prendre l'air, digérer, réfléchir. Il est fatigué de cette trop longue journée, même s'il sait déjà que la suivante sera plus longue encore.

La colère de Pia lui revient, troublant la torpeur de cette nuit calme et lumineuse. Sa tristesse, sa déception, sa résignation aussi. Mais que peut-elle comprendre de tout ça ?

Le réseau Gladio, ces armées noires secrètes de l'Otan, a été abrité au Danemark par le FET, sous le nom d'Absalon. Il a toujours été dirigé par l'extrême droite danoise. Les dirigeants de l'Organisation transatlantique ont joué aux malins. Ils ont recruté Klaus Barbie et Reinhard Gehlen. Pourquoi se gêner ? Tout était permis à leurs yeux. Les Loups gris en Turquie, l'OAS et les collaborateurs en France, pareil au Danemark. Absalon n'était lui aussi qu'un ramassis de tordus, de revanchards et de haineux. Mais implacables, déterminés et entièrement dévoués à leur cause. Les responsables ont introduit le ver dans le fruit et, maintenant, ils ne maîtrisent plus rien. Le fruit est pourri jusqu'au trognon. Leurs créatures leur ont échappé. C'est elles qui les manipulent, désormais. C'est elles qui veulent tirer les ficelles.

L'heure est venue de faire le ménage. Il reste seulement à espérer qu'il ne soit pas déjà trop tard.

Pia est comme un ange au milieu des Gorgones, des hyènes, des vautours et des monstres. Il faut qu'il reste concentré sur sa mission.

Kuntz marche presque une heure dans la douceur de cette nuit estivale. Cela lui fait du bien.

C'est seulement en arrivant devant la maison qu'il se souvient qu'il n'a pas la clé et qu'il doit sonner.

À minuit quinze, ce n'est pas d'une grande délicatesse.

Et après leur dernière conversation, ce n'est pas non plus une bonne façon de se faire oublier et d'arranger les choses.

C'est Pia en personne qui vient lui ouvrir. Il comprend tout de suite qu'elle l'a attendu. Elle porte un simple pantalon de lin noir et une fine chemise de soie.

Elle est pieds nus, ses cheveux relevés en chignon sur la nuque, et elle lui propose une verveine. Elle n'a plus l'air de lui en vouloir.

Ses yeux de lilas mauve sont encore plus beaux dans la fatigue de la nuit.

Il s'assoit à la grande table dans la cuisine et il la regarde préparer la tisane. Elle met de l'eau dans une bouilloire. Elle est gracieuse et légère comme une libellule. Il pense à elle et à ce qui l'attend.

Cheng lui a téléphoné de Hambourg pendant qu'il était en train de dîner avec Karlo. Demain elle apprendra la disparition de Livio, son ami, son frère, et ce sera comme une lézarde profonde dans sa vie.

Kuntz aurait pu décider de lui sauver la vie. Il a fait exactement l'inverse. Il a décidé de sa mort. La guerre, toujours la guerre. La guerre qui a fait de lui un assassin parmi les assassins.

Elle s'assoit en face de lui. Chacun de ses gestes est gracieux. Que voit-elle quand elle se regarde dans la glace ? Dans la profondeur de la nuit, c'est comme s'ils étaient tous les deux des êtres différents de ce qu'ils ont été pendant le jour.

Elle le regarde autrement, comme si elle voyait un autre homme en lui, et elle lui demande :

— Vous croyez qu'on a une chance de le retrouver ? Répondez-moi franchement.

Il voudrait lui répondre franchement mais il peut seulement lui dire :

— On va tout faire pour, je vous le promets.

Elle demande encore :

— Qui étaient les hommes avec vous dans la voiture ? Vous n'êtes pas venu seul ?

Le charme se brise.

Que veut-elle savoir ? Pour qui ?

La guerre reprend ses droits. Il comprend mieux soudain sa douceur et sa gentillesse. Elle essayait seulement une nouvelle stratégie. Une ruse. Un piège.

Et dire qu'il a failli se laisser prendre.

Il vieillit.

Il devrait se méfier davantage de lui-même.

Il boit sa tisane d'une traite, sans la regarder ni lui répondre, puis il pose sa tasse sur la table :

— Je vais me coucher. Vous devriez faire de même.

Elle comprend qu'elle n'a pas été très habile. Mais il est trop tard. Le mal est fait.

Kuntz se glisse entre les draps.

Il est temps qu'il s'endorme. Il est épuisé de fatigue, de tristesse et de rage.

Très loin là-bas, dans les immensités désertiques, blanches et glaciales du Grand Nord, les ours blancs l'attendent.

15

Avant de rentrer chez lui, le docteur Hetzel fait un détour. La voiture quitte les bords de l'Elbe et s'arrête devant la tour Marco-Polo, construite aux limites de Hafen City.

Les deux malabars le précèdent jusqu'à l'ascenseur et ils montent avec lui au dernier étage, ne le lâchant pas d'une semelle.

Ils sentent la salle de musculation et la lotion après-rasage.

Ils ont surtout des tatouages qui ne plaisent pas à Hetzel. Pourquoi afficher ainsi ses convictions ?

Ce Brenner est vraiment un crétin.

Aller recruter leur protection rapprochée chez les Hammerskins est une faute professionnelle.

Hetzel est si intimement convaincu que face à des gens décidés aucune protection ne sert à rien qu'il a laissé Brenner embaucher ces nervis aux cheveux rasés et aux rangers cloutés sans s'en mêler.

Il a eu tort.

Ces types se croient à Carnaval et ruinent par leur

seule présence tous leurs efforts de discrétion et de respectabilité.

Hetzel n'a jamais compris pourquoi Hans Ritter a choisi de s'installer ici pour finir sa vie.

L'endroit est sans âme, impersonnel. La tour ressemble à un immeuble de bureaux. Moderne, luxueuse, mais froide.

Lorsqu'ils arrivent au vingt-deuxième étage, il aperçoit deux autres gardes du corps dans l'entrée, deux types sur le même moule que ceux que Brenner lui a collés aux basques.

Hetzel a toujours respecté les convictions du patron. Mais il ne veut rien avoir à faire avec ces gens-là. Ils ne peuvent que ternir l'image de la Compagnie et leur attirer des ennuis.

Ritter est allongé dans sa chambre, une pièce immense entourée de grandes baies vitrées, éclairée des seules étoiles du ciel, de la blancheur d'un quart de lune et du halo des lumières de la ville.

Hetzel n'aime pas venir ici.

Il n'aime pas l'odeur de la maladie, de la vieillesse et de la mort.

Il n'en a pas peur, mais il ne l'aime pas. Il n'aime pas non plus voir celui qu'il a toujours appelé le Patron aussi diminué, avec son visage émacié, ses cheveux clairsemés, ses mains noueuses et ses tuyaux dans le nez pour l'aider à respirer et l'oxygéner.

Un fauteuil réservé aux visiteurs est disposé à côté du lit médicalisé.

Hetzel s'assoit et, en attendant que les personnels de service et les deux gardes du corps aient quitté la chambre, il prend des nouvelles de la santé de Hans Ritter.

C'est pur formalisme, pour l'un comme pour l'autre. Leur santé respective ne les a jamais intéressés.

Lorsqu'ils se retrouvent enfin seuls, Ritter, impatient, lui fait signe et Hetzel commence immédiatement son récit.

En trois décennies de collaboration, leur méthode de travail a toujours été la même : reprendre depuis le début et dans le menu chaque événement, chercher à remarquer un détail demeuré inaperçu, à dégager une piste nouvelle, recommencer autant de fois que nécessaire. L'important n'est pas tant les faits déplaisants survenus le matin que les raisons qui ont pu les provoquer et les informations qu'ils ont reçues de Boston.

Hetzel connaît le dossier sur le bout des doigts. D'abord le cadre général, l'arrière-fond, le consortium Aurora. La Compagnie Hans Ritter a passé des accords avec les Russes, les Danois et les Groenlandais, mais aussi les Chinois. Elle a associé d'autres compagnies allemandes. Sur le dos des Américains et de leurs valets, de moins en moins nombreux. L'opération est magnifique et pleine de promesses si le Groenland est bien l'eldorado du XXIe siècle que les experts promettent. Une réserve inépuisable de gaz, de pétrole et de terres rares.

Cela a été un long travail.

Les Groenlandais n'ont pas été les plus simples à convaincre. Ils ont voulu de l'argent – plus encore, de la considération. Épuisants et instables, déchirés par des luttes d'influence et de pouvoir, ils semblent surtout se nourrir de déclarations d'estime et d'amitié. Mais ils ont trouvé des appuis politiques et ils ont su habilement faire jouer l'antiaméricanisme des autonomistes.

Les Danois, sous des dehors de probité, ont été beaucoup plus classiques, simples et gourmands. Que ce soit au Comité mixte des ressources, à Copenhague ou pour ce qui concerne les représentants danois de l'Office, basé à Nuuk. Une société qui n'a plus d'autre idéal que le confort, la sécurité et la consommation est comme un fruit pourri qui va tomber de l'arbre tout seul. Il n'y a qu'à attendre et se pencher pour le ramasser.

Hetzel connaît par cœur les ressorts de la corruption. Le prix de la transparence et de l'honnêteté est toujours très élevé. La vertu n'est pas une fille facile. Elle sait sa valeur et elle la monnaye chèrement. Il est vrai qu'en retour elle est toujours, une fois conquise, un bon investissement.

Au final, personne n'a été lésé. Les Chinois s'intéressent surtout aux terres rares et sans doute plus particulièrement à l'uranium. Le consortium Aurora leur a libéré le terrain et ménagé les bonnes entrées auprès des responsables danois et groenlandais. Eux se sont partagé le gaz et le pétrole avec les Russes et les Danois. C'est ce qui les intéressait au premier chef.

Les investissements à faire sont considérables. Au Groenland, ce sont des dizaines de milliards qu'il va falloir investir avant de pouvoir espérer gagner un premier dollar. Il faut avoir les reins solides. Et du temps devant soi.

Ils ont réussi à convaincre leurs richissimes cousins norvégiens de s'engager. Ils ne savent plus quoi faire de leur argent.

Quant aux Chinois, ces derniers leur ont déjà garanti des prêts et ils envisagent prochainement des transferts de technologie. Une collaboration fructueuse qui commence sous les meilleurs auspices. Aurora est une de leurs plus grandes réussites. Peut-être la plus belle. À la barbe de tous leurs concurrents et surtout des grandes majors américaines.

Sa main brune et maigre posée sur le drap blanc, Ritter l'encourage à poursuivre. Lui aussi est fier de cette opération. Ce qui n'aurait pas été possible il y a quelques années l'est devenu. C'est comme un basculement de l'Histoire. Dans le bon sens, cette fois.

Hetzel poursuit son récit.

D'après les informations qu'il a pu recueillir, une enquête a été diligentée en interne dans l'armée et les services américains.

Ritter n'est pas étonné.

L'arrivée de ce nègre démocrate rigide comme un pasteur à la présidence des États-Unis n'a pas été une bonne nouvelle. Son discours du Caire, en 2009, pas davantage. Ce type a voulu desserrer l'étau. Il avait compris le piège. Un nouveau départ, c'était le titre de son discours. Heureusement, la réalité l'a rattrapé. Le système est trop puissant et il a dû en rabattre.

Cette enquête était liée au départ aux problèmes de

dépenses militaires. Depuis le 11-Septembre, les budgets ont explosé. Certains ont voulu, légitimement, s'assurer de la bonne affectation des fonds. L'enquête a dévié en cours de route vers une autre piste à laquelle les a conduits ce qu'ils ont découvert concernant le complexe militaro-industriel et les agences de sécurité privées qui s'en mettent plein les poches.

La guerre est devenue un formidable marché.

Mais ici, contrairement au célèbre dicton, l'argent a une odeur.

Ils en sont venus à soupçonner, puis à mettre au jour, l'existence d'une organisation secrète ayant des ramifications multiples dans les agences de sécurité et dans l'armée américaines. L'Otan est aussi dans le viseur. Depuis deux ans, le dossier est piloté directement par le secrétariat d'État et la Maison-Blanche. Il est entouré de la plus grande confidentialité.

Ritter l'écoute avec attention.

Le responsable de l'enquête est un colonel répondant au nom de Mathew Chamblain. Un puritain de la pire espèce, un patriote et un démocrate. États de service impeccables. Il semble agir de façon indépendante, en dehors de toute hiérarchie habituelle, et avoir pour ainsi dire carte blanche.

Ce colonel voyage beaucoup.

Et il a souvent séjourné au Groenland, ces dernières années.

C'est là que les choses se sont sérieusement compliquées, que la mécanique s'est subitement enrayée.

D'après les informations dont il dispose, le colonel Chamblain avait rendez-vous avec un citoyen franco-danois, un homme d'affaires spécialisé dans le salage de poisson, qu'il devait emmener pour lui faire visiter la base de Thulé.

C'est déjà une curiosité.

Mais le plus curieux reste à venir.

Si le colonel n'est pas monté dans l'avion, c'est parce que ce Robert Helmont, puisque tel est son nom, a disparu.

Comme par enchantement.

Sa disparition a été signalée par le colonel Chamblain. La police groenlandaise a confirmé ce point.

Mais avant de disparaître, ce ressortissant danois avait rendu visite à la présidente Anaba Petersen, la même qui cherche à le joindre directement depuis hier. Cette dame, d'une très grande influence au Groenland, a été leur meilleure alliée dans tout le montage de l'opération Aurora. Une antiaméricaine féroce, qu'ils ont subventionnée à travers la Fondation. C'est elle qui a réussi à convaincre les autorités de Nuuk de travailler de façon privilégiée avec le consortium.

D'après la déposition de cette dernière, ce M. Helmont ne lui aurait rendu visite que pour lui parler des problèmes de pêche, avant de se mettre à divaguer sur le chamanisme.

On n'est pas obligé de la croire sur parole, même si, une fois encore, Anaba Petersen, dont l'antiaméricanisme est viscéral, a toujours été jusqu'ici leur meilleur appui auprès des autorités groenlandaises.

Le général Rawling, comme le chef de la police de Nuuk, Svet Aqualit, les tiennent tous les deux au courant. Ce sont des amis fiables. Mais pour l'instant, personne ne sait ce qu'est devenu ce Robert Helmont.

Si Ritter respire péniblement, son attention est soutenue, sa concentration intense. Hetzel sait qu'il ne tolérera aucune interruption dans le récit, qu'il ne lui accordera aucun répit. Hetzel continue donc sans se faire prier.

Ce Robert Helmont, fumeur de poisson ayant pignon sur rue à Copenhague, mais qui a bâti sa fortune dans la pornographie, y compris ici, à Hambourg, où il a des intérêts importants, est un agent danois bien connu.

Un agent danois c'est certain, établi, vérifié, connu depuis longtemps. On le soupçonne aussi d'avoir travaillé autrefois pour d'autres services, les Français peut-être, les Israéliens certainement, et d'avoir fait partie d'une célèbre cellule de chasseurs de nazis. Qui peut assurer qu'il ne travaille pas encore pour eux ?

Hans Ritter sourit faiblement et son corps se détend.

Hetzel perçoit ce changement mais poursuit comme s'il ne s'en était pas rendu compte.

Ritter doit savoir quelque chose qu'il ignore.

Chamblain joue le jeu et rend compte à sa hiérarchie. Il a aussi prévenu les autorités de police groenlandaises, naturellement en charge de l'affaire. Les Danois ont été informés par leurs propres réseaux. Pour eux, Robert Helmont est un agent fiable et expérimenté. Sa présence régulière au Groenland est une source importante de renseignements. Ils n'ont pas d'explication à sa disparition.

Ce n'est pas tout. Leur correspondant dans les services danois, Poul Rasmussen, un officier de premier rang, n'ayant pas de nouvelles d'Helmont et croyant bien faire, a pris l'initiative de demander à sa fille d'aller chercher en France un ami de son père pour qu'il se mette à sa recherche. C'était une idée intéressante. Pourquoi pas ? Le problème, c'est qu'en reparlant avec Poul Rasmussen, ils s'étaient aperçus que cette idée lui avait été soufflée par Helmont lui-même.

Il s'est fait grossièrement piéger.

Et maintenant ce type a débarqué à Copenhague, manifestement avec toute une équipe. Tel est pris qui croyait prendre.

Il y a sans nul doute un lien entre ces visiteurs du matin, le piratage informatique de la Compagnie et cette équipe.

Ritter cherche à se redresser un peu dans son lit et Hetzel doit l'aider. Il déteste tout contact physique.

De sa voix méconnaissable mais toujours aussi tranchante et autoritaire, Ritter demande :

— C'est tout ?

Hetzel sait à quoi il pense :

— C'est tout.

Ritter hoche la tête.

— Vous avez fait du bon boulot, Dieter. Vous avez déjà compris, j'imagine. Ils ne vont pas négocier. Il n'y a rien à négocier. Ils ne sont pas venus pour ça. La seule chose à faire, c'est de les trouver avant qu'ils ne nous trouvent. Et pour l'instant, ils ont pris de l'avance.

Puis il lui fait signe de s'approcher pour ne pas avoir à faire davantage d'effort. L'odeur de médicament est insupportable à Hetzel, mais il n'a pas le choix. Il avance le fauteuil au plus près du lit et se penche en avant.

Lorsqu'il ressort, il retrouve les deux gorilles qui l'attendent dans le couloir. Il s'en serait bien passé. Il est songeur.

Ainsi, c'est la guerre qui continue.

La guerre, mais quelle guerre ?

Certainement pas la sienne, en tout cas.

Il songe à Martha, sa femme, à Katherine, sa fille, aux jumeaux.

Le petit homme grassouillet qui l'a menacé le matin est un agent. Et alors ? Dans quoi se retrouve-t-il embringué ? Qu'est-ce que veut dire cette histoire de patrouille Sirius, de chevalière avec l'étoile de David et de vieux kidons dont lui a parlé Ritter avec autant de gourmandise que de rage ?

— Prévoyez le pire, Hetzel, lui a-t-il dit. C'est eux qu'ils envoient quand ils n'ont plus d'autre solution. Ils ne jouent pas avec les règles ordinaires. Ils ne rendent de comptes à personne. Ils frappent quand vous ne vous y attendez pas. Puis ils disparaissent à nouveau. Plus d'autre solution, vous comprenez, Hetzel ?

Hetzel a très bien compris. Ce n'est pas réjouissant.

Il a toujours refusé de considérer la politique comme une chose sérieuse. Ce qui l'intéresse, c'est la puissance, la réussite, l'argent. Il va pourtant devoir en faire un peu. Ritter est cloué au lit, impotent, il doit le suppléer. Il n'a pas le choix.

La stratégie à mettre en œuvre n'est pas très compliquée.

Il n'est pas question que la Compagnie se retrouve seule en première ligne.

Puisqu'ils sont tous mouillés, il va falloir qu'ils se mettent tous en mouvement : les services russes, les services allemands, les services danois. C'est à eux qu'il revient d'arrêter ces dingues. C'est leur boulot. Et c'est aussi leur intérêt.

Car les informations qu'ils ont pu se procurer en piratant la Compagnie les concernent tous.

Personne n'est à l'abri.

Tous les cadeaux que la Compagnie a pu leur faire depuis des années sont autant de fils à la patte pour chacun.

Il suffit de le leur rappeler.

Gentiment.

D'autant plus que ces braves gens qui ne leur veulent manifestement que du bien semblent avoir récupéré les listes, les noms, les comptes, les sommes, les dates. Ils ont tout.

Cela fournit un bel argument.

Cela devrait en aider plus d'un à réfléchir et à faire le bon choix. Ils doivent comprendre que la stratégie de l'autruche ne peut pas être une option.

Celle du bouc émissaire non plus.

Lorsqu'il reprend place dans sa voiture, Hetzel regarde sa montre.

Elle marque vingt-deux heures cinquante.

Il est encore plus tard que prévu, mais il ne ressent aucune fatigue.

À peine assis, son portable vibre à nouveau dans

la poche intérieure de son costume. Martha doit s'impatienter.

Machinalement, il le sort pour regarder le numéro qui s'affiche.

Ce n'est pas Martha. C'est le répondeur. Il décroche.

Un message de son assistante Frau Mitgarten lui annonce que le vice-président Brenner, après son départ du bureau vers vingt-deux heures quinze, n'est jamais arrivé chez lui. Il n'y arrivera d'ailleurs jamais plus. Et pour cause : on l'a retrouvé mort au volant de sa voiture au deuxième sous-sol du parking de la Compagnie. Une balle lui a explosé le crâne. Il a été exécuté.

Le président regarde au-dehors cette ville qu'il aime tant et à laquelle il a toujours été fidèle.

La nuit est claire et des cyclistes roulent paisiblement sur les pistes réservées aux vélos. Ce qui est fait est fait : la Compagnie, les enfants, Martha, et il n'a aucun regret. Pas même le regret de son vice-président dont il vient d'apprendre la mort. Tout homme doit expier. Tout homme doit payer ses crimes, ses lâchetés et ses fautes.

Brenner, à ses yeux, n'était qu'un imbécile. Il n'a jamais pu le supporter.

Hetzel regarde les rives de l'Alster défiler derrière la vitre de la limousine.

Il va se battre.

Pas pour Brenner. Ni pour le délire de revanche et de pureté du Patron. Pour la Compagnie. Pour ce qu'il a contribué à bâtir. Pour sa puissance, son pouvoir, son argent.

Le petit bonhomme grassouillet qui l'a menacé ce matin peut commencer à compter ses abattis.

Ses camarades aussi.

16

Après le départ de Hetzel, Hans Ritter reste seul dans la nuit de sa vieillesse. Il ne dort presque plus. Il somnole beaucoup. La distinction du jour et de la nuit s'est estompée peu à peu depuis deux ans.

De son lit, il peut voir le ciel, son immensité. Il n'en ressent aucun effroi. Tout au contraire. Il se sent apaisé lorsqu'il scrute ainsi l'insondable. Le ciel et la terre ne se distinguent pas davantage à ses yeux que le jour et la nuit. Toutes les limites sont en train de s'effacer. C'est pour cela qu'il a voulu finir sa vie ici, au sommet de cette tour. Pour se préparer à la mort. Il la veut ainsi. Un seuil qu'il franchira sans même s'en apercevoir.

Dieter n'est pas parti depuis longtemps qu'on vient le déranger pour lui annoncer la mort de Brenner. Ce n'est pas un bon point pour lui. On le charge de la sécurité et il est le premier à se faire éliminer. Au siège même de la Compagnie. Cela ne manque pas de piquant. Il n'a peut-être pas fait un très bon choix lorsqu'il l'a recruté. Il se souvient que Hetzel n'y était pas favorable et l'avait mis en garde. Mais le père de

Brenner était un grand nazi et l'un de ses amis les plus proches. Seules l'amitié et la loyauté lui ont fait commettre parfois des erreurs. C'en est une.

Hans Ritter est en colère.

D'autant plus en colère qu'il est cloué là, immobile, à devoir compter sur les autres.

Trop de signes se sont accumulés qui étaient comme des nuages dans son ciel bleu, des nuages noirs annonçant l'imminence de la foudre et le déchaînement de l'orage. Il sait repérer ces signes. Il l'a toujours su. C'est ce qui lui a permis de vivre jusqu'à quatre-vingt-dix ans et de bâtir son empire.

Cela faisait un moment que les choses n'allaient pas comme elles l'auraient dû. Elles allaient trop bien. Trop vite. Ce que la vie lui a appris, c'est qu'il faut des accomplissements lents, discrets, laborieux. Ne craindre ni l'adversité ni la difficulté. Tout au contraire. C'est de la facilité et d'elle seule qu'il faut toujours se méfier.

Or ils ont fait exactement l'inverse. Ils ont voulu être reconnus, se montrer, plastronner. Ils se sont crus tout-puissants. Ils se sont confortés les uns les autres. Ils se sont pris pour les maîtres du monde. Ils se sont laissé griser par les milliards, la puissance, le pouvoir.

Hans Ritter ne décolère pas.

Les richesses et le luxe n'ont jamais fait bon ménage avec la vertu et le courage. Lui, Hans Ritter, est un soldat. Il a toujours été un soldat. Il n'a jamais cessé de combattre et il combattra jusqu'à son dernier souffle. Il se souvient des visages des soldats américains, et plus encore des visages des deux soldats de la patrouille Sirius, ces deux fantômes qui avaient surgi des immensités de glace et de neige, avec leurs traîneaux et leurs chiens, pour saluer les Américains mais surtout pour voir face à face, les yeux dans les yeux, leurs ennemis.

Il ne les a jamais oubliés.

Il se souvient comme si c'était hier du jeune Danois au visage sombre, un gamin, et de ses petits yeux bleus pleins de haine. Il portait une chevalière épaisse. L'étoile de David était gravée dessus. Un juif dans les immensités glacées du Groenland, conduisant son traîneau et ses chiens dans la tempête, et faisant la chasse aux nazis. Il avait dix-sept ans et, dans ses yeux bleus, Hans Ritter avait vu le regard d'un soldat qui, comme lui, savait que ce combat-là serait sans fin.

Il n'y a que les imbéciles, les hypocrites et les lâches pour penser que la guerre se finira un jour.

Les deux hommes de la patrouille Sirius les ont accompagnés jusqu'à la baie de Young Sound où un avion est venu les chercher pour les emmener au Canada. Ils les ont guidés dans les grandes étendues désertiques et blanches, les forçant à marcher des heures, un vent glacial leur transperçant le corps jusqu'aux os. Ils ont vécu et voyagé ensemble avec les chiens de traîneau pendant quatre longues journées. Pendant quatre jours ils ont pu se juger, se jauger et mesurer leur haine.

Ce n'était pas entre eux une affaire personnelle. C'était le combat millénaire de deux races et de deux humanités.

Ritter sait parfaitement à qui il a affaire. Il sait parfaitement ce qu'ils vont faire. Ils vont faire ce qu'ils savent faire. Ce pour quoi on a recours à eux. Nettoyer, faire place nette, tuer, déstabiliser…

Puis ils disparaîtront comme ils sont venus.

Sur la pointe des pieds.

Du jour au lendemain.

Ils auront accompli leur mission.

À plusieurs reprises, dans sa longue vie, il a déjà eu affaire à eux.

Personne ne va être épargné.

Brenner vient de payer pour le savoir.

Mais ce n'est qu'un début, une mise en bouche.

Ritter sait à quoi s'attendre. Mais il craint qu'à part lui, personne ne puisse imaginer ce dont ils sont capables. Tous les braves gens dont il a fait taire les scrupules et dont il a acheté les consciences avec des cadeaux somptueux et des comptes bien garnis aux îles Caïmans, au Delaware, à Monaco, à Singapour ou au Lichtenstein, vont être couverts de merde, éclaboussés de boue et d'ordures.

Tant pis pour eux.

Tant pis pour leurs gosses dont il a réglé les frais de scolarité dans les meilleurs collèges et les meilleures universités.

Tant pis pour leurs épouses dont il a payé les villas, les décorateurs, les faux nez et les faux seins.

Tant pis pour tous ces minables sans principes qui se sont gavés à ses frais, la bouche en cul-de-poule et l'air de ne pas y toucher.

Ils ne méritent pas mieux que la honte et la déchéance qui les attendent.

Ritter méprise profondément tous ces gens. Qu'ils tombent lui est égal. Ritter ne respecte que les soldats, les combattants.

Les planqués, les affidés, les stipendiés et les collaborateurs ne méritent pas de vivre. Des sous-hommes. Des dégénérés.

Mais les soldats sont peu nombreux. Les meilleurs ont disparu et ceux qui restent sont trop vieux. Des mercenaires, oui, on en trouve. Il suffit de payer. Payer, toujours payer. Mais des soldats, des hommes de foi et d'honneur, il n'en reste presque plus. Ils sont les derniers. C'est pourtant de soldats qu'il aurait besoin. Parce que c'est à des soldats qu'il a affaire. Des soldats qui connaissent leur métier et qui n'ont rien à perdre.

Immobilisé sur son lit avec ses tuyaux dans les narines, Ritter s'agace de toutes ces erreurs accumulées. Mais il ne veut pas rester tourné vers le passé. À quoi bon ressasser ? Il faut regarder devant soi et préparer l'avenir.

Il a pu rivaliser avec les plus grands, Rio Tinto, Areva, Cameco, et il est en train, allègrement, de les dépasser. L'uranium a doublé son prix depuis 2010.

Pourquoi lui faudrait-il renoncer si près du but ?

Il est fatigué.

Il veut entendre de la musique.

Des lieder de Schubert, par Dietrich Fischer-Dieskau.

Il a fait installer une chaîne Bang & Olufsen dans

la pièce et il peut programmer ce qu'il veut écouter avec une simple télécommande posée à portée de sa main.

L'*Ave Maria* de Schubert s'élève dans le silence de la nuit et de la mort qui vient.

Quelques étoiles brillent dans le ciel.

Il ne ressent pas de haine.

Ils ont perdu la guerre, alors les historiens s'en sont donné à cœur joie. C'est la règle du jeu. L'histoire est toujours écrite par les vainqueurs. Jusqu'à ce que la roue tourne. Tout cela n'est qu'une triste et médiocre propagande. Personne ne veut plus croire qu'ils avaient un idéal pur et puissant, qu'ils étaient portés par un immense amour de la vie et de ses valeurs.

Tout ce qu'il a fait, c'est pourtant pour son peuple et pour une certaine idée de l'humanité qu'il l'a fait. L'humanité se fourvoie. L'Occident s'effondre de l'intérieur. Depuis cinquante ans, rien n'est venu lui démontrer qu'ils avaient eu tort. Tout au contraire. Ils ont défendu l'idée de la pureté, de la nature, de la santé. Ne sont-elles pas devenues les valeurs dominantes ? Ils ont seulement eu raison trop tôt.

Ritter s'amuse.

Allongé sur son lit médicalisé, il se laisse habiter par la musique. Il s'emporte et sourit, revoyant ce moment magnifique où le président russe, Vladimir Poutine, le social-démocrate allemand Gerhard Schröder et le président de Gazprom, Alexeï Miller, ont inauguré ensemble le Nord Stream. La photo a fait le tour du monde. C'était son chef-d'œuvre.

Le gazoduc part de Vyborg en Russie, va jusqu'à

Greifswald en Allemagne, en passant par les eaux finlandaises et suédoises.

Mais cette photo a été de trop. Leur stratégie de conquête et leur alliance avec les Russes se faisaient soudain trop visibles. Ils s'affichaient comme les maîtres de l'Europe, au moment même où ils réussissaient à bloquer toute communauté européenne de l'énergie. Forfanterie inutile.

Il le savait déjà à l'époque. C'était la signature de leur victoire et, en même temps, c'est à partir de ce moment que les choses ont commencé à basculer.

Ritter a passé ses ordres à Hetzel. Il est le seul à être au niveau, le seul capable de faire quelque chose.

Il faut qu'il aille à Düsseldorf, au siège de NOÉ, la compagnie d'électricité, là où ils ont leurs meilleurs alliés, et il doit y faire venir les autres actionnaires d'Aurora, pour que chacun se responsabilise, pour qu'ils exercent leur solidarité.

Il doit aussi veiller à faire pression sur les Danois car ceux-ci risquent d'être vite fragilisés. Il faut tenir les membres du Comité mixte des ressources minérales du Groenland ainsi que ceux de l'Office basé à Nuuk la tête hors de l'eau. Ils vont être visés. Par le canon d'un pistolet ou par la délation. Peut-être les deux à la fois. Tous seront jetés en pâture aux chiens. Mais personne ne doit bouger. Il faut éviter tout mouvement de panique, toute débandade, les rassurer, veiller sur eux, garantir leurs arrières, les prévenir, les conforter et, si on doit en arriver là, ne pas hésiter à les menacer.

Ritter n'a pas confiance dans les Danois. Des neutres. Des pacifistes. La pire espèce.

Il n'a jamais cru en eux. Et les corrompus sont des hommes faibles toujours prêts à trahir à nouveau.

Hetzel ne doit pas les négliger. Il faut serrer les boulons. Il faut leur faire peur.

Tout va être maintenant une question de vitesse et de détermination.

Quelque part dans le monde, le jeune soldat juif de la patrouille Sirius, lui aussi sans doute un vieillard aujourd'hui, continue sa traque et sa guerre. Ritter n'a pas peur de lui. Toute leur vie, ils se sont combattus. Sur tous les continents. Combien de fois lui a-t-on signalé cette fameuse chevalière avec l'étoile de David qui est comme sa signature ?

Il est prêt à l'affronter dans un dernier combat.

17

Le port de Hambourg est immense, avec, sur des kilomètres de quais, des centaines de cargos, de porte-containers et de tankers venus du monde entier charger et décharger leurs marchandises avant de descendre ou de remonter l'Elbe. Trente mille sociétés commerciales se partagent cet entrepôt s'étendant sur des dizaines de kilomètres carrés. Branchées vingt-quatre heures sur vingt-quatre sur tous les continents, tous les pays, tous les ports, elles orchestrent un vaste ballet ininterrompu et cherchent à en tirer le maximum de profit.

Des Polonais, des Afghans, des Turcs, des Africains, des Chinois, d'autres encore, traînent devant les bureaux de placement, prêts à travailler à la tâche pour quelques euros. Des camions semi-remorque immatriculés aux quatre coins de l'Europe tournent en continu, venant se placer le cul aux quais des entrepôts pour décharger, charger, puis repartir le plus vite possible, laissant derrière eux un nuage épais et toxique de gaz d'échappement.

Kuntz lui avait dit, pour l'allécher :

— C'est là-bas que tu verras les plus beaux containers du monde.

— Plus beaux qu'à Rotterdam ? avait demandé Cheng, passionné soudain par les containers et leur esthétique fruste et géométrique.

— Oh oui, plus beaux, nettement plus beaux. Rien à voir, lui avait répondu Kuntz.

Kuntz est un menteur.

En réalité, ce sont les mêmes containers partout dans le monde. Tout est maintenant standardisé : les bateaux, les grues, les containers. Et tout est mécanisé et informatisé.

En même temps qu'ils ont gagné en gigantisme, les ports se sont vidés de leurs marins et de leurs dockers. Ils ressemblent désormais à d'immenses usines désertes à ciel ouvert.

À peine Philippe et Cheng se sont-ils débarrassés de l'officier du FET en le déposant comme un paquet de linge sale en bas de chez lui, ensanglanté mais digne et finalement heureux de s'en être sorti avec seulement quelques méchantes égratignures et quelques dents en moins, qu'Aminata les a appelés pour partir en urgence. Elle avait un peu bousculé Livio Versace, dit Jordi, pour le faire parler de ses activités, et cela avait suffi pour le faire paniquer et sauter dans sa vieille Volvo. Elle n'avait pas eu d'autre choix que de le suivre.

Arrivé à Hambourg, Livio a foncé tout droit à la Compagnie. Manifestement, il n'a pas pu ou voulu y entrer. Un énorme type, un géant blond à demi chauve, placide, l'a rejoint sur l'esplanade.

Le petit Livio est agité. Le grand type n'a pas l'air content. Il regarde autour de lui pour voir s'ils sont observés et il l'emmène marcher sur les bords du lac. Ils ne sont pas seuls. Deux types, jeunes, le crâne rasé, avec des bombers et des rangers, suivent les deux promeneurs à distance. Sans doute pour assurer la protection du géant.

Maître Cheng regarde l'eau noire du port, une eau épaisse avec des reflets d'huile et de pétrole, et il réfléchit au destin des hommes et à l'évolution des mœurs.

Aujourd'hui, songe-t-il, on ne meurt plus pour avoir rempli des containers entiers de godemichés, de boules de geisha ou de culottes fendues. C'est devenu un commerce très ordinaire, avec pignon sur rue, inscription au registre du commerce et arbre de Noël pour les enfants du personnel.

Avec l'accélération du temps, la libération sexuelle et l'explosion de la société de toutes les consommations, les vices, ou du moins certains d'entre eux, sont même devenus des vertus, à tout le moins des exercices à accomplir et des habitudes à prendre. Ceux qui ne s'y adonnent pas sont rongés par la culpabilité et assaillis de remords. Ce pour quoi on a pu condamner autrefois des gens à mort ne vaut même plus une amende de troisième catégorie. On décore des Arts et des Lettres, de l'ordre du Mérite et même de la Légion d'honneur, de braves gens qui, autrefois, auraient subi des supplices épouvantables avant de finir décapités, pendus ou équarris par le bourreau.

Cheng s'en moque éperdument.

Les évolutions du monde moderne ne sont pas son affaire. Il ne porte aucun jugement sur ses contemporains. Les débats de société l'ennuient.

Il écoute *Un concerto spirituel* de Monteverdi chanté par René Jacobs, les pieds pendant au-dessus du bassin à l'eau noire, épaisse et froide qui va engloutir le petit Livio.

Ici, tout est gris même en plein soleil. La mer, les bateaux, les mouettes, le ciel. Tout est gris, sauf les magnifiques containers jaunes, rouges, bleus suspendus dans le vide au bout des grues et posés sur les bateaux en tas multicolores.

Après une demi-heure de promenade et de conversation agitée, les deux hommes se séparent, et Livio rejoint un lupanar géant dans le quartier d'Altona. C'est là qu'il a ses bureaux et gère ses affaires.

C'est là qu'ils retrouvent Aminata.

Cheng retourne en ville avec Philippe et chacun, après s'être engouffré un bon kebab, s'en va vaquer à ses occupations.

Cheng traîne un peu dans Sankt Pauli, attrape un taxi et rejoint Aminata.

Elle est fatiguée.

Les hommes qui ont suivi Livio et le géant à distance sur le quai viennent le chercher juste avant minuit. Livio n'a pas l'air de se méfier. Il doit croire qu'ils lui ont été envoyés pour assurer sa sécurité. C'est tristement naïf de sa part.

Brenner est exécuté comme prévu. Philippe pénètre dans le garage de la Compagnie avec une voiture aux fausses plaques minéralogiques grâce au bip qu'ils ont pu reproduire en captant l'onde. Un jeu d'enfant. Le reste va très vite. Philippe s'attend à ce que Brenner soit protégé, ou à ce qu'il soit sur ses gardes. Mais Brenner le géant blond sort tout seul, perdu dans ses pensées, et il n'aperçoit Philippe que lorsque celui-ci s'extrait de l'ombre pour l'empêcher de fermer sa portière. Deux minutes après, Philippe est dehors et il abandonne la voiture avec laquelle il est venu dans une rue non loin de là. En tuant Brenner, il n'a ressenti aucune émotion. C'est juste une ordure de moins sur la Terre.

À l'autre bout de la ville, un peu plus tard, Aminata part se reposer et Cheng prend le relais. Il regarde les deux nervis entrer puis ressortir accompagnés du petit Livio qui s'installe à l'arrière de la voiture. Il est si stupide qu'il n'a même pas l'air étonné lorsqu'un des hommes s'assoit à côté de lui. Ce garçon était fait pour mourir précocement.

Cheng prévient Kuntz. Il est en train de dîner avec Karlo. Quelques mots suffisent. Puis Philippe, son travail accompli, le rejoint. Ils les prennent en filature. Le Pleurnichard va devoir affronter son destin tout seul. Pour lui, c'est la fin du voyage. Cheng n'a pas à commenter la décision de Kuntz. Philippe non plus.

Brenner, avant de mourir, a passé des ordres clairs. Livio, ce crétin sans jugeote, a paniqué et est venu directement à la Compagnie pour exercer on ne sait quel chantage ou implorer on ne sait quelle protection. Il a signé du même coup son arrêt de mort. Il lui a raconté qu'une grande femme noire aux yeux bleus s'est introduite chez lui, qu'il l'a trouvée dans sa chambre alors qu'il rentrait se reposer en début d'après-midi et qu'elle lui a retourné les doigts pour le faire parler. Elle voulait savoir ce qu'il faisait pour la Compagnie, depuis quand, et qui étaient ses correspondants. Il jure n'avoir rien dit, mais il a décidé de venir le prévenir aussi vite que possible.

À peine les deux crânes rasés ont-ils balancé le Pleurnichard à l'eau, après l'avoir glissé dans un sac de jute lesté d'une lourde pierre, qu'ils se sont retrouvés éclairés par les projecteurs de la police allemande. Ils sont aussi ahuris et affolés que des lapins de garenne pris dans les phares d'une voiture. Ils partent menottés, les mains dans le dos. Cheng a bien fait son travail de délateur en téléphonant au commissariat central.

Mais Dantec a fait encore mieux.

Il a communiqué au *Hamburger Morgenpost* comme à la police fédérale le pedigree du nageur en eaux troubles. Dès lors, il va falloir demander aux deux nazillons, qui se déplacent au volant d'une voiture de la Compagnie Hans Ritter, pourquoi ils ont balancé dans le port un agent des services danois. Par la même occasion, on pourra peut-être aussi en profiter pour demander aux Danois pourquoi ce garçon, qui dirigeait l'un des plus grands bordels d'Allemagne, traînait par ici.

Dantec leur a, il faut bien le reconnaître, un peu mâché le travail.

Tant qu'à commencer à se poser des questions, il

ne serait peut-être pas totalement absurde non plus de s'interroger pour savoir s'il peut y avoir un lien entre le cadavre de Livio Versace, retrouvé dans les eaux noires et froides du port de Hambourg, et le cadavre du vice-président Brenner, retrouvé la cervelle en bouillie dans sa voiture au deuxième sous-sol du parking de la Compagnie en début de soirée.

Cette question peut d'autant plus légitimement se poser qu'à bien regarder les clichés qui ont été envoyés à la police fédérale et à la rédaction du *Morgenpost*, quelques heures seulement avant ces deux drames les deux hommes marchaient ensemble au bord de l'Alster et semblaient en grande conversation. En arrière-plan, on peut distinguer les deux braves garçons rasés et tatoués qui l'ont jeté dans l'eau du port quelques heures plus tard.

Pendant qu'on y est, pourquoi ne pas remonter encore d'un cran ?

Le jeune Livio Versace est l'employé et le prête-nom d'un homme d'affaires franco-danois, Robert Helmont. Or, d'après des informations confirmées auprès de la police danoise comme de la police de Nuuk, ce monsieur a disparu au Groenland où il était en voyage d'affaires. Depuis jeudi dernier, plus personne n'a eu de ses nouvelles. Il s'est évaporé. Quel rapport la Compagnie peut-elle entretenir avec ce monsieur ?

Pour répondre à cette question, peut-être convient-il toutefois de s'interroger au préalable sur les rapports de la Compagnie et du Groenland, où il semble qu'elle ait fait ces dernières années de très gros investissements à travers un consortium, Aurora, qu'elle a créé en association avec d'autres géants allemands de l'énergie, mais aussi des Danois et des Russes.

À l'hôtel de police comme à la rédaction du *Hamburger Morgenpost*, tout le monde se sent soudain très intelligent.

Cheng trouve que la vie moderne est bien agitée.

Ils roulent à nouveau dans la nuit.

Ils ont réveillé Aminata qui dormait du sommeil du juste dans son petit hôtel du centre-ville et ils l'ont embarquée avec eux.

Maintenant c'est Philippe qui est tombé de fatigue. Il dort sur la banquette arrière et le bruit sifflant de sa respiration envahit tout l'habitacle. En deux jours, de Cabo Negro à Hambourg en passant par Copenhague, il a parcouru des milliers de kilomètres sans dormir plus de deux heures d'affilée. Il récupère bruyamment. Cheng essaye de mettre de la musique pour couvrir ce ronflement strident mais cela ne suffit pas. Sans le vouloir, Philippe réussit à pourrir *Rigoletto.*

Cheng préfère rendre les armes.

Le petit Livio est mort. Le vice-président Brenner aussi. Cheng roule vers Copenhague dans une nuit superbe, éclairée par la lune, et il est heureux de sentir dans tout son corps et dans son esprit l'ivresse de l'action et du danger. Cette sensation lui a manqué au moins autant que ses vieux amis. Plus qu'il n'avait jamais osé se l'avouer en bavardant avec la boulangère de son village ou en triant ses déchets pour respecter les nouvelles normes du Syndicat intercommunal des ordures ménagères.

Cette virée à Hambourg lui a mis l'eau à la bouche. Et Kuntz a raison. Il y a vu de très beaux containers. De toutes les couleurs.

En roulant dans une nuit chaude éclairée de milliers d'étoiles, le sentiment du devoir accompli, Cheng se souvient de la célèbre parole du sage chinois : « À la lune rousse, range tes pamplemousses. »

C'est manifestement ce que Brenner et Livio n'ont pas su faire.

MERCREDI 17 JUILLET

18

À deux heures du matin, mercredi, le général Paulus regagne la petite salle de réunion en traînant sa lourde carcasse et sa mauvaise humeur. Il a dîné tout seul devant la télévision et il a ruminé ses interrogations et ses perplexités sans pouvoir trouver le sommeil. Cela tombe bien. Au moins ils n'ont pas eu à le réveiller. Ses collègues sont déjà installés. Le jeune lieutenant-colonel Herrings, toujours aussi droit et aussi frais dans son uniforme impeccable, trône en bout de table.

Les fauteuils ne sont pas adaptés à des gabarits comme le sien et le général Paulus se sent à l'étroit. Cela le met de plus mauvaise humeur encore.

Herrings reprend la parole :

— Nous avons de nouvelles informations. Le général Paulus avait raison de nous mettre en garde : il commence en effet à pleuvoir des cadavres.

Il s'arrête un instant sur cette remarque un peu perfide qui pourrait laisser croire que Paulus serait trop bien informé pour être innocent, puis il reprend sur un ton de légiste :

— Le directeur de la Commission européenne en charge des questions énergétiques, M. Peter Albright, a été retrouvé mort à son domicile il y a une heure. Assassiné au volant de sa voiture dans son parking. Peter Albright rentrait d'un rendez-vous au Parlement européen qui s'était prolongé un peu tard. D'après les premières constatations du légiste, il aurait été tué en début de soirée. Ce sont des voisins qui l'ont retrouvé et ont donné l'alerte. Vous avez tous les détails dans le dossier devant vous. Le mode opératoire est le même qu'à Hambourg, où le vice-président de la Compagnie Hans Ritter, un dénommé Brenner, a été retrouvé mort au volant de sa voiture dans un parking en milieu de soirée. Pas d'enregistrement. Pas d'empreintes. Une voiture volée, que l'on a localisée à quelques rues de là. Une balle tirée à travers le crâne par une arme enfoncée dans la bouche. On est en train de fouiller un peu dans leurs affaires.

Paulus l'observe sous sa paupière lourde et il n'apprécie pas ce petit rictus qui accompagne sa dernière phrase. Sous son apparence de gendre idéal, Herrings cache une autre personnalité, froide et violente. Pourquoi ce rictus ?

Herrings, à ses yeux, a commencé de se trahir. Paulus note ça dans un coin de son cerveau. Un coin très reculé où cela ne risque pas de s'effacer.

De toute façon, Peter Albright faisait partie des personnalités visées par les dossiers. Un corrompu. Un fasciste. Et Brenner aussi. Une belle ordure. L'un et l'autre au cœur du complot.

Mais Herrings n'a pas fini :

— Cerise sur le gâteau, nos amis allemands viennent de repêcher dans le port de Hambourg un certain Livio Versace, un agent du FET, et d'arrêter les deux types qui l'ont assassiné. Des néo-nazis à la solde de Brenner. Par souci de transparence sans doute, ces renseignements ont été envoyés aux journaux en même temps que ces événements se produisaient. En temps réel, pourrait-on dire. J'ajoute que les autorités de police ont été prévenues de l'assassinat de Livio Versace par une source anonyme dont on peut penser qu'elle ne veut pas de bien à la Compagnie Hans Ritter. En tout état de cause, toutes ces informations sont déjà publiques. Et cela va créer un beau scandale.

Autour du lieutenant-colonel, la stupéfaction est totale. Tous les officiers supérieurs réunis sont en état de sidération.

Spitella a croisé les mains sur la table.

Il s'apprête à faire une déclaration qu'il juge importante. Il aime s'écouter et donne toujours à ses interventions un ton très solennel :

— Mes amis, il nous faut regarder la vérité en face.

Il s'interrompt un instant pour savourer son effet.

— Quelqu'un a autorisé ce jeu de massacre. Ces gens bénéficient sûrement de protections puissantes. Cela n'est pas possible autrement. Alors il faut nous demander qui. D'abord on est noyauté, infiltré. Puis on est ridiculisé. Et nous ne savons ni par qui ni pourquoi. Nous sommes même informés après la presse, maintenant.

Il se tourne vers Herrings :

— Vous voulez qu'on soit solidaires et loyaux. Très bien. Mais alors il va falloir nous en dire un peu plus. Vous devez réunir les représentants permanents et organiser un conseil avec l'Union européenne. Ces décisions sont politiques. Elles ne nous appartiennent pas. Elles ne relèvent pas de nos compétences. Elles nous dépassent.

Il passe sa main par-dessus sa tête pour illustrer son propos, mais son geste peut tout aussi bien signifier son exaspération et le ras-le-bol qu'il éprouve à être pris pour un imbécile.

Spitella a toujours eu un certain penchant pour l'excès et la théâtralité.

Le général français Pierre Dumont en profite pour faire contraste et servir sa cause, évidemment plus modérée :

— En ce qui nous concerne, comme je vous l'ai dit tout à l'heure, nous ne pensons pas utile de répondre avec trop de vigueur. C'est à l'évidence un mauvais moment à passer. Mais nous savons tous que nous ne sommes pas là pour être aimés. Nous connaissons tous la musique. Nous ne sommes pas des perdreaux de l'année. On a le cuir solide. Une épidémie de suicides ? C'est déjà arrivé. Des révélations sur de la corruption ? La presse ne pourra pas authentifier les documents et les enquêtes judiciaires ne donneront rien. Comme d'habitude. Elles prendront des années, puis elles finiront par s'enliser. Et si nécessaire, on pourra toujours opposer le secret défense. Alors ne surréagissons pas. Ne faisons pas preuve de nervosité. Et surtout, messieurs, je vous en prie, ne politisons pas.

Le général Dumont s'est tourné vers son collègue italien pour bien souligner que, contrairement à la réunion précédente, cette fois-ci il lui porte une contradiction directe et lui fait la leçon :

— Surveillons l'évolution des choses. Montons une petite cellule informelle, celle-là pourquoi pas, et continuons de suivre les événements en temps réel. S'il faut changer d'attitude, nous pourrons toujours en discuter le moment venu.

Le général Paulus l'a écouté avec attention.

Gagner du temps, laisser faire, c'est une option judicieuse, en tout cas la seule raisonnable.

Le cynisme du vieux général lui convient.

Ce qui l'ennuie plus, c'est le silence du général Steinmeyer, le représentant de l'Allemagne, concernée au premier chef et en position d'accusée à travers ses grandes entreprises d'énergie.

Celui-ci décide justement de sortir de sa réserve :

— Messieurs, je voudrais d'abord vous dire qu'en Allemagne le choc est considérable depuis les révélations de cet après-midi, et maintenant avec ces assassinats commis à Hambourg. C'est une véritable bombe qui vient de nous exploser au visage. Comme vous pouvez l'imaginer, il y a beaucoup d'inquiétude et de prudence au plus haut niveau. Des vérifications sont en cours pour identifier les responsabilités et mesurer les dégâts. En tout état de cause, nous nous plierons aux décisions collectives et nous mettrons tout en œuvre pour leur permettre de réussir. Voilà l'engagement que je peux prendre devant vous. Pour le reste, la justice est saisie et l'État fédéral va se porter partie civile. Voilà ce que je peux vous dire à ce stade.

Ce n'est pas grand-chose.

Steinmeyer n'a parlé que pour qu'on ne puisse pas dire qu'il s'est tu.

De ce point de vue, il a fort bien rempli sa mission.

Le représentant du Danemark, lui, n'a pas la même intelligence. Son silence est une faiblesse, mais aussi une grossièreté. Quant au Belge, il est absent. C'est encore plus simple comme ça.

Tout cela n'a beau être qu'un jeu de dupes, il convient d'y mettre les formes.

Le général Paulus, toujours de mauvaise humeur, a envie de se faire un peu plaisir :

— La vérité, messieurs, c'est que nous devons tenir ensemble plusieurs exigences qui sont, nous le savons, contradictoires. Ce qui nous renvoie, finalement, à notre vrai problème : à quoi servons-nous ?

Il s'arrête un instant, comme s'il cherchait sa pensée :

— C'est parce que nous n'avons pas su répondre à cette question que nous en sommes là. Et parce que d'autres ont voulu ou su répondre à notre place. Il faut un ennemi. Les hommes sont ainsi faits. Ils ont besoin de certitudes. Pourquoi sont-ils plus forts que nous ? C'est parce qu'ils ont des certitudes. C'est parce qu'ils ont un ennemi. Nous, nous sommes devenus une grande machine à douter et à aimer tout le monde. Cela ne marche pas. Nous avons perdu tout crédit, toute force d'adhésion. On ne nous respecte même plus. Alors il faut se réveiller. Il faut une enquête interne. Il faut une opération vérité. Il faut des sanctions, que des têtes tombent. Il faut des gentils et des méchants. C'est ainsi. Il nous faut des héros, des saints, des chevaliers blancs, et il nous faut des salauds, des traîtres, des coupables. On ne s'en tirera pas autrement. On nous sert un ennemi sur un plateau. Une conspiration, pensez donc. Ne faisons pas semblant de ne pas la voir. C'est la seule façon de solder l'affaire.

Très clairement, plusieurs des participants auraient espéré une position plus modérée, plus responsable, et ils se demandent une nouvelle fois ce qui relève, dans cette déclamation grandiloquente, de l'appréciation personnelle du général Paulus et de la position réelle des États-Unis d'Amérique.

En tout cas, on comprend mieux qui il visait la veille lorsqu'il recommandait de s'en prendre à ceux qui chiaient sur leurs drapeaux.

Ce qu'il propose, c'est rien de moins que la guerre civile dans l'Organisation et dans tous les états-majors des armées de l'Alliance. Belle perspective.

Peut-être est-il devenu gâteux ?

Mais c'est peu probable.

Alors cela veut dire qu'une volonté politique s'est exprimée au plus haut niveau. À quoi jouent-ils ?

Le silence se fait autour de la table, le temps de bien mesurer les conséquences des propos de Paulus, et l'embarras est palpable. Ni les Anglais, ni les Allemands, ni les Français n'étaient préparés à une telle position, plus dure encore que celle qu'il avait exprimée à la précédente réunion, et surtout plus claire.

Paulus a choisi son camp.

Il est déjà près de trois heures quarante-cinq du matin. Le colonel Herrings considère opportunément que l'heure de lever la réunion est venue :

— Merci, messieurs. Si vous en êtes d'accord, on se retrouve ici demain pour faire un nouveau point de situation. D'ici là, nous disposerons certainement de nouveaux éléments. Je tenterai aussi de vous faire une proposition sur la méthode que nous pourrions adopter pour, comment dire… rétablir une certaine confiance dans l'Organisation. Merci, messieurs, et bon repos à tous.

Le général Paulus prend l'escalier. Attendre l'ascenseur l'agace, surtout si c'est pour se retrouver coincé dans la petite cabine avec ses collègues. De toute façon, son médecin lui a dit qu'il ne faisait pas assez d'exercice. Il devrait marcher une heure par jour. Et manger avec plus de raison et de mesure. Il a au moins vingt kilos à perdre.

Quand il est de mauvaise humeur, le général rumine toujours sur sa santé, sur son embonpoint, sur son alimentation.

Son aide de camp, le sergent Williams, l'a attendu dans l'antichambre de son bureau :

— Je prends ma sacoche et j'arrive. Nous avons mérité une bonne nuit, sergent.

Il a beau avoir pris un ton enjoué, le sergent

Williams a perçu sa lassitude. Il le connaît par cœur. Le général Paulus ne peut rien lui cacher. Depuis six ans qu'il travaille à ses côtés, il lit en lui comme dans un livre ouvert.

Il éteint les lumières, ferme la porte du bureau avec sa clé et gagne l'ascenseur que Williams retient à l'étage, le pied coincé dans la porte et un doigt appuyé sur le bouton.

Ils ont leurs habitudes.

Dans l'ascenseur qui les conduit au parking du premier sous-sol, ils restent silencieux. Williams sait que le général apprécie sa discrétion.

Le chauffeur les attend avec la voiture juste à la sortie de l'ascenseur.

Le général s'agace. Il doit faire de l'exercice, marcher une heure par jour mais tout est toujours fait pour qu'il se déplace le moins possible.

Ils sortent sur le terre-plein, devant le grand bâtiment de verre en forme de quartier d'orange. Tous les drapeaux flottent et le général les regarde avec fierté. Il aime ces drapeaux et ce qu'ils représentent, les couleurs d'un monde libre et en paix.

La voiture s'engage en douceur dans l'avenue Léopold-III, déserte et silencieuse à cette heure. Paulus apprécie le calme de la nuit. Ils roulent vers le quartier d'Ixelles, près des étangs, où il a loué un appartement.

La réunion a vu s'affronter plusieurs points de vue. Ils sont loin, très loin d'être d'accord sur la stratégie à suivre et la réponse à apporter. Herrings va devoir faire preuve d'habileté. La position la plus sage est sans doute celle du général Dumont. Ne rien faire, attendre, faire le gros dos, opposer le secret défense.

En d'autres circonstances, ç'aurait été celle qu'il aurait aussi préconisée. Mais, précisément, les circonstances ont changé. Il faut qu'il arrive à joindre Mathew.

Une heure plus tard, après être passé par la cuisine, s'être fait un épais sandwich au beurre de cacahuète et avoir englouti deux bières, le général Paulus se couche.

Depuis le décès de Rose-Mary, il déteste ce moment où il se glisse dans le lit et où il ressent douloureusement son absence.

Il n'arrive pas à aimer la vie sans elle. Il n'y arrivera jamais.

19

La journée a été pénible. Une des pires de sa vie. La veille au soir, elle a attendu que Kuntz rentre pour pouvoir parler avec lui. Elle voulait mieux comprendre ses motivations. Établir un contact. Tenter un dialogue. Faire sa connaissance.

Les hommes du FET avaient commis une erreur terrible en le faisant suivre. Et elle avait dû les couvrir en lui faisant croire que c'était elle qui avait pris cette décision alors qu'elle n'était même pas au courant.

Pourquoi ont-ils fait ça ? Pourquoi ne l'ont-ils pas informée ? Y a-t-il d'autres choses qu'ils lui cachent ?

Ils avaient beau dire que c'était pour le protéger, elle avait du mal à croire à leur version. Si c'était pour ce motif, il n'était pas nécessaire d'agir en secret.

Ils n'ont pas confiance en lui ? Pourquoi, alors, lui ont-ils demandé d'aller le chercher au fin fond de sa forêt ?

Il n'y avait qu'à le laisser dans son domaine au milieu des bouleaux, des fougères et des rochers.

Pia sent que quelque chose ne tourne pas rond. Mais

elle est incapable de savoir quoi. Tout est confus. Et elle n'a toujours aucune nouvelle de son père.

Kuntz est rentré tard et il a eu l'air heureux que ce soit elle qui lui ouvre la porte. Il a toujours cette attitude réservée et raide comme s'il éprouvait quelque gêne en sa présence. Peut-être n'est-ce pas seulement avec elle ? Peut-être n'est-il jamais à l'aise avec les femmes ? Peut-être même n'est-il jamais à l'aise avec personne ?

Ils boivent une tisane tous les deux dans la cuisine. Tout le monde est couché. Elle ne peut pas le trouver beau, ni même charmant. Il n'est ni l'un ni l'autre. Mais il dégage une épaisseur de mystère qui commence à l'intriguer.

La violence dont il a fait preuve ne l'a pas étonnée. On la sent en lui, enfouie, muselée, mais prête à surgir à tout moment.

Peut-être est-ce pour cela qu'il a l'air si emprunté, si verrouillé ?

Parce qu'il cherche à contenir et à dissimuler cette violence pourtant palpable jusque dans les traits de son visage. Comme si elle le paralysait. Comme si elle le terrifiait lui-même.

Pia a menti lorsqu'elle a dit à Kuntz que son père lui avait parlé de lui. Il ne lui en a jamais parlé. C'est Poul Rasmussen qui lui a dit que son père avait évoqué un ami à contacter en cas de problème et qui lui a demandé de bien vouloir s'en charger.

Elle ne voit pas ce que ce Roland Kuntz a à voir avec son père. Il n'a rien en commun avec lui. Son père est grand, distingué, il est un homme d'affaires reconnu. Il s'intéresse à la peinture, à la musique, il s'habille de façon élégante, il est courtois et avenant, a un visage ouvert et rayonnant, des manières policées. Ce monsieur est trapu, habillé avec mauvais goût, le visage découpé au chalumeau, inexpressif, bougon, mal élevé et, elle le sait maintenant, brutal. Elle a beau chercher, elle ne voit vraiment pas ce qu'ils ont en commun. Comment ont-ils pu être amis ?

En tout cas, ils devaient l'être assez pour que cet homme ait finalement sauté dans un avion pour venir lui porter secours.

Elle repense à leur première rencontre. Si elle lui a menti, il faut bien admettre qu'il n'a pas joué non plus un jeu très transparent. Pourquoi vit-il ainsi sous un faux nom ? Qu'a-t-il à cacher ? Que veut-il oublier ou faire oublier ? Et puis il y a ces hommes, dans la voiture, qui sont venus prendre l'officier du FET qu'il a roué de coups sur les quais du port le jour même de son arrivée, un gros type à cou de taureau et un Chinois aux jambes arquées. C'est comme ça que l'officier les a décrits lorsqu'il a raconté ce qui lui était arrivé. C'est ce que Rasmussen lui a rapporté.

Si ce sont ses amis, ils ont l'air aussi élégants et gracieux que lui.

Pia comprend que beaucoup de choses lui échappent. Elle se sent bien vulnérable et bien démunie au milieu de tant de secrets. Elle ne sait plus à qui accorder sa confiance.

Qui sont ces hommes ? D'où surgissent-ils ?

Bêtement, elle lui pose la question.

Son visage de granit se ferme d'un coup. Il espérait un moment de repos et de tranquillité avec elle, un répit. Elle le déçoit. Elle le braque. Elle le blesse.

Elle ne voulait pas ça.

Le silence se fait et il monte se coucher sans qu'elle puisse en tirer quoi que ce soit de nouveau. Elle entend son pas lourd dans l'escalier, puis la porte de sa chambre qui se referme, un robinet qui coule, et enfin le silence.

Pia met très longtemps à s'endormir. Ses questions, nombreuses, sont restées sans réponse.

Le lendemain, mercredi, elle se lève alors que le soleil brille depuis déjà longtemps.

Elle descend à la cuisine après avoir passé un jogging et elle comprend en lisant les titres des journaux pourquoi sa Nanie a un air si lugubre.

Livio est en une, repêché par des pompiers dans le port de Hambourg, les pieds coulés dans le béton, une armada de voitures de police éclairant le quai de leurs gyrophares. Les yeux de Pia se brouillent de larmes et elle éclate en sanglots. Que se passe-t-il ?

La Perruche l'entoure de ses bras et lui caresse les cheveux comme lorsqu'elle était enfant. Livio était comme son frère. Ils ont presque été élevés ensemble.

Ses assassins ont été arrêtés. Elle ne comprend rien à cette histoire. Qu'est-ce que Livio a à voir avec ces hommes, des militants néo-nazis, et avec cette Compagnie Hans Ritter et ce consortium Aurora dont elle ignore jusqu'aux noms ?

Que se passe-t-il ? Pourquoi Livio a-t-il été tué ? Où est son père ?

Elle continue de pleurer et la Perruche essaye de la

consoler avec des mots tendres et des caresses douces. Mais elle-même est préoccupée. Un grand malheur vient de se produire et elle a le sentiment obscur et inquiétant que ce ne sera pas le dernier. Depuis la disparition de M. Helmont, c'est comme si une malédiction s'était abattue sur eux. Comme si on leur avait jeté un sort. Elle ne comprend rien à tout ce que le journal peut raconter. Livio était encore un enfant à ses yeux, un enfant mal élevé, impertinent, désordonné, certes, mais un enfant quand même, faible et innocent. Il n'aurait jamais fait de mal à personne. Pia sanglote dans ses bras et elle se dit que cette petite n'a pas la vie qu'elle devrait avoir.

Bernilde n'est pas là. Elle s'est rendue immédiatement à Hambourg pour les formalités et a prévenu la sœur de Livio à Milan. C'est elle qui a demandé à ce qu'on ne réveille pas Pia. Comme toujours, Bernilde est parfaite, attentionnée et délicate.

Pia n'arrive pas à avaler la moindre nourriture et même son thé ne passe pas. Elle appelle Bernilde sur son téléphone portable mais elle tombe sur la messagerie. Elle ne laisse pas de message. À quoi bon larmoyer ? Les journaux affirment que Livio appartient aux services danois. Qu'est-ce que cela signifie ? Et ils ont fait le lien entre lui et la disparition de l'homme d'affaires franco-danois Robert Helmont, pour lequel il travaillait.

Pia se sent salie. Lire leurs noms dans le journal, mêlés à toutes ces horreurs, la déchire. Elle a l'impression que leurs vies leur sont volées. D'être souillée, salie.

Alors qu'elle est en train de sécher ses larmes, elle reçoit un coup de téléphone du Kastellet, le siège du FET. Ils veulent la voir en urgence. Une réunion est prévue à onze heures et demie. Elle a juste le temps de se préparer. Cela lui paraît normal, et c'est même ce qu'elle peut souhaiter de mieux si elle veut commencer à trouver quelques réponses à toutes ses questions. Peut-être pourra-t-elle apprendre quelque chose ? Peut-être pourra-t-elle commencer à y voir plus clair ?

Elle enfile un tailleur d'été bleu ciel, met des chaussures à talons qui la font paraître encore plus grande et un corsage de soie foncé qui souligne sa blondeur. Elle se remaquille légèrement pour masquer son teint livide et la fatigue de ses yeux.

Elle n'est pas allée souvent au Kastellet. Ce n'est qu'à dix minutes de chez elle, mais elle ne se sent pas de s'y rendre à pied. Elle préfère prendre sa petite voiture. Elle montre sa carte d'identité et on la laisse passer. Elle franchit ainsi deux barrières surveillées par des soldats en uniforme, puis elle gare sa voiture devant le pavillon de la Reine, où elle renouvelle l'opération pour pouvoir entrer. La salle de réunion se trouve au deuxième étage.

Lorsqu'elle y pénètre, le major Poul Rasmussen touille le contenu d'un gobelet de plastique avec une tige en bois. C'est lui qui l'a jointe lors de la disparition de son père et c'est lui qui dirige l'équipe. Morten, Henrik, Lars, Mette et Inge sont aussi là, l'équipe presque au complet. Ils ont tous l'air plus sinistres les uns que les autres, assis autour de la grande table, silencieux. C'est la première fois qu'ils sont confrontés au décès de l'un des leurs. Poul a gardé une place à côté de lui et lui fait signe de venir s'y asseoir.

Pour expliquer cet étrange silence, Poul précise à son adresse :

— On attend Niels, Niels Moller, c'est lui qui a les informations. Il a eu notre correspondant à Hambourg. Il est un peu en retard.

À peine a-t-il fini sa phrase que Niels Moller entre en coup de vent, essoufflé d'avoir couru. C'est un garçon d'une trentaine d'années, le cheveu hirsute, une barbe noire de trois jours tranchant sur une peau blanche et grasse. Il tient à la main une liasse de documents. Il s'assoit en même temps qu'il parle, en regardant Poul :

— J'ai pu récupérer les premiers procès-verbaux et les éléments d'enquête.

Il s'immobilise enfin, mais on sent que Niels Moller est d'un tempérament agité. Même son débit est saccadé :

— D'abord, Livio a été vu en fin d'après-midi, après dix-huit heures, avec le vice-président Brenner, celui qui a été retrouvé assassiné le soir même dans le parking au siège de la Compagnie, en train de se promener au bord de l'Alster. Ce Brenner est un personnage dont on découvre qu'il est sulfureux. Et pas qu'un peu ! Il serait le principal financier de l'extrême droite européenne. Les Américains l'avaient dans le collimateur, les Belges aussi. Mais les Allemands sont évasifs. Visiblement embarrassés. Nous savons qu'en réalité, il était sous surveillance depuis longtemps. Livio avait l'air de bien le connaître. Pourquoi est-il allé le voir ce jour-là ? Nous n'en savons rien. Qu'est-ce qui les rapprochait ? Rien non plus. Est-ce que Helmont et Livio auraient découvert des choses qu'ils n'auraient pas dû découvrir ? Après ce rendez-vous, Livio est allé travailler au siège de la société Helmont à Hambourg. Je ne reviens pas sur les activités dont il avait la charge. Mais chacun sait qu'elles n'ont rien à voir avec les terres rares, le pétrole ou le gaz. Pas davantage avec le salage de poissons.

Pia préfère prendre un air absent et indifférent.

— Deux hommes sont venus le chercher et ils sont partis ensemble. Il ne semblait absolument pas méfiant. Il avait même l'air de les attendre. Voilà pour le premier acte tel qu'on a pu le reconstituer.

Poul l'interrompt alors qu'il s'apprête à enchaîner. Ce type est un moulin à paroles :

— Les Allemands n'ont pas une hypothèse ? Pas une piste ?

Moller fait une moue de dépit :

— Rien, nada, pas le moindre commencement de piste. Ni eux ni personne. Sauf qu'on peut partir de l'autre bout. Il y a un Chinois qui traîne dans cette affaire. Le même, peut-être, qui s'est occupé de transporter notre ami… C'est une question qui peut se poser.

Pia écoute attentivement. Moller continue, avec son même débit de mitraillette :

— En tout cas, la police a été prévenue et les types ont été arrêtés juste après avoir balancé Livio, les pieds coulés dans le béton, dans le port. Le temps de le repêcher, il était mort. D'après la personne de garde qui a reçu l'appel, mais elle est formelle, l'informateur avait un accent asiatique et s'exprimait en anglais. En anglais, pas en allemand. Bingo. Un Chinois a été vu à plusieurs reprises, ce jour-là, se promenant dans le quartier de Sankt Pauli, puis devant le siège de la société Helmont où Livio avait son bureau. Il avait des écouteurs en permanence sur les oreilles.

Les visages se tournent spontanément vers Pia. Elle s'y attendait. Ils la soupçonnent d'en savoir plus qu'eux.

— Ce monsieur vous dit quelque chose ? lui demande Rasmussen de sa voix de gros fumeur.

Elle secoue la tête négativement :

— Non, et je n'ai pas pu arracher un mot à Kuntz hier soir sur l'équipe qui l'accompagne.

Cela n'a l'air de surprendre personne. Ils la prennent pour une oie blanche.

Pia n'a rien laissé paraître, mais elle n'est pas très fière d'elle. À quel camp appartient-elle ?

Une femme d'une quarantaine d'années aux cheveux très blonds coupés à la garçonne et à la silhouette élancée, portant un uniforme qui souligne les qualités de sa plastique, pose une question à Niels :

— Tu sais s'ils ont fait un portrait-robot ? Faudrait le montrer à…

Mais Niels ne le sait pas.

Poul Rasmussen tranche.

— C'est une bonne idée, Helle. Qu'ils se démerdent… tu leur diras d'en bricoler un…

Le major Rasmussen a l'air sensible au charme de l'uniforme.

Niels acquiesce et aussitôt il reprend le fil de son exposé :

— Au moment même, approximativement, où Brenner et Livio sont tués, des informations concernant les deux meurtres arrivent au *Hamburger Morgenpost*, qui nous mettent directement en cause puisqu'elles révèlent que Livio Versace travaillait pour nous. Dans les deux cas, les procédés sont comparables et la source est identique : envoi par mail au chef de la rédaction, impossibilité pour nos unités spécialisées de remonter jusqu'à l'envoyeur.

Niels est très excité et il arrive à capter l'attention de tout le groupe. Pia est suspendue à ses lèvres :

— Ce n'est pas tout. L'ensemble pourrait laisser penser que le cœur du sujet serait une affaire politique, une espèce de complot néo-nazi. Il faut dire que la personnalité de Brenner et des assassins de Livio le justifie. Leur pedigree est sans équivoque. C'est d'ailleurs la piste la plus commentée dans la presse. Mais attention au leurre. C'est autre chose, en réalité, qui se cache derrière ces exécutions. Quelque chose qui a à voir avec les activités de la Compagnie, j'entends : ses activités économiques. Et nous revenons ainsi à la disparition de Robert Helmont. La Compagnie, outre ses investissements concernant les terres rares, est en train de s'engager fortement pour éviter que le Groenland ne puisse être une source d'approvisionnement concurrentiel à la Russie sur le gaz. C'est l'objet du consortium Aurora, qu'elle a créé avec les Groenlandais, les Danois, les Russes, d'autres Allemands et des fonds norvégiens. Je ne vous parle pas en cents de couronne, les amis. Je vous parle en dizaines de milliards de dollars. Avec des enjeux considérables pour l'avenir. C'est la première fois que les Russes, les Chinois et certains Européens arrivent sur ces terres, jusque-là chasse gardée des Américains. Ils n'ont d'ailleurs pu le faire qu'avec des complicités au sein même du pouvoir américain. Et on revient à notre question de départ : est-ce que nos amis Robert et Livio auraient mis leurs nez là où ils n'auraient pas dû ?

Avec son air de crétin ordinaire et de rouleur de pétards, Niels cache bien son jeu. Il a en peu de temps ramassé une documentation impressionnante, construit un mobile et avancé une explication. Chacun est admiratif.

Poul toussote et, se levant, signifie que la réunion est terminée.

Finalement, il ne s'est pas dit grand-chose. Y compris concernant Livio. Elle en avait appris presque autant en lisant les journaux du matin. Sans doute les choses importantes sont-elles réservées à d'autres réunions, où elle n'est pas conviée.

Ils sont déjà debout quand Poul, comme si de rien n'était, lui demande :

— Vous pouvez passer cinq minutes à mon bureau ?

Les autres s'éclipsent comme s'ils n'avaient rien entendu et Pia suit le major Rasmussen jusqu'au bout du couloir où son vaste bureau ouvre sur le parc et la mer au loin.

On sent que Rasmussen est embarrassé. Elle sait pourquoi. C'est à cause de la filature. Il faut dire qu'il n'a pas été brillant. Il ne sait pas comment entrer en matière.

— Vous croyez que votre hôte se doute de quelque chose ?

Il s'assoit dans son fauteuil, l'incline en arrière et pose ses pieds sur le bureau devant lui, trouvant une petite place au milieu de tous les papiers et dossiers en désordre. Il veut sans doute se donner un air faussement décontracté, mais Pia n'est pas dupe. Elle n'a plus confiance en personne et en Poul encore moins qu'en n'importe qui d'autre. Elle le trouve retors. Elle fait exprès de rester debout.

Rasmussen commence à la dégoûter :

— Non, je ne crois pas. Mais pourquoi l'avoir fait suivre sans me prévenir ? Je ne comprends pas.

Poul hausse les épaules :

— C'est une procédure totalement banale. C'est idiot.

Pia n'en croit pas un mot. Mais elle sait qu'il n'a pas fini. Il ne l'a certainement pas fait venir pour s'excuser. Ce n'est pas le genre du bonhomme :

— Vous n'avez rien remarqué ? D'après le récit du lieutenant Moller, il y avait deux hommes. Un petit Chinois, celui qu'on a aussi repéré à Hambourg, si cela est confirmé, et un autre type, massif, trapu, qui conduisait la voiture. Vous ne les connaissez pas ?

Il lui fait passer un interrogatoire.

Dans la catégorie des salauds, le major Rasmussen a choisi d'être de cette espèce bien particulière qu'est le salaud décomplexé. Il ne doit pas avoir une grande considération pour elle pour se permettre de lui parler ainsi :

— En quoi, monsieur Rasmussen, tout ça peut-il nous aider à retrouver mon père ? C'est pourtant ce que vous m'aviez promis. J'espère que cela reste pour vous un objectif. Maintenant, si vous tenez vraiment à faire la connaissance de M. Kuntz, ce n'est pas difficile. Vous connaissez mon adresse. Parlez-vous directement. Ce sera plus simple. Et plus net.

Elle est en colère. Rasmussen comprend qu'il a commis une erreur. Il faut qu'il se redonne un peu d'oxygène, qu'il réussisse à la faire revenir à de meilleurs sentiments. Il n'a aucun intérêt à la froisser davantage.

Il se redresse sur son fauteuil et passe sa main sur son visage :

— Moi non plus, Pia, je ne comprends pas. Qu'est-ce qu'il fait ? Pourquoi reste-t-il immobile ? Tout bouge autour de nous et lui reste immobile. Je ne comprends pas. Avait-il parlé avec Livio ?

Pia n'arrive plus à le trouver sincère. Son père a disparu, Livio a été assassiné et Rasmussen ne comprend rien. Mais il ne peut s'empêcher toutefois d'essayer de lui soustraire des renseignements comme s'il poursuivait une autre enquête. Il a tort, parce que cela se voit.

Il tente une dernière fois le ton de la compassion :

— Ne vous inquiétez pas. On va retrouver votre père. C'est une question de jours. Si vous remarquez quelque chose, soyez gentille, prévenez-moi. Cela nous aidera.

Tout a sonné faux du début jusqu'à la fin et cette réunion n'a été qu'un prétexte pour la faire venir et l'interroger. Il en sait bien plus qu'il ne veut le dire. Sur Livio. Sur son père. Mais ce qu'il voulait, c'était seulement qu'elle lui dise des choses sur Kuntz.

C'est sa seule préoccupation.

Donc sa seule crainte.

20

Lorsqu'elle ressort, la lumière du soleil à la verticale dans le ciel l'éblouit. Elle cherche ses lunettes de soleil dans son sac et les remet aussitôt. Ses yeux sont fragiles. Ils l'ont toujours été. Elle se sent faible et désemparée. Kuntz n'était pas à la maison ce matin lorsqu'elle s'est levée et il n'a dit à personne, ni à Edith ni à Elke, où il se rendait.

Pia veut surtout quitter cet endroit au plus vite et retourner chez elle.

Elle ne sait pas ce qui se passe, mais il est clair que quelque chose ne tourne pas rond et elle a peur.

Où Kuntz est-il allé ? Que fait-il ? Quel est son rôle dans toute cette histoire ?

Elle trouve une place pour garer sa voiture juste à côté de la maison et entre en coup de vent. Bernilde l'a appelée à plusieurs reprises pendant la réunion mais elle n'a pas pu lui répondre. Cela peut attendre.

Edith est dans la cuisine. Elle prépare le déjeuner.

— Edith, tu as vu M. Kuntz ?

— Oui, il est rentré il y a déjà un moment. Je lui ai dit qu'on l'appellerait pour déjeuner.

Elle n'a pas fini sa phrase que Pia est déjà dans l'escalier.

Elle frappe à la porte de Kuntz :

— Vous voulez descendre déjeuner ?

Il répond par un « J'arrive », clair et sonore, presque joyeux, qui détonne dans l'atmosphère de cette journée de deuil.

Elle n'a pas fait trois pas en arrière dans le couloir pour regagner l'escalier que la porte s'ouvre déjà.

Il est en costume, sans cravate, le regard dissimulé derrière les épaisses lunettes de soleil aux montures argentées qu'il ne quitte jamais, même à l'intérieur. Il lui sourit chaleureusement et lui demande :

— Ça va ? Vous avez bien dormi ?

Cette question est totalement anachronique mais elle ne cherche pas à tricher. Elle n'en a ni l'énergie ni la volonté.

Cela ne va pas.

Comment cela pourrait-il aller alors qu'elle vient d'apprendre la mort de Livio ?

— Vous êtes au courant pour Livio ?

Elle en a douté un instant.

Il prend un ton de circonstance :

— Je suis absolument désolé. Nous n'avons rien pu faire. Nous sommes arrivés trop tard.

Ses nerfs sont à bout. Elle manque de tomber dans l'escalier. Qu'est-ce que ça veut dire ? Qui se cache derrière ce « nous » ? Tous ces mystères, ces non-dits, ces airs énigmatiques commencent à l'exaspérer et à la rendre folle. Il faut que cela cesse. Que quelque chose vienne rompre cette spirale, dissiper cette confusion.

Pia a le sentiment pénible que sa vie ne lui appartient plus. Depuis la disparition de son père, les catastrophes s'enchaînent, toutes impensables, toutes imprévisibles, mais toutes bien réelles. Et elle se trouve ballottée, projetée d'un événement à l'autre, sans rien maîtriser, sans rien anticiper, sans jamais savoir comment réagir. Elle ne sait même plus sur qui compter ni à qui faire confiance. Vers qui se tourner ?

Rasmussen ? Il est aussi franc qu'une valise à double fond et, depuis le début, il distille des informations au compte-gouttes et prend des décisions sans même lui en parler.

Que signifie tout cela ? Quel rapport cela a-t-il avec la disparition de son père ? A-t-il mis le nez dans une affaire de corruption ? L'État danois est-il engagé ou compromis dans ces affaires ?

Toutes ces questions bourdonnent autour de Pia comme un essaim de guêpes prêtes à piquer. Livio n'est pas la moindre de ses questions. Pas la moindre de ses piqûres, non plus.

Rien ne lui sourit. Au moment où elle veut retrouver confiance en Kuntz, il se comporte comme un imbécile ou un provocateur. Il fallait que Livio meure pour qu'elle le voie pour la première fois joyeux !

Ce qu'elle commence alors à ressentir, c'est un sentiment nouveau pour elle, celui d'être perdue, sans prise sur les choses, les êtres et les événements, et de ne pas trouver d'issue. Qui sont ces gens qui ont pu assassiner ainsi Livio ? Comment les connaissait-il ? Pourquoi ne lui avait-il rien dit ?

Peut-être pensait-il que ces gens pourraient lui

apprendre quelque chose concernant la disparition de son père ? Peut-être menait-il sa propre enquête sans mesurer le danger qu'il courait ?

Étaient-ce les mêmes hommes qui s'étaient attaqués à son père ? Auquel cas elle pouvait être inquiète.

Des néo-nazis ?

Mais ni l'un ni l'autre ne faisaient de politique. Ils ne s'y intéressaient même pas.

Et maintenant elle se retrouve seule chez elle, sans son père, sans Livio, sans Bernilde, avec cet homme étrange dont elle ne comprend ni qui il est ni ce qu'il veut. Il faut qu'ils arrivent enfin à se parler.

Dans la cuisine, Nanie leur a préparé des sandwiches aux crevettes et des sandwiches au bœuf, une grande salade de betteraves et de pommes, une omelette baveuse aux herbes.

Ils s'installent l'un en face de l'autre à l'extrémité de la grande table et elle lui sert d'office un grand verre de thé froid au citron vert. Il remarque la fatigue et l'anxiété sur son visage. Elle n'a pas mis ses lunettes et il peut voir ses yeux de lilas mauve, des yeux de myope. Le broc rempli de thé est trop lourd et sa main tremble un peu.

Elle ne sait par où commencer. Elle n'ose pas lui demander tout de suite ce que recouvre ce « nous ». Elle a peur qu'il ne se ferme aussi brutalement et définitivement que la veille au soir.

En le servant de salade, elle lui demande :

— Vous avez fait quoi, ce matin ?

Sa voix est faible et sans relief, presque mécanique.

Il répond aussitôt, sur un ton plus chaud et amusé, presque amical, auquel elle n'est pas habituée :

— J'ai fait le touriste.

Elle n'en croit pas ses oreilles. Son père a disparu, Livio a été assassiné, et lui fait du tourisme. Elle se demande à quoi il sert. En plus, sans aucun tact ni finesse, il lui annonce cela comme une bonne blague. Comment expliquer une telle attitude, à moins qu'il ne soit idiot ou qu'il n'ait un goût immodéré de la provocation ?

Mais elle est si fatiguée et elle a décidé qu'elle parviendrait à lui parler. Elle ne veut pas se mettre en colère. Surtout pas.

Voyant qu'elle reste silencieuse, il enchaîne :

— Je ne voulais pas quitter Copenhague sans avoir vu la Petite Sirène.

Elle lui sourit poliment :

— Quitter Copenhague ? Vous partez ?

C'est ce qu'elle a retenu de son propos. Au point où on en est, c'est peut-être mieux ainsi. Il ne sert à rien et, malgré les efforts qu'elle peut déployer, la volonté qui est la sienne d'arriver à établir un contact, un lien, tout ce qui prévaut, c'est cette gêne, cette distance et cette irritation.

Livio se fait assassiner, elle n'a toujours pas de nouvelle de son père, et lui, après avoir rossé un officier des services de renseignements, ne trouve rien de mieux à faire que d'aller dîner avec un vieil ami et faire du tourisme. Peut-être n'est-il pas tout à fait l'homme de la situation ?

Il hausse les épaules :

— Pas maintenant. Mais enfin, je veux vous rassurer, je ne vais pas m'installer non plus chez vous à demeure. Puis, je suis allé au Kastellet.

Il a dit ça du même ton clair et neutre qu'il a depuis le début, mais immédiatement elle lève les yeux vers lui comme si elle avait été piquée par une de ces guêpes qui ne la laissent pas en paix :

— Au Kastellet ?

Il veut poursuivre son avantage :

— Oui, je vous ai aperçue, je vous ai fait un signe, mais vous aviez l'air préoccupée et vous ne m'avez pas vu. Vous arriviez.

Il sourit. Elle remarque pour la première fois qu'il peut y avoir dans ce visage osseux, tendu, fermé, découpé à la serpe, une lueur de malice et, donc, de jeunesse.

Que fait-il ?

C'est simple et elle l'a très bien compris. Il retourne la situation. Elle voulait lui demander de s'expliquer. Elle va à son tour devoir se justifier.

Il veut qu'elle cesse de lui mentir, de l'esquiver, de le mener en bateau.

Il n'a pas l'air très malin, mais il l'est peut-être quand même un peu plus qu'elle le pensait. Cela lui redonne un peu d'espoir.

Elle prend les lunettes sur son visage, ses lunettes argentées, trop grandes, d'un autre temps, et elle les pose sans bruit sur la table.

Elle veut voir ses yeux.

Elle a besoin de lui parler, d'être avec lui, qu'il l'écoute, de retrouver confiance.

Il attend, étonné sans doute par son geste, mais sans chercher à se défendre et sans éprouver non plus de gêne.

Ses yeux sont bleus, d'un bleu étrangement clair. Ils ont une clarté presque inexpressive et glaciale. Elle cherche à lire à travers son regard mais il ne laisse rien transparaître. Il la regarde comme s'il ne la voyait pas.

— Vous m'avez suivie ?

Elle dit cela tout bas, sans la moindre agressivité. Au contraire.

Il pose sa fourchette :

— Peut-être est-ce vous qui êtes en danger, maintenant ? Peut-être va-t-il falloir que quelqu'un vous protège ?

Il a dit ça d'une voix douce à son tour, pour ne pas trop l'effrayer, mais elle a compris le message.

Il a sans doute raison.

Son père, Livio, pourquoi pas elle ? Il y aurait une logique.

Puis il mange une tranche de son sandwich aux crevettes et s'essuie la bouche avec une serviette en papier :

— C'est délicieux.

Elle reste figée, son regard trahit sa lassitude et sa déception.

— Pia, je suis votre ami, et celui de Robert. Mais il vous faut admettre que rien, depuis le début de cette histoire, n'est exactement comme vous l'imaginez. Ils vous ont menti. Et ils vont devenir beaucoup plus violents et dangereux qu'ils ne l'ont été jusqu'à présent.

Elle n'a pas bien compris ce qu'il vient de dire, mais elle doit lui reconnaître d'avoir fait un effort sans précédent pour enchaîner plusieurs mots à la suite, et même plusieurs phrases.

Il a un peu de mayonnaise au coin de la bouchc. Elle prend sa serviette et l'essuie. C'est un geste tendre :

— Rien n'est comme je le crois ?

Il se contente de hocher la tête. Elle joue avec ses lunettes sur la table :

— J'ai besoin que vous m'en disiez plus.

Son ton s'est fait plus autoritaire et assuré comme si elle était soulagée qu'il ait commencé à lui parler. Elle a repris des forces.

Il mange lentement et s'essuie la bouche à nouveau, plus méticuleusement.

Puis il rompt brutalement le charme qui était en train de s'établir entre eux :

— Et moi, Pia, j'ai besoin que vous me racontiez ce que le dénommé Poul Rasmussen vous a dit.

Il connaît son nom. Il est non seulement moins stupide qu'elle ne l'a cru, mais mieux informé.

Ce jeu entre eux est pénible. C'est à celui qui parlera le premier. Cela a un côté tristement infantile.

— Bravo, vous êtes très fort, monsieur Kuntz. Mais peut-être, de votre côté, pourriez-vous m'expliquer un peu ce qui se passe. Pour Rasmussen, les choses sont très simples. Il m'a contacté après la disparition de Papa. Il m'a dit que Papa travaillait pour eux, ce que Livio m'a confirmé. Puis il m'a dit que

Papa lui avait parlé de vous et m'a demandé d'aller vous chercher. C'est aussi simple que cela. Quant à ce qui intéresse M. Rasmussen, je crois que c'est vous ! Vous, encore vous, et aussi vos nombreux amis, chinois et autres.

Kuntz l'a écoutée attentivement, autant avec les yeux qu'avec les oreilles, et il l'a trouvée très belle :

— Je comprends.

Elle se lève pour aller préparer un espresso :

— Et mon père ?

Il répond sans hésiter :

— Votre père n'a rien à voir avec ces gens-là. Rien.

Après quelques instants de silence, il reprend :

— Ce que je peux vous dire, Pia, c'est qu'ils se servent de vous. Vous êtes un appât. Pour retrouver votre père et pour m'avoir avec lui.

Elle est exaspérée par son assurance :

— Mais qu'est-ce que vous racontez ? Mon père a disparu, ils le recherchent et, d'ailleurs, c'est eux qui m'ont conseillé d'aller vous chercher.

Il se lève et s'approche d'elle, puis il la prend doucement par les épaules. Il la sent fragile, à bout :

— C'est vrai. Mais comment connaissaient-ils mon existence ? Qui leur a dit ?

Pia reste immobile, ses yeux de lilas mauve tournent au gris et elle cherche à scruter dans ses yeux à lui la moindre certitude à laquelle se raccrocher.

Il relâche son étreinte et s'approche de la fenêtre pour regarder le jardin, avec ses massifs impeccables, sa tonnelle, son hamac. Comme lui, Robert a voulu une vie bien rangée, bien ordonnée. Il a voulu tirer un trait sur le passé. Mais il n'y a pas réussi. Cette vie l'a ennuyé.

Elle pose les deux petites tasses de café sur la table et vient se placer derrière lui, sa tête au-dessus de son épaule. Elle regarde aussi le jardin. Il sent son souffle, et la tension du désir qui monte en lui et l'envahit avec une puissance qui le surprend lui-même.

C'est ridicule. Il ne veut pas y céder. Elle appuie son menton sur son épaule sans rien dire, son visage est presque collé au sien. Ses cheveux caressent sa joue.

Elle ne l'aide pas beaucoup.

Elle met sa main sur son autre épaule, et c'est donc elle qui, à sa façon, le prend dans ses bras. Il ne bouge plus. Il a envie de hurler. Une folle douleur s'est réveillée en lui.

Il tourne la tête et embrasse son front légèrement, ce qui lui permet de se dégager en douceur. Puis il retourne s'asseoir à la table pour boire son café. Il ne sait plus s'il est au comble du désespoir ou au comble du bonheur.

L'atmosphère est presque sereine, comme elle ne l'a jamais été entre eux depuis qu'ils se connaissent.

Il la regarde :

— Il ne faut rien changer à vos habitudes. Surtout, ne leur donnez pas l'impression d'avoir compris quelque chose ou de vous douter de quoi que ce soit. Faites seulement plus attention. Soyez toujours en alerte.

Elle lui demande :

— Et vous ? Vous allez faire quoi ?

Il remet ses horribles lunettes :

— J'ai beaucoup de choses à faire. Avec mes amis qui vous intriguent tant. Ce sont aussi les amis de votre père, Pia. Vous apprendrez à les connaître. Et je suis certain que vous les apprécierez.

Il fait preuve d'optimisme.

Elle se lève :

— Je vais rester à la maison pour travailler et puis je vais dîner avec Bernilde. Elle rentre ce soir. Elle s'est occupée de tout. L'enterrement aura lieu demain en début d'après-midi.

Elle se demande pourquoi elle lui confie tout cela, dont il doit se moquer éperdument. Peut-être tout simplement parce qu'elle se sent trop seule et qu'elle a besoin de quelqu'un à qui parler.

Puis, après une légère pause, elle lui demande :

— On vous attend pour dîner ?

Il nie de la tête.

Elle a l'air épuisée. Mais elle est terriblement jolie et elle l'a touché en plein cœur. Rien ne sera plus jamais pareil. Il n'a pas le temps d'arrêter son geste. Il lui caresse doucement le visage, comme pour la réconforter. Elle n'a aucun mouvement de recul. Au contraire, elle appuie sa joue contre sa paume et reste ainsi quelques secondes.

Elle voudrait avoir à nouveau confiance en quelqu'un.

21

Dehors il fait chaud, trop chaud pour marcher en plein soleil et pour traverser la ville habillé en costume. C'est pourtant ce qu'il décide de faire. Ils ont quarante-huit heures pour déclencher le feu des éclairs, le tonnerre de la foudre et les bourrasques de la tempête sur les têtes plates et venimeuses des serpents. Il faut se mettre en route sans tarder et marcher d'un bon pas.

Dans deux jours il veut les voir se traîner à genoux dans la poussière et implorer dans les supplices et la souffrance une miséricorde que la justice des hommes leur refusera. Roland Kuntz n'éprouve aucune pitié à leur endroit.

Il traverse le quartier latin de Copenhague, puis il marche tout droit vers Nørrebro. Il tient à agir lui-même et à agir seul. Marco ne trouve pas ça raisonnable. Il doit considérer qu'il est désormais trop vieux pour ce genre d'exercice. Il doit craindre qu'il ne soit rouillé. Mais Kuntz veut participer pleinement à la fête. Il veut surtout se tester, s'éprouver, se retrouver. S'assurer qu'il en est toujours capable. C'est à lui-même que ce jour-là il a donné rendez-vous. Un rendez-vous qu'il attendait depuis longtemps.

Il fait chaud. Il s'arrête dans un café, au coin de Griffenfeldsgade, et il se fait servir un thé à la menthe. Deux hommes sont assis en face de lui et l'observent, l'un jeune, barbu, en djellaba, avec à la main un chapelet, l'autre plus âgé, le ventre débordant de sa chemise par deux boutons restés ouverts.

Kuntz fait comme s'il ne les voyait pas.

Le plus âgé se lève et s'approche de lui d'une démarche embarrassée et lente :

— Vous êtes français ? lui demande-t-il sans aucun accent.

— Oui.

L'homme enchaîne, comme s'il récitait une leçon :

— J'adore la France. J'ai habité là-bas pendant vingt ans, à Saint-Geneviève-des-Bois. Vous connaissez ?

Il reste debout à côté de la table, avec un demi-sourire, heureux d'avoir trouvé quelqu'un avec qui parler français :

— De nom.

L'homme a l'air satisfait de cette réponse, il pose sa main sur la table à laquelle Kuntz est assis :

— Vous allez au restaurant africain de ma part, de la part de Rachid, chez Papa Africa. C'est la deuxième rue à gauche. Restez sur le trottoir de gauche. Ne traversez pas. À cent mètres environ. Papa Africa. Vous ne pourrez pas le rater. C'est écrit dessus.

Kuntz finit son thé rapidement, paye puis reprend sa marche dans la lumière blanche, sous le soleil brûlant.

Il tourne dans la deuxième rue à gauche, une rue large et sans voiture. Des adolescents jouent au ballon sur la chaussée, des tables et des sièges défoncés sont disposés aux portes des immeubles, du linge de toutes les couleurs sèche, pendu à des fils accrochés aux fenêtres.

Le restaurant Papa Africa se trouve à cent mètres. Des photos des plats sont affichées sur la devanture, une vitrine sale et opaque. Les images sont défraîchies. Cela ne donne pas du tout envie.

Depuis la rue, on ne voit pas à l'intérieur mais, dans le silence de cette rue large et presque déserte, inondée de lumière blanche, les éclats de voix qui s'échappent par la porte résonnent puissamment.

Kuntz franchit la distance qui le sépare du restaurant. Le soleil est si fort qu'il pique la peau.

Dans la salle, un homme est assis, seul. Les bruits de voix proviennent de l'étage.

L'homme ressemble à un Éthiopien, avec des traits fins, un visage émacié se terminant par un bouc noir mêlé de fils d'argent. Kuntz est incapable de dire si cet homme a quarante ou soixante ans.

Il est d'une grande maigreur et ses yeux sont vitreux, rongés par le glaucome ou par l'abus de stupéfiants.

Kuntz le salue et lui dit, en restant sur le seuil, qu'il vient de la part de Rachid. Hormis les jeunes gens qui jouent au ballon et les cris à l'étage, tout est calme. C'est l'heure de la sieste.

Sans dire un mot, l'homme se lève et lui fait signe de le suivre. Il lui fait traverser une grande cour avec de l'herbe, jonchée de détritus, entre des dalles de béton éventrées d'où sortent des tiges de métal rouillé. Le sol est inégal, comme s'il avait vécu un tremblement de terre ou subi un bombardement. Au fond se dresse un bâtiment en briques rouges de trois étages, ressemblant à une usine désaffectée. La façade est couverte de tags multicolores et trouée de larges fenêtres rectangulaires contiguës les unes aux autres, avec de nombreux carreaux cassés. Ils prennent un petit escalier extérieur en acier fortement gagné par la rouille. L'homme marche lentement. Ils n'échangent pas un mot.

Au troisième et dernier étage, ils pénètrent dans une sorte de grenier, une immense pièce mansardée à la charpente d'acier apparente, éclairée par des Velux déglingués. C'est un bazar géant rempli d'étoffes, de carcasses de vélo, de meubles désarticulés, de sacs empilés les uns sur les autres. Elle occupe toute la surface de l'immeuble, c'est-à-dire qu'elle fait plus de trois cents mètres carrés d'un seul tenant.

L'homme se dirige vers le fond en slalomant à travers les objets et ouvre une malle cachée sous des stocks de tissus. Il en sort plusieurs armes de poing : des Glock, des Beretta, des Luger, qu'il pose par terre sur un bout d'étoffe. Il fait ça mécaniquement, lentement. Ses gestes sont précis et sûrs. Il a toute une armurerie, et, Kuntz l'a compris, de quoi confectionner aussi quelques beaux feux d'artifice.

Une armurerie et un arsenal en plein cœur de la ville cachés sous des boubous et de vieilles hardes, est-ce vraiment rassurant ?

Kuntz prend deux pistolets, de tailles différentes, avec les chargeurs pleins. Ils vérifient ensemble que le matériel est en état de marche et ils refont le chemin en sens inverse, descendant l'escalier rouillé aux grincements inquiétants, traversant la cour dévastée, pénétrant à nouveau dans le restaurant où les bruits de voix n'ont pas cessé.

Kuntz glisse le Beretta dans son dos et il passe le Glock dans sa ceinture, ce qui l'oblige à fermer sa veste. Il a encore plus chaud ainsi et il ressent une certaine gêne. Cela fait beaucoup.

Il regarde sa montre.

Il est quinze heures cinquante-huit. À seize heures dix, devant l'église, le motard l'attendra.

Il est dans les temps, mais il ne faut pas se mettre à flâner. Tout va maintenant s'accélérer.

Il ressort du restaurant et prend à droite, coupe par un petit square où des enfants jouent. Des gens ont mis du linge à sécher sur une étrange construction en bois qui ressemble à un gros insecte. Un groupe de jeunes barbus grassouillets boivent des bières en fumant.

Kuntz sort du square qu'il a traversé en diagonale et débouche sur une rue parallèle au cimetière. Il faut qu'il la remonte sur au moins deux cents mètres avant de tourner à nouveau.

La chaleur est insupportable, il n'y a aucun coin d'ombre et sa veste fermée n'arrange pas les choses.

Il tourne encore à gauche et, cinquante mètres plus loin, il débouche comme prévu sur la grande rue passante. Il est presque arrivé.

À sa montre, il est seize heures deux.

Il visualise d'emblée l'ensemble du décor : la petite église à cent mètres sur sa gauche, isolée entre deux rues étroites partant vers le sud, le gros bloc d'immeubles de briques d'un seul tenant de l'autre côté, le restaurant au coin face à l'épicerie, avec sa terrasse extérieure.

Il reste sur le trottoir de droite bien qu'il soit en plein soleil et passe devant le restaurant où quelques personnes mangent encore dehors sur les tables de bois. En costume, avec ses lunettes noires aux montures d'acier, il ne peut pas ne pas attirer l'attention. Des regards perplexes et curieux se tournent vers lui. Il est en nage et cette sensation devient vraiment désagréable.

Avant qu'il ne traverse la dernière rue et atteigne le gros bloc d'immeubles en briques rouges, il aperçoit, cinquante mètres devant lui, le groupe d'hommes qui se tient sur le trottoir juste avant le carrefour. Ils sont debout devant une devanture de boutique peinte en blanc, certains collés contre la vitrine, d'autres assis sur les voitures, faisant une sorte de haie d'honneur.

Kuntz traverse la petite rue d'un pas égal. Son cerveau est maintenant en alerte et chaque détail s'enregistre automatiquement dans son esprit.

La rue est presque déserte. De leur côté, sont garés un camion Mercedes blanc d'un grand âge, tout cabossé, une Opel break Insignia bleue, une vieille Peugeot 206 grise. En face, devant l'église, une Coccinelle décapotée, avec un monsieur chauve en polo pendu au téléphone, des Ray-Ban sur le nez, s'est arrêtée.

Kuntz ralentit un peu l'allure et il regarde sa montre : seize heures cinq minutes.

Il est un peu en avance.

Il sent la sueur couler dans son dos.

Dès lors que l'action se déclenchera, il faudra que pendant cinq minutes sa vigilance soit totale, son influx aussi. Il sent un curieux calme s'installer en lui, comme lors d'une plongée sous-marine.

De nombreux vélos sont garés devant l'immeuble de briques. Dans son champ de vision, le petit groupe d'hommes sur le trottoir commence à sortir du flou et à se différencier. C'est comme s'il faisait un zoom sur eux. Il peut progressivement distinguer leurs habits, puis leurs visages, puis leurs regards mauvais. Kuntz avance comme un automate. En les percevant mieux, il ressent cette haine immense dans laquelle il va puiser. Elle est là. Elle ne l'a pas quitté. Il sait qu'elle est sa meilleure arme.

Sur le côté gauche, appuyés sur les voitures, il y a quatre hommes : un blond plutôt gros, avec des rangers, une coupe berlinoise, la trentaine ; un type brun, très sombre, très maigre, mal rasé, le cheveu dru, habillé de façon ordinaire mais négligée, presque un clochard, alcoolique, tabagique ; un grand gars mince avec un gilet de cuir sur un tee-shirt noir, les cheveux courts, les bras tatoués ; un autre, très jeune, musclé, beau gosse, avec une bière dans la main et des bouclettes blondes.

De l'autre côté du trottoir, dos au café, les types

ont tous l'air d'avoir passé la quarantaine, mais il les distingue moins bien. Parmi eux, deux hommes aux cheveux ras, un complètement chauve, en rangers et en cuir, des skinheads, tous les trois tatoués et tous les trois à plus de cent kilos, semblent se réjouir à l'idée de ce qu'ils vont lui faire subir.

Il ne sent plus la chaleur, ni les gouttes de sueur couler dans son dos ni son front humide.

Seulement la haine, le silence et ses armes.

Il reste une dizaine de mètres à parcourir. Maintenant qu'il s'approche d'eux, les types gagnent du terrain sur le trottoir afin de rendre le passage plus difficile et ils le dévisagent plus franchement.

N'importe quel type normal traverserait la rue ou ferait demi-tour. Kuntz, lui, continue comme s'il ne s'apercevait de rien.

L'entrée du local est sur la droite, juste avant les trois types qui se trouvent du côté de la vitrine.

Il ne change pas d'allure malgré leurs intimidations et il voit une certaine surprise s'allumer dans les yeux de plusieurs d'entre eux, sans doute pas les plus courageux ni les plus déterminés, à mesure qu'il s'approche.

Les secondes s'allongent. Le temps s'est mis au ralenti.

Kuntz est maintenant très loin sous la mer, il a atteint les grandes profondeurs et sa vision s'est placée d'elle-même en mode cinémascope. Il voit sur écran géant, chaque détail, chaque geste. Sa respiration se fait plus lourde.

La porte d'entrée du local n'est plus qu'à deux

mètres ; les hommes, maintenant, le dévisagent de façon franchement menaçante et échangent entre eux des interjections en danois dont il soupçonne qu'elles ne sont pas toutes cordiales. Mais cela ne l'atteint pas. C'est marginal, secondaire, sans importance. C'est sur ce qu'il doit faire, lui, qu'il se concentre. Tout le reste est relégué dans une conscience périphérique et neutralisé. Il devine qu'en contrebas, il aura une marche ou deux à descendre et qu'il doit y avoir un peu de monde dans la pièce.

Arrivé à hauteur de la porte, avant que les hommes qui se situent du côté de la rue n'aient pu refermer sur lui le passage, il saisit l'homme à la coupe berlinoise par le cou, lui plante le Glock sur la tête et, en hurlant, le projette dans la boutique en s'en servant comme d'un bouclier.

À partir de maintenant, chaque seconde, chaque décision, chaque geste peut lui coûter la vie.

Il n'a pas droit à l'erreur.

Comme il s'y était attendu, seul l'homme en noir s'avance pour se jeter sur lui sans hésitation. Il est bien le plus dangereux. Son anticipation était bonne. Kuntz sent qu'il cherche à s'engouffrer derrière lui et il se retourne pour lui tirer dans le genou et le voir s'écrouler dans l'ouverture de la porte. En même temps, il projette le blond dans le groupe d'hommes présents dans le local juste avant qu'ils n'aient pu se ressaisir. Il est certain qu'ils ont des armes. Il faut jouer sur l'effet de surprise.

Il prend l'homme en noir, qui s'est écroulé, par les cheveux et l'oblige à se relever pour s'en servir comme d'un nouveau bouclier, puis il se plaque au mur pour surveiller les deux côtés de la porte, dedans et dehors.

L'homme à la jambe explosée ne tient pas debout mais il est prêt à lutter encore. C'est un coriace.

Kuntz voit le type aux yeux d'alcoolique sortir un petit flingue noir. Il a l'air décidé à s'en servir pour aller chercher son pote.

Kuntz tire dans la vitrine et canarde l'extérieur.

Avant que le type ait pu faire un pas de côté pour le viser, il lui tire deux balles, l'une dans la poitrine, l'autre entre les deux yeux.

Dehors, cela semble être la débandade. Il entend des cris, des bruits de course, mais il ne peut estimer s'ils sont tous partis ou non. Il n'a plus le temps de regarder.

Il sait que le danger est maintenant à l'intérieur du local et qu'il vient de perdre un temps précieux.

Il se sent bien, il respire normalement et ses réserves d'influx sont intactes. Il voit clairement la situation. Il faut qu'il accélère le mouvement et, surtout, qu'il change de position. Il est immobile depuis de trop longues secondes.

L'homme qu'il tient par les cheveux, malgré son genou en bouillie, essaye de se dégager. Remis du choc d'avoir reçu le blond dans les pattes, les quatre hommes présents dans la boutique bougent et l'un d'entre eux semble saisir quelque chose derrière le comptoir. Mais c'est encore confus, il ne les distingue pas bien et son attention est retenue par le petit escalier qui monte à l'étage, situé juste derrière eux.

Il lâche l'homme d'un coup après l'avoir violemment assommé avec sa crosse, puis se jette de l'autre côté de la pièce en roulant par terre et en tirant à plusieurs reprises dans la masse informe des hommes qui barrent les premières marches. Celui qui est le plus proche de lui s'écroule en se tenant le ventre, laissant apparaître derrière lui un homme qui tient un fusil à pompe dans ses mains.

Il doit avoir à peine vingt-cinq ans et il a deux larmes tatouées sous son œil.

Kuntz ne s'est pas trompé. Il tire le premier et lui explose le crâne. Du sang jaillit partout.

Pourquoi se vanter d'être un assassin ?

Kuntz ne comprend pas.

En ce qui le concerne, cela fait deux cadavres en moins d'une minute. Il n'en tire aucune fierté.

De là où il est, et même si la boutique est plus petite qu'il ne se l'était représentée, il libère le passage pour ceux qui veulent s'enfuir. Il leur fait signe avec son pistolet. Trois d'entre eux, dont le blond à la coupe berlinoise, sortent en enjambant le corps de celui que Kuntz a assommé après lui avoir explosé le genou. Ils ont mis spontanément les mains en l'air pour bien marquer qu'ils ne cherchent pas à en découdre.

Tout pourrait se passer tranquillement.

Mais le quatrième, un colosse au crâne rasé avec des tatouages sur la gorge, tente de profiter de ce moment pour s'engager dans l'escalier. Kuntz lui tire une balle dans la jambe. Il n'a pas voulu l'abattre de dos. L'homme est si puissant qu'il continue d'avancer.

Kuntz a commis sa première erreur. Elle peut lui coûter cher. Il n'aurait pas dû hésiter. Il aurait dû l'abattre froidement.

Il faut bouger encore, et vite, d'autant plus qu'il entend que ça s'agite là-haut et qu'il peut toujours craindre que, reprenant leurs esprits et surmontant leur peur, les autres ne reviennent par l'extérieur. Cela doit faire maintenant une grosse minute qu'il est entré.

Il se remet debout d'un coup et s'engage dans l'escalier derrière la montagne de chair.

Il faut se faufiler derrière lui, le coller au plus près et, surtout, ne pas faire un geste qui puisse le conduire à se retourner.

L'escalier est étroit et la masse du type dont il discerne mieux maintenant la force phénoménale bouche tout son champ de vision. L'homme a cinq marches d'avance et il faut qu'il les conserve jusqu'en haut. Il ne devra se plaquer à lui qu'au dernier moment et réussir à l'entraîner dans sa chute. La cible est à l'étage, sûrement armée et sûrement protégée.

Mais alors qu'il arrive presque en haut, le colosse se retourne. Il a dû sentir sa présence dans son dos et anticiper ce qui allait se produire. L'espace d'un quart de seconde, Kuntz croise son regard, un regard de bête enragée refusant la fatalité et voulant affronter son assaillant jusqu'au dernier souffle.

Il est surpris d'y lire tant de haine et de détermination.

Ce type est un danger. Mais le combat est inégal. Kuntz n'a pas le choix. Il le vise entre les deux yeux et tire au moment où l'autre va se jeter sur lui pour l'écraser de toute sa masse.

L'homme s'affale et chute en avant.

Kuntz a encore perdu des secondes précieuses. Il voit la lumière en haut de l'escalier. Il enjambe aussi rapidement que possible le cadavre du colosse pour s'arrêter juste à l'entrée de la salle. Il n'a pas beaucoup de solutions et, s'il reste là trop longtemps, il risque de se retrouver coincé entre deux feux.

Il sort le Beretta, plus léger, et se projette dans la pièce un pistolet dans chaque main en tirant des deux côtés pour assurer sa propre couverture.

Il a eu raison d'être prudent. Sa cible est à droite, mais un autre homme l'attendait à gauche.

L'homme lui tire dessus alors que Kuntz l'a déjà touché à l'épaule. La balle érafle sa jambe et déchire son pantalon. Il vise l'homme en pleine poitrine et l'homme s'effondre. Il est habillé différemment des autres, en costume, avec des lunettes noires. Il doit être le garde du corps de la cible. S'il l'avait raté, Kuntz sait qu'il n'aurait pas eu de seconde chance.

La cible est exactement comme il l'a vue sur de multiples photos et vidéos, maigre, habillée en cuir des orteils jusqu'à la tête, avec un physique d'albinos.

Ses yeux sont rouges, injectés de sang, ses cheveux longs blancs et filasse.

Il tient une arme à la main mais semble incapable de s'en servir. Il tremble, en proie à une crise de panique.

La salle est couverte d'affiches vantant les mérites du Troisième Reich et un portrait de Hitler est accroché sur le mur du fond. D'autres affiches annoncent les concerts du groupe dont la cible est le leader.

Kuntz s'approche de l'homme, arme au poing tendue en sa direction.

L'homme est statufié. La peur le paralyse. Kuntz le gifle, comme pour le faire revenir à lui.

Il veut qu'il soit le plus lucide possible au moment de sa mort.

Sous la violence du coup, l'homme lâche son arme. Il a beau être face à lui, l'homme n'arrive pas à le regarder. De près, c'est une épave.

Kuntz lui brise la mâchoire avec son pistolet et l'oblige à s'agenouiller.

Deux minutes se sont écoulées depuis le début de l'action. Il a tué quatre hommes, en a blessé un cinquième et maintenant il doit exécuter la cible et partir. Il ne ressent ni émotion ni pitié. Il ramasse le pistolet que l'homme a fait tomber, le lui met dans la bouche et l'oblige à tirer lui-même en lui tenant la main. L'homme est une marionnette désarticulée. Il s'effondre, le crâne explosé, et du sang jaillit, éclaboussant le portrait du Führer.

Kuntz prend le temps de déchirer les affiches, puis il redescend dans la salle du bas et tire une balle dans la nuque et une autre dans le cœur de l'homme au genou défoncé. Il ne veut pas avoir de regrets.

La haine ne l'a pas quitté un seul instant. Une haine qui, au lieu de l'aveugler, a décuplé ses forces et l'a rendu plus clairvoyant.

Le bruit de la moto se fait entendre dans le silence de la rue. Il est exactement seize heures neuf. Kuntz attend que la moto se gare devant ce qui reste de la devanture effondrée et sort dans la lumière et la chaleur. Il tient toujours son Beretta à la main. Il a l'impression de remonter lentement à la surface.

La terrasse du restaurant s'est vidée sous l'effet de la panique. Les gens se sont regroupés un peu plus loin, à côté de l'épicerie, et ils regardent dans sa direction. La Volkswagen décapotable n'est plus là.

Un couple de touristes, en retrait de l'église, la bouche ouverte et les yeux stupéfaits, le dévisagent comme s'ils étaient au spectacle.

La moto se gare devant et l'homme qui conduit, sanglé dans une combinaison de cuir, lui passe un casque intégral comme celui qu'il porte. Kuntz l'enfile rapidement et monte derrière lui. L'homme fait demi-tour et part en direction du centre-ville, accélérant brutalement, puis il prend une petite rue lorsqu'ils arrivent à hauteur de la gare.

Il s'arrête juste à côté d'une voiture dont le moteur tourne.

Kuntz descend, lui rend le casque et grimpe dans le véhicule qui démarre aussitôt. Le motard a déjà disparu.

Kuntz regarde sa montre. Il est seize heures treize.

Ils repartent vers le centre et les jardins de Tivoli.

Kuntz est calme.

L'homme le dépose à l'entrée où une foule attend en faisant la queue devant les caisses.

Kuntz laisse ses armes dans la voiture.

Une belle blonde lui fait un geste pour qu'il la rejoigne, il se glisse à côté d'elle dans la file d'attente.

Elle lui prend le bras et lui manifeste immédiatement une grande affection. Kuntz paye les billets pour entrer dans le parc d'attractions et ils commencent à déambuler dans les allées bondées.

Sa jambe lui fait mal. Dans la voiture, il a eu le temps de regarder sa blessure. La balle lui a arraché un petit bout de chair sur près de deux centimètres. Il lui faut désinfecter la plaie assez rapidement.

La fille est une professionnelle. Elle ne fait aucun effort pour lui faire la conversation, mais elle prend des poses de jeune femme amoureuse et joue fort bien la comédie de l'intimité, du désir et du bonheur. Ses cheveux lui tombent aux épaules, ses yeux sont noirs et son visage a un joli ovale. Sa peau est dorée, elle porte une robe rouge et des chaussures rouges à talons. Elle est bien faite, la taille serrée par une large ceinture noire en cuir, mais sa tenue dégage un petit parfum de vulgarité.

Kuntz sent une douce fatigue le gagner progressivement. Il a fait ce qu'il devait faire. Il a retrouvé ses automatismes. Il n'a pas été trahi par lui-même.

Son portable sonne.

Un clown blanc, dans son costume cousu de fils dorés, occupe l'écran.

C'est le signal qu'Aminata entre à son tour en action.

Il est seize heures trente-cinq minutes et il fait toujours aussi chaud. C'est une belle journée. Mais pour beaucoup de serpents, elle sera la dernière.

22

Vers seize heures, Aminata enfile son survêtement et ses chaussures de jogging, puis elle prend son vélo et quitte son appartement de Griffenfeldsgade en pédalant comme un coureur du tour de France. Elle aime sentir ses muscles travailler et l'effort physique l'a toujours reposée. Elle s'est fait deux longues tresses, a mis des lunettes profilées pour fendre l'air.

Traversant les étangs artificiels à Louises Bro, elle tourne à gauche pour prendre Gothersgade.

Dans le petit sac à dos où elle a soigneusement plié ses affaires de rechange, elle sent la dureté et le poids de son Luger.

Elle sait exactement ce qu'elle a à faire. Elle pédale encore cinq minutes et tourne pour rejoindre Købmagergade.

Il y a beaucoup de piétons qui encombrent la chaussée et elle doit descendre du vélo.

Arrivée à Amagertorv, elle l'accroche à une borne et continue à pied pour être plus agile. Philippe aurait dû se trouver au croisement d'Østergade mais il n'y a personne.

Elle attend cinq minutes en mangeant un gâteau à la carotte et, une fois celui-ci englouti, elle décide de ne plus attendre. Sa peau d'ébène attire la curiosité et il faut qu'elle agisse avant que l'épouse du vice-président ne revienne.

Elle fait quelques pas, puis pénètre dans l'immeuble moderne après avoir tapé le code. Elle monte par l'escalier jusqu'au troisième étage. Elle ne rencontre personne.

Parvenue sur le palier, elle sort de sa poche le passe que Marco lui a donné et le fait glisser silencieusement dans la serrure. La porte s'ouvre sans difficulté. Elle la referme doucement derrière elle.

L'appartement est vaste, avec un parquet clair et des meubles design. Des toiles abstraites colorées de taches jaune et orange sont accrochées aux murs. Le lieu respire la propreté et l'aisance. Un certain bon goût, aussi.

Elle fait le tour de l'appartement en quelques secondes. Il est désert. Elle se poste dans la salle de bains attenante à la chambre et s'assoit sur le rebord de la baignoire-sabot.

Elle sort son pistolet de son sac, prend le silencieux et le visse lentement. Puis elle défait le cran de sûreté, vérifie le chargement et arme le pistolet.

Elle regarde les produits de beauté sur la tablette en bois noir, les sels divers sur le rebord de la baignoire, la grande éponge et les deux beaux peignoirs mauve pendus aux patères en acier au dos de la porte. Autant de signes d'une vie confortable et soignée.

Aminata est en train d'étudier la composition d'une

crème antirides quand elle entend la porte claquer, puis des pas rapides qui se dirigent vers la chambre et le dressing.

Elle reste immobile, aux aguets. Sa cible se déshabille. Aminata s'attend à ce qu'elle rentre dans la salle de bains, mais elle repart, pieds nus, de l'autre côté de l'appartement.

Elle se faufile dans la chambre. Des bruits de vaisselle proviennent de la cuisine. Il doit se préparer quelque chose à boire ou à manger.

Elle attend encore quelques instants, collée au mur de la chambre, puis elle comprend qu'il ne reviendra pas.

Il est sorti de la cuisine et de la musique se fait entendre dans le salon.

Il lui reste deux minutes pour agir. C'est court.

Le salon, elle s'en souvient, a des fenêtres sans rideau donnant sur la rue et l'immeuble d'en face. La situation se complique. Elle se complique encore plus lorsque retentit la sonnerie de l'interphone.

L'homme va dans l'entrée et décroche le téléphone intérieur. Une voix masculine grésille dans le haut-parleur.

Aminata ne comprend pas ce qui se dit. Tout ce dont elle est certaine, c'est que ce n'est pas sa femme et que ce n'était pas prévu dans le plan.

Il va falloir improviser.

Elle entend qu'il ouvre la porte de l'immeuble en appuyant sur un bouton, puis qu'il retourne au salon.

Aminata n'a plus le choix. Elle se glisse dans le couloir et se plaque contre le mur, prête à bondir.

Rien ne se passe comme prévu.

On sonne à la porte et l'homme gagne une nouvelle fois l'entrée. Elle aurait dû agir avant. Deux hommes s'engouffrent dans l'appartement : il lui faut réagir immédiatement.

Elle surgit dans la pièce et tire sur l'un d'eux, celui qui est le plus près de la porte, pour couper toute retraite possible. C'est une bonne idée car il était justement en train de sortir son arme.

Elle a sûrement été repérée.

En même temps qu'elle plonge dans les jambes d'un élégant quadragénaire aux pieds nus pour le faire tomber, elle vise l'autre homme en pleine tête, de biais, avant qu'il ait pu lui aussi dégainer.

Dans la chute, son coude heurte le sol et elle sent une vive douleur lui remonter jusque dans l'épaule droite. L'absence de Philippe se paye comptant. Elle décoche un coup de pied dans le visage de l'élégant quadragénaire et se redresse sur ses jambes d'un vigoureux mouvement de reins.

L'homme près de la porte pisse le sang à gros bouillons par la poitrine, mais il n'est pas mort et il cherche à reprendre son arme tombée à ses côtés. Elle se déplace jusqu'à lui et l'achève d'une balle dans la nuque.

Elle sent la douleur dans son bras et dans son épaule. Le choc a été trop brutal. Elle n'a pas eu le temps, et pour cause, d'amortir sa chute.

La cible, terrifiée, commence à hurler. C'est précisément ce qu'elle n'aurait pas dû faire. Depuis l'entrée où elle se trouve, elle le vise. La cible tombe violemment en avant au moment même où Aminata cherchait à se relever.

Fin de sa vie douillette et confortable. Fin de sa vie de corrompu. Son âme était déjà morte et putréfiée.

Aminata est ennuyée.

Elle a mal, du sang a giclé sur son survêtement et elle se retrouve avec trois cadavres au lieu d'un. Ce n'est pas franchement une réussite.

Mais la cible a été exécutée et Aminata est toujours en vie.

L'essentiel est préservé.

Il faut maintenant qu'Aminata décampe au plus vite.

Les deux autres cadavres semblent être des agents des services de police. La cible avait été placée sous protection. Ou bien Aminata avait été repérée. Ou bien les deux à la fois. Cela ne change rien à l'affaire. Encore que. Ils ne sont peut-être pas venus seuls. Elle jette un coup d'œil sur la cour par la fenêtre de l'entrée, mais elle ne voit pas d'issue. Tout ce qu'elle peut faire, c'est foncer. Elle n'a pas d'autre possibilité. Elle regagne le salon et, se dissimulant contre le mur, elle essaye de voir ce qui l'attend dans la rue.

Une voiture est garée devant l'immeuble, indifférente à la gêne qu'elle occasionne. Ce sont bien des agents de l'État. Elle regagne l'entrée, claque la porte, met le pistolet dans son sac à dos et descend les escaliers le plus vite possible sans faire de bruit. Son bras lui élance jusque dans l'épaule.

Elle s'arrête un instant devant l'entrée de l'immeuble, le temps de reprendre des forces et de se concentrer, puis elle bondit dans la rue sans même regarder du côté de la voiture et elle commence une course effrénée.

Son pari a été le bon.

La rue est trop chargée de passants pour qu'on prenne le risque de la suivre en voiture. À pied, elle a toutes ses chances, et lui quasiment aucune. Elle entend la portière claquer dans son dos. Mais l'homme n'essaye même pas de lui courir après. Elle a pris trop d'avance. Sans doute juge-t-il plus prudent d'aller sonner à l'interphone pour s'informer de ce qui se passe là-haut. Il ne va pas être déçu.

Elle est prisonnière de la ville. L'homme va prévenir ses collègues d'une seconde à l'autre et rien ne sera plus facile pour eux que de la coincer. Une femme noire en jogging avec des taches de sang sur le pantalon, un sac à dos et des tresses, ce ne sera pas trop difficile à repérer. Le mieux, en attendant, est d'aller se mêler à la foule épaisse des touristes à Nyhavn.

De là, elle pourra gagner facilement Annæ Plads et finir le boulot comme prévu.

Peut-être Philippe sera-t-il quand même là-bas.

Il est seize heures cinquante-cinq. Kuntz a dû faire un carnage parmi les nazillons de Nørrebro. De son côté, ce n'est pas mal non plus. Mais ce n'est pas fini et il faut qu'elle reste concentrée.

Elle arrive sur le quai et cherche un café. La foule est dense et joyeuse, une foule de badauds, lente et estivale, qui regarde les grands voiliers amarrés.

Aminata veut pouvoir s'abriter un moment, changer de vêtements et repartir.

Elle descend un peu le quai en se laissant porter par la cohue humaine et elle trouve ce qu'elle cherche, un café un peu en retrait au rez-de-chaussée d'une vieille maison.

Elle reprend son souffle. Elle commande une bière. Il faut pouvoir tenir un quart d'heure. L'homme a dû donner l'alerte. Un quart d'hcure de battement et, en prenant la première à gauche, elle pourra rejoindre Annæ Plads en quelques enjambées.

Mais cela fait autant de temps perdu sur l'horaire prévu. Il faut espérer que cela ne perturbe pas trop la deuxième opération.

Pourquoi Philippe n'a-t-il pas été au rendez-vous ? Lui est-il arrivé quelque chose ?

Elle boit sa bière et va se changer aux toilettes, passe un jean et un débardeur bleu en coton qu'elle a apportés dans son sac. Elle défait ses nattes, laisse ses cheveux tomber sur ses épaules et met une paire de lunettes de soleil. Puis elle range le survêtement dans le petit sac à dos et recharge son pistolet. Son bras est gagné progressivement par l'ankylose. Il va pourtant falloir qu'il serve encore. Plus que cinq minutes à attendre et elle se mettra en route. Si Philippe n'est pas là, elle tentera quand même d'agir et elle verra comment s'en sortir. Même si, elle le sait, cette rue et ce quartier sont des souricières.

Aminata ressort sur le quai. Dehors, la foule désordonnée et compacte des touristes paresse dans une lente et joyeuse déambulation. La chaleur fait transpirer les visages. Elle se glisse à nouveau dans le mouvement de la foule dont la densité la protège et elle parcourt ainsi les quelques dizaines de mètres qu'il lui reste à franchir.

Juste après avoir tourné, elle s'arrête sous un porche pour voir si elle a été suivie. Il n'y a personne, sauf un couple d'amoureux de quinze ans en train de s'embrasser à pleine bouche. Il lui reste cinquante mètres à parcourir. Son bras et son épaule sont anesthésiés.

Arrivée à Annæ Plads, elle s'engage à droite dans une avenue aux maisons cossues. Elle a fait des repérages et elle reconnaît les lieux. Elle n'a plus qu'à remonter jusqu'à Toldbodgade, à traverser l'avenue et à pénétrer dans la grosse demeure où le Comité mixte des ressources naturelles a établi son siège. Au coin de la rue, elle aperçoit Philippe qui prend des photos et en éprouve un sentiment de soulagement.

Il porte un pantalon de toile kaki, de grosses baskets montantes, une chemise blanche ouverte sur son torse épais. Elle passe juste à côté de lui. Il ne se retourne même pas pour la regarder. Elle lui balancerait volontiers un coup de pied mais cela attendra un peu.

Elle arrive devant l'immeuble du Comité mixte des ressources du Groenland et sonne à l'interphone. De l'extérieur, à part une plaque en cuivre sur laquelle est inscrite la raison sociale du Comité, l'endroit est discret. Il est aussi bien protégé. Une voix de femme se fait entendre dans l'appareil et Aminata se présente :

— Eve Rodgers, du magazine *Europa News 2.0*. J'ai rendez-vous avec monsieur le président.

Elle attend un instant, sans doute le temps qu'on vérifie qu'elle a bien rendez-vous, et la porte s'ouvre.

Les médias sont toujours le meilleur appât, le plus simple et le plus efficace. Dantec a fait un beau site et des numéros bidon sur papier glacé ont été envoyés au président. Vanité, fatuité, ambition : comment résister à la grande interview du mois ?

Les locaux du Comité sont opulents. On sent que tous les lobbies ont mis la main à la poche. Une moquette épaisse alterne avec un sol de marbre rose, une fontaine installée en haut de l'escalier, à l'étage de l'accueil, fait entendre son glouglou reposant. Aminata monte les quelques marches. Deux hôtesses, jeunes et ravissantes, sont assises derrière d'épais plateaux de verre fumé sur lesquels on ne distingue qu'un standard noir ultra-sophistiqué relié sans fil à leur oreille par un casque doré.

Des photos de grande dimension sont accrochées au mur. Des paysages du Groenland, des portraits d'Inuits en costume traditionnel de chaman, des plateformes pétrolières, des bateaux pris dans des paysages de glace, des ours blancs, des phoques, des installations industrielles. Le Comité mixte revendique haut et fort sa raison d'être.

Aminata se dirige vers une des deux hôtesses, la plus blonde et la plus jeune. Celle-ci, très professionnelle, l'informe avec une moue boudeuse qui doit lui paraître le comble de la sophistication :

— Nous avons prévenu le secrétariat de votre arrivée. On va venir vous chercher.

Et elle lui désigne un canapé de cuir faussement vieilli dans un recoin sur la droite, juste avant une porte à double battant en bois protégée par un code d'accès.

La pièce fait au moins quatre mètres de hauteur sous plafond et la porte de bois peint monte jusqu'en haut.

— Vous pouvez attendre là.

Aminata remercie la gracieuse jeune femme, sourit poliment et s'assoit.

Dix minutes passent ainsi.

De temps en temps, un jeune homme en costume ou une jeune femme en tailleur traverse le hall d'une démarche pressée, la dévisage discrètement et vaque à ses occupations.

Mais Aminata trouve que les minutes sont longues, trop longues.

Il se passe quelque chose d'anormal.

L'ankylose gagne toute l'épaule, l'obligeant à faire des mouvements qui sont douloureux. Elle aurait besoin de prendre un analgésique et de faire une radio.

Soudain, une très jolie brune d'une cinquantaine d'années, les cheveux courts, en pantalon et talons plats, traverse le hall dans sa direction d'un pas vif :

— Madame Rodgers ?

Elle se plante devant elle, fébrile, et la regarde avec embarras.

À peine Aminata a-t-elle le temps de se lever et de dire oui que la femme qui se présente comme l'assistante du président lui a déjà expliqué combien elle est désolée. Des événements imprévus obligent le président à remettre ce rendez-vous. Elle a l'air sincèrement contrariée, et même un peu plus.

Cette femme a peur.

Si quelqu'un peut comprendre la situation, c'est bien Aminata. Elle a perdu trop de temps.

Elle attrape la femme par les cheveux d'une poigne ferme, lui plante son pistolet dans le dos et lui fait traverser la pièce au pas de course sans se soucier de ses hurlements ni des cris terrifiés des deux standardistes. Elle crie encore plus fort qu'elles pour les faire taire, leur intimant de ne pas quitter leur bureau, de ne pas ouvrir la porte, de ne pas répondre au téléphone. En anglais et en pointant son arme sur elles, elle les menace de les tuer si elles ne font pas exactement ce qu'elle leur demande.

Les deux jeunes femmes se calment, et l'assistante du président aussi, après qu'elle lui eut promis qu'elle l'exécuterait si elle ne cessait pas de hurler. Puis elle exige qu'elle la guide jusqu'au bureau du président.

En entendant les cris, quelques personnes sortent dans le couloir. Aminata brise rapidement un nez, celui qui est le plus proche d'elle, et hurle à chacun de rentrer dans son bureau et de ne plus en bouger. Personne ne cherche à contester l'ordre. Le coup porté brutalement et la vue du sang refroidissent toutes les velléités de rébellion et anesthésient toute tentation d'héroïsme.

Tout va très vite. Elle sait que chaque seconde compte.

L'alerte a été donnée. Elle a pris trop de retard.

Au bout du couloir, elles prennent un escalier sur leur droite et quand elles débouchent sur le palier, deux étages plus haut, elles aperçoivent au bout de celui-ci, à vingt mètres, un homme d'un certain âge, bedonnant, l'air inquiet, qui sort d'un bureau encadré de deux gardes du corps.

Ceux-ci les ont immédiatement repérées et ont sorti leur arme, tout en poussant l'homme dans l'escalier principal qui se trouve devant eux. Ils étaient en état d'alerte.

Aminata n'a pas le choix.

Elle bouscule la femme devant elle et cette dernière tombe sous l'impact de la balle que l'homme qui s'est agenouillé au coin du couloir pour protéger la fuite du président lui destinait. Elle s'effondre en hurlant, atteinte au ventre.

Aminata en profite pour faire demi-tour et regagner le hall le plus rapidement possible, abandonnant au sol l'assistante du président qui se vide de son sang.

Les employés sont ressortis dans le couloir mais ils rentrent rapidement dans leurs bureaux dès qu'ils la voient à nouveau apparaître comme une furie.

Même si elle a un temps de retard, c'est sa seule chance de pouvoir encore atteindre sa cible. Sinon, il n'y a plus qu'à espérer que Philippe soit à la porte pour leur réciter un petit compliment à sa manière.

En même temps qu'elle court, elle entend un bruit de sirènes. La police approche du Comité.

Elle franchit le couloir le plus vite qu'elle peut. Chaque pas rend la douleur plus vive. Elle ne prend pas le temps de s'arrêter à l'entrée du hall et peut-être est-ce ce qui lui sauve la vie. Le deuxième tireur est descendu plus vite qu'elle et a mis la porte en joue. Emportée par son élan, elle roule par terre et la balle qu'il tire ne fait que lui effleurer le dos. En arrivant à cette vitesse, elle percute une des deux standardistes qui se sont remises à crier et l'une d'elles fait maintenant, malgré elle, écran entre elle et le tireur. Elle est en plein dans sa ligne de mire. Il y a de quoi hurler de terreur.

Il est trop tard. Sur sa droite, Aminata voit la cible qui sort en courant, poussée par le premier garde du corps. Pendant une fraction de seconde, elle hésite pour savoir qui elle doit viser en priorité mais les événements lui apportent la réponse. Deux coups de feu puissants retentissent au bas des marches et les deux hommes, l'un après l'autre, roulent dans l'escalier.

Philippe a été à la hauteur de sa réputation.

Profitant de la stupeur qui saisit l'homme caché au coin de l'escalier principal lorsqu'il voit son collègue et le président s'effondrer à la porte, elle a le temps d'ajuster son tir. La balle pénètre entre les deux yeux. Cet instant de stupeur lui aura été fatal.

Aminata se débarrasse de la standardiste qui s'égosille, en proie à une véritable crise d'hystérie, et court rejoindre Philippe. Malgré la douleur, elle n'a rien perdu de sa précision. Elle est contente d'elle.

Les sirènes se rapprochent. Comment vont-ils pouvoir dégager ?

Ils se précipitent dans la rue. Deux grosses motos de trial sont garées juste devant la porte, conduites par deux hommes en combinaison noire qui semblent les attendre. C'est une très bonne nouvelle. Ils sautent à l'arrière des motos et prennent les quais, traversant le pont au milieu des touristes puis regagnant Torvegade par la promenade du bord de l'eau.

Les deux motards conduisent avec beaucoup d'adresse, évitant les voitures, les piétons et les vélos, mais ils ne respectent aucune des règles de la circulation. Ils prennent des sens interdits, roulent sur les trottoirs, grillent les feux.

À Torvegade, ils se remettent dans le flot des voitures et rejoignent Christiania. L'idée de se fondre au milieu des hippies et des squatteurs n'est pas stupide, même si la ville libre et autogérée doit regorger de mouchards.

Ils laissent l'entrée principale sur leur droite et remontent la rue jusqu'au moment où les bâtiments ne sont plus protégés par un mur d'enceinte, puis ils freinent brusquement. Aminata et Philippe descendent aussitôt.

Un vieux Marocain les attend à l'entrée d'une allée et ils lui emboîtent le pas. Ils passent entre deux immeubles de petite taille, une boutique de produits bio est installée au rez-de-chaussée de celui de gauche, un réparateur de vieilles motos dans celui de droite.

Les deux motards sont déjà repartis. Philippe et Aminata suivent leur guide à distance, sans dire un mot.

Christiana, ce rêve d'une ville bâtie sur la fraternité, est devenue un supermarché de la drogue.

Ils franchissent un porche et pénètrent dans un jardin clos, entouré de maisons à un étage en mauvais état. Des vélos sont garés dans l'herbe mais, à cette heure, l'endroit semble désert. Au bout, fermant le demi-cercle, une bâtisse plus imposante se dresse.

Ils prennent une allée de terre, de cailloux et de mauvaises herbes sur le côté. La première maison sur leur gauche a un jardin dont une petite grille rouillée délimite l'entrée. Elle grince fortement sur leur passage. Dans le petit jardin, deux fauteuils de cuir déglingués encadrent une table en Formica sur laquelle trône un cendrier débordant de mégots. Aminata déteste la saleté. Elle comprend qu'elle va être servie.

Ils entrent dans la maison. C'est sans doute la base arrière d'un dealer. Une forte odeur de haschich imprègne les murs. Le vieil homme n'a toujours pas dit un mot. Il porte un anorak sans doublure, un pantalon de toile beige en piteux état et des chaussures de cuir souple usagées. Son visage émacié est parsemé de poils blancs. D'un geste, il leur fait comprendre qu'ils sont chez eux et qu'il reviendra plus tard leur apporter à manger. Puis il part sans attendre. La grille fait entendre son grincement.

Aminata enlève son sac et le pose par terre. Elle a mal au bras et elle est épuisée. Philippe se débarrasse de son appareil photo sur une table basse encombrée de journaux.

Le soleil brille au-dehors, mais la lumière ne pénètre pas à l'intérieur de la pièce, plongée dans la pénombre. Au rez-de-chaussée, la maison est composée de ce qui a pu être autrefois une cuisine, mais qui ressemble maintenant à un débarras de cartons et de meubles dépareillés. Cette pièce ouvre sur le jardinet par une porte-fenêtre condamnée aux vitres recouvertes de bouts d'étoffe pour masquer la lumière. L'autre pièce, celle dans laquelle ils se trouvent, est de forme rectangulaire. Plus grande, elle est aussi plongée dans une curieuse obscurité créée artificiellement par des morceaux de carton posés sur les ouvertures, comme si les habitants de cette maison avaient voulu s'isoler du monde extérieur et empêcher toute lumière de pénétrer à l'intérieur. Un canapé usé dont la mousse apparaît sous le drap qui le recouvre fait face à deux fauteuils sans pieds ; ils sont séparés par la table basse et son fatras de paperasse sur laquelle Philippe a posé son appareil photo. Un peu plus loin, après l'escalier en bois qui mène à l'étage, il y a une autre table de bois massif, plus haute, recouverte de boîtes de conserve vides de tailles différentes, remplies de clous rouillés rangés selon leurs dimensions.

Aminata monte au premier. Le sol est recouvert de matelas, au moins une dizaine, alignés à même le plancher. Un véritable dortoir. Et un nid à poussière. Comme planque, on ne peut pas faire plus sordide. C'est là qu'elle va devoir passer la nuit et cette perspective ne la réjouit pas.

Philippe s'installe dans un des fauteuils et fume une cigarette. Il est totalement indifférent à son environnement. Il veut savoir ce qui s'est passé chez le vice-président, en charge de l'Office basé à Nuuk, puis ce qui s'est passé ensuite dans les bâtiments du Comité mixte des ressources. Aminata lui en livre un récit circonstancié. Cela fait six morts au lieu de deux, sept morts peut-être avec l'assistante du président, et un nez cassé. Le bilan est plus lourd que prévu et le laisse pensif.

Le vieux Marocain revient avec des vêtements, des bocadillos et de la bière. Philippe mange avec appétit : thon, œuf dur, olives, tomates, oignon, purée de pommes de terre. Aminata lui laisse sa part. Son bras la fait souffrir. Philippe a demandé au vieux des médicaments contre la douleur mais celui-ci n'a pas eu l'air de comprendre.

De combien de temps disposent-ils avant que la contre-attaque ait le temps de s'organiser ?

Il doit partir. Il enfile les fringues que le type lui a amenées. Pas rasé, dépeigné, avec un vieux jean à pattes d'éléphant tenant tout seul tellement il est crasseux et une tunique indienne, il peut faire illusion. Pour tester son accoutrement, Philippe décide d'aller boire un thé au café coopératif. Il porte une veste de surplus militaire. Le drapeau de Christiania, trois points jaunes sur fond rouge, est cousu bien en évidence sur la poitrine. *Peace and love.* Tout à fait le genre de la maison. Cela fait beaucoup rire Aminata.

Restée seule dans cette maison lugubre, elle remonte s'allonger à l'étage. Elle dort peu et mal, d'un sommeil agité par des rêves.

Lorsqu'elle se réveille, il fait déjà jour et les frérots, habillés tout de blanc, attendent dans le jardin pour la conduire au port. Sa mission est terminée.

JEUDI 18 JUILLET

23

Lorsque Marco se réveille dans son hôtel de luxe, il se fait monter les journaux du jour avec le petit-déjeuner. Les Danois sont les plus heureux des Européens. Mais à voir les gros titres du matin, le ciel vient de leur tomber sur la tête brutalement et cela leur fait tout de même un petit coup de moins bien.

D'abord, en début d'après-midi, mercredi, dans un local de Nørrebro, un tueur de la mafia a fait un carton sur une bande de nazillons dont c'était le quartier général. Bilan : cinq morts et un blessé.

Leur chef charismatique, connu pour ses divagations verbales et ses provocations médiatiques, mais surtout parce qu'il a été le leader d'un groupe alternatif de la scène metal, a été assassiné alors qu'il s'apprêtait à partir pour un séjour en Angleterre. Il se prenait pour l'Antéchrist. Il a trouvé son calvaire.

En plein jour, dans une artère passante proche du centre de Copenhague, le tueur est arrivé à pied, la tête nue, tranquille comme un promeneur du dimanche.

D'après les nombreux signalements recueillis par la police, il s'agit d'un homme de type caucasien, la bonne cinquantaine, de taille moyenne, les cheveux courts et gris, correctement habillé, portant des lunettes de soleil aux montures métalliques.

Un portrait-robot a été établi et envoyé à toutes les unités. Interpol est évidemment saisie.

Quatre autres hommes ont été tués, et un cinquième grièvement blessé. Toutes les personnes en question sont bien connues des services de police pour leur engagement néo-nazi et toutes ont déjà eu affaire à plusieurs reprises à la justice pour des faits graves qui les ont conduits jusqu'à la prison.

Le tueur est reparti à moto. Un complice est venu le chercher, donnant le sentiment que l'opération était minutée. À bien considérer le mode opératoire, tout laisse penser à une vengeance et un avertissement de la mafia. Les néo-nazis se seraient-ils aventurés sur un terrain où ils n'auraient pas dû mettre les pieds ? Incontestablement, ils flirtent avec des criminels de droit commun et leur leader était un drogué notoire.

Les journaux accompagnent ce premier récit des événements de la veille d'un article nécrologique retraçant la carrière de ce brillant sujet, qui s'était choisi le nom d'« Immortel ».

Les réussites trop précoces ne sont pas toujours des cadeaux du ciel.

À quatorze ans le gamin est déjà une idole, à dix-sept ans il fait sa première cure de désintoxication, à vingt ans il est emprisonné pour incitation à la haine raciale, violences en réunion, voies de fait et injures sur personnes dépositaires de l'autorité publique.

Cette saleté n'en restait pas moins capable de mettre cinq mille crânes rasés dans une prairie pleine de bouses de vache pour écouter ses harangues psychotiques et déjantées.

Fin de partie.

Kuntz le Véridique, Kuntz le Fidèle l'a débranché pour toujours.

Vers dix-sept heures trente, ce même mercedi noir à Copenhague, une nouvelle fois en plein jour et sans crainte des nombreux témoins oculaires qui ont pu assister à la scène, à l'autre bout de la ville, le président du Comité mixte a été tué au siège de l'organisme, dans une attaque qui aurait pu faire beaucoup plus de victimes et qui a laissé les personnels dans un état de choc profond. Des équipes spécialisées, composées de médecins et de psychologues, les ont pris en charge.

Le président et ses deux gardes du corps ont été les cibles de deux tueurs, une femme et un homme, qui n'ont eu aucune hésitation à les abattre froidement. Malheureusement, au cours de l'assaut, l'assistante personnelle du président a été grièvement blessée. L'une des balles destinée à l'assaillante l'a atteinte, cette dernière s'étant servie d'elle comme d'un bouclier humain. Le pronostic des médecins est réservé. Cette femme est mère de trois enfants, âgés de sept à quatorze ans.

Marco lit le journal avec avidité. On y apprend vraiment des choses passionnantes. Il est désolé pour cette personne et ses enfants. L'assaillante, lit-il, s'est introduite sur les lieux en se faisant passer pour une journaliste belge. L'attaque a donc été préméditée et préparée soigneusement puisqu'un rendez-vous avait été pris en amont, après que les assassins présumés avaient présenté des exemplaires d'un magazine factice.

Marco se frotte les mains. Il considère ces remarques comme un hommage qui lui est justement rendu, ainsi qu'à Dantec.

Quant à l'assaillante, continue le journaliste, elle a été clairement identifiée par de très nombreux témoins puisqu'elle s'est présentée à visage découvert : une femme noire, d'une quarantaine d'années, à l'allure sportive.

Les caméras de surveillance disposées dans le hall ont pu enregistrer son visage et une photo d'Aminata, assez indistincte toutefois, est publiée dans la presse. En revanche, il n'y a aucune image de Philippe. Aucun groupe n'a encore revendiqué cet assassinat.

À l'évidence, c'est cette même femme qui, quarante-cinq minutes plus tôt, a assassiné chez lui le vice-président de l'Office, ainsi que deux policiers chargés de sa protection. Là encore, elle s'est livrée à un carnage, procédant à de véritables exécutions. Cette femme a été aperçue par de nombreux témoins en différents lieux de la capitale. Elle se déplaçait d'abord à vélo, puis à pied. Des informations confidentielles en provenance de sources proches de l'enquête laissent entendre que sa planque, à Nørrebro, aurait été repérée.

Un jour, songe Marco à ces lectures macabres, ce vieux monde s'en ira, un autre temps commencera.

C'est pour cela qu'ils font la guerre et combattent vaillamment :

« Et il essuiera toute larme de leurs yeux ; et la mort ne sera plus ; ni deuil, ni cri, ni douleur ne seront plus. »

Mais est-ce si certain ?

Marco cherche à se remotiver. Cela fait déjà beaucoup de morts. Pourtant, ce n'est que le début.

Pour Copenhague, cette ville douce et calme, la journée a été chargée, avec un triste et lourd bilan : deux responsables politiques assassinés, trois si l'on compte le néo-nazi, quatre membres des services de police, quatre autres néo-nazis et trois blessés, dont un gravement.

Les journalistes ont fait travailler leurs neurones. Il semble évident qu'il y a un lien à établir entre les événements de Hambourg, les meurtres de Brenner et de Livio Versace, l'arrestation des deux néo-nazis et l'attaque qui s'est déroulée à Nørrebro, même si celui-ci n'est pas encore clair.

Marco est heureux de constater que les choses prennent forme.

Les services de police allemands, belges et danois travaillent ensemble et ont créé une cellule d'investigation commune.

La seule certitude concerne la présence d'une jeune femme noire dans les deux derniers assassinats. Qui est cette femme ? Quelles sont ses motivations ? Pour qui agit-elle ? Est-elle d'origine française ou belge ? Vient-elle d'un autre pays francophone ? D'Afrique ?

L'homme qui l'accompagnait n'a pas été, pour sa

part, identifié. Comme dans l'attaque de Nørrebro, les deux tueurs ont pu s'enfuir à moto, pris en charge par deux complices qui semblaient bien connaître la ville. Les modes opératoires sont semblables.

Une réunion de crise s'est tenue au niveau de la Première ministre. Pour l'instant, les pouvoirs publics ne prévoient pas de s'exprimer. La seule chose qui a filtré de cette réunion est que des moyens d'enquête exceptionnels vont être mobilisés. La Première ministre a parlé d'« obligation de résultat ».

Marco trouve que c'est bien le moins.

À partir de ce résumé des faits, les journalistes émettent un certain nombre d'hypothèses et se risquent à poser un certain nombre de questions. Les hypothèses les mieux partagées évoquent des affaires de corruption liées aux ressources du sous-sol groenlandais, impliquant des personnalités politiques de premier plan, à la Commission européenne, dans la classe politique danoise, dans les grandes firmes énergétiques scandinaves, allemandes et russes.

Dans la nuit, le gazoduc Nord Stream a été endommagé par une série d'explosions, à proximité de la frontière polonaise, à Greifswald, son point d'arrivée en Allemagne. Là encore, personne n'est en mesure de dire si cela a un lien, au-delà de la concordance des temps, avec les autres attentats. Les systèmes de surveillance ultra-sophistiqués ont été neutralisés pendant quarante-trois longues minutes. Si on peut se réjouir qu'aucune perte humaine ne soit à déplorer, les dégâts matériels sont considérables. On les chiffre à plusieurs dizaines de millions d'euros. Quant aux réparations, elles prendront au minimum six à huit semaines. Le manque à gagner pour la compagnie d'exploitation est énorme. D'après les premières analyses de la police scientifique allemande, les explosifs employés ne permettent pas le doute. On a affaire à des professionnels.

Une biographie intéressante du patriarche et fondateur, le docteur Hans Ritter, évoque pour la première fois son engagement nazi et ses amitiés douteuses soigneusement entretenues. Alliée des Russes, la Compagnie a investi massivement, en lien avec les Danois, au Groenland. Sous le couvert d'un consortium baptisé Aurora, elle a bénéficié de l'appui de l'Office, basé à Nuuk, et du Comité mixte, basé à Copenhague, les deux principales instances de décision pour tout ce qui touche à l'exploitation des ressources groenlandaises. Une stratégie d'influence, reposant sur une stratégie de corruption qui semble impliquer de nombreux responsables du monde politique danois et groenlandais, est à l'œuvre. Concernant les deux personnalités assassinées la veille, des informations ont été envoyées à la presse faisant état de versements de fonds sur des comptes protégés, dans le canton suisse de Zoug, à Monaco et aux îles Caïmans. Canton de Zoug où, rappelle opportunément un grand reporter avisé, le consortium Aurora a son siège social.

Ce qui intrigue davantage les journalistes, c'est l'implication des services danois dans ces opérations, y compris à travers les décès d'un informateur et maintenant de quatre officiers. Pourquoi les services protégeaient-ils les deux hommes visés par les tueurs ? De quelles informations disposaient-ils ? Quels sont la place et le rôle de l'État danois dans tous ces événements ? Est-il vrai que l'homme d'affaires franco-danois Robert Helmont, disparu au Groenland, était, comme la rumeur l'affirme, un agent danois ?

Dans ce contexte tourmenté et plein d'interrogations, il est bien naturel qu'un certain nombre de figures politiques et intellectuelles demandent à ce que toute la lumière soit faite et exigent des autorités politiques et militaires une explication. La création d'une commission d'enquête parlementaire est réclamée par les écologistes mais, curieusement, elle ne semble pas recevoir l'assentiment des grands partis de gouvernement. Pourquoi ?

Une enquête interne est ouverte, mais le porte-parole du ministère de l'Intérieur a annoncé que, pour des raisons liées à la sécurité nationale, rien ne serait communiqué à la presse tant que l'enquête n'aurait pas abouti.

En tout état de cause, il appartient au gouvernement d'être rapidement capable d'apporter des réponses et d'élucider ces événements.

Malgré sa fatigue et sa mauvaise humeur, Marco savoure son café au lait et les croissants sur lesquels il a étalé une épaisse couche de beurre et de marmelade d'orange.

Incontestablement, ils ont créé un certain désordre. Ce n'est pourtant qu'une vision superficielle des choses. Le désordre ne les a pas attendus. Il s'est insinué partout, et depuis longtemps. Ce qu'ils sont en train de faire, c'est précisément l'inverse. Ils sont en train de remettre un peu d'ordre. Ils sont en train de réparer.

Il s'extrait péniblement de son lit king size à double sommier pour aller prendre sa douche. Ce dont il aurait besoin, c'est d'une grasse matinée et d'un bon massage. Mais il lui faudra encore attendre et poursuivre sa pénitence.

Sa gueule, dans le miroir, n'est pas belle à voir, le fond de son œil jaune, les cheveux plaqués en désordre, la peau grise. Cela fait quatre jours qu'il est sur la brèche et il a déjà un sacré retard de sommeil. L'âge se fait sentir.

Il se prépare rapidement et passe un costume gris à rayures qu'il a fait faire sur mesure chez un tailleur de la rue de Turenne où il a ses habitudes. Il veut être beau pour la suite des événements. Et surtout ne pas en perdre une miette.

24

À dix heures cinquante, dans sa chambre de l'hôtel Ascot, Marco, impeccablement vêtu, ouvre la porte à Dantec.

Gérard est logé dans le même établissement.

Il a son petit sourire timide et son air calme habituels. Rien ne semble jamais l'atteindre.

Il entre sans dire un mot, pose son ordinateur sur la table, l'allume, puis ils attendent ensemble en silence.

Gérard ne parle presque pas et c'est mieux ainsi. Marco a mal à la tête. Il a pris une forte dose de Doliprane et reste prostré devant l'écran en attendant que la fête commence.

Ils n'attendent pas longtemps.

À onze heures cinq, l'amiral Brindsley est assassiné alors qu'il gagne l'îlot de Nisida. Un tireur d'élite lui fait exploser la cervelle à plusieurs centaines de mètres au moment où il monte sur la vedette des officiers chargée de relier le port de Naples au QG des forces maritimes.

L'amiral Brindsley, de nationalité américaine, est un officier supérieur de premier rang réputé proche des faucons américains. Il a été conseiller pour les affaires militaires dans un cabinet ministériel et un des plus fervents partisans de la guerre en Irak. Il était à deux mois de la retraite.

Dix minutes plus tard, à onze heures quinze, sur la base navale de Rota, en Andalousie, le général Raimon Allegre, circulant sur un rond-point au volant de sa voiture personnelle, une Alfa Romeo, est assassiné de deux balles dans la tête par le passager d'une moto qui s'est portée à sa hauteur. La voiture finit sa course dans un panneau publicitaire vantant les mérites d'un yaourt allégé.

Ce n'est pas terminé. À onze heures trente, un officier supérieur français, pilote de chasse émérite, le colonel Langlois, affecté à la base d'Izmir en Turquie, meurt dans l'explosion de son véhicule au moment où il quitte son domicile, une jolie villa sur la côte dissimulée entre les cyprès centenaires et les eucalyptus géants. Il y vivait avec son épouse Michèle depuis trois ans.

À onze heures quarante-cinq exactement, Dantec fait partir, d'adresses anonymes impossibles à identifier vers les boîtes mail des journalistes spécialisés dans les affaires de sécurité et de défense des plus grands quotidiens européens, des documents établissant les liens de ces trois officiers supérieurs avec des groupes d'extrême droite.

Ces documents comportent les preuves de leurs compromissions avec le réseau piloté par le vice-président Brenner, de leurs liens avec les groupes néo-nazis et de la corruption dont ils ont bénéficié à titre privé de la part de la Compagnie Hans Ritter.

Concernant l'amiral Brindsley, ces notes font aussi état de contacts avec le lobby de l'armement et de liens avérés, par l'intermédiaire de son fils cadet, avec les milieux extrémistes américains, en particulier le Ku Klux Klan. Des photos le montrent en grande conversation avec le docteur Hetzel, lors d'une réception donnée dans les salons de l'ambassade américaine à Rome au printemps de cette année, puis en train de fumer le cigare sur un yacht en compagnie du président d'un fabricant d'armes. Des documents bancaires attestent de versements réguliers de cette firme sur le compte de son fils. D'autres documents montrent l'amiral Brindsley habillé en civil, attablé dans un restaurant avec le vice-président Brenner, d'autres soldats et d'autres officiers, puis le même Brindsley, toujours en civil, en arrière-plan d'une réunion de néo-nazis américains.

Le général Raimon Allegre est connu pour ses positions conservatrices et extrémistes. Fils d'un proche de Franco, il a gardé la nostalgie du *caudillo* et de l'ordre brun. Sous pseudonyme, il participe à la rédaction d'une revue d'extrême droite dans laquelle il développe ses attaques contre l'abandon des principes moraux de l'Église, la dégénérescence de l'Occident, le complot islamiste mondial, le lobby judéo-maçonnique. Les documents envoyés à la presse montrent le général lors d'une réunion d'un mouvement d'extrême droite dissous après avoir été suspecté d'être l'instigateur d'attentats sanglants qui ont endeuillé l'Espagne.

Des sommes importantes ont transité sur des comptes offshore domiciliés à l'île de Man. Sur un cliché déjà ancien, on le voit en grande conversation avec Hans Ritter lui-même, dans le parc d'un château. Le cliché semble avoir été pris au téléobjectif.

Le colonel Langlois, quant à lui, est connu pour ses sympathies avec les mouvements les plus radicaux de l'extrémisme français. Sa femme est la fille d'un des responsables français de la Cagoule. Il a été photographié en pleine discussion avec le vice-président Brenner, en marge d'un rassemblement de l'extrême droite européenne qui s'est tenu en Autriche. Des documents bancaires font état d'importantes sommes virées depuis Zoug, en Suisse alémanique, vers des comptes dont les titulaires sont des associations organisant des séances d'entraînement paramilitaire dans le Cantal et en forêt de Fontainebleau. Les comptes de Zoug sont ouverts au nom d'Anstalts domiciliées au Liechtenstein, mais il est facile d'établir que celles-ci dépendent du même cabinet d'avocats qui gère d'autres sociétés-écrans pour le compte de son épouse. Toutes les sociétés sont domiciliées dans ce même cabinet. Des copies d'ordres de virement établissent nettement qu'une partie substantielle des fonds ayant alimenté ces comptes provient de la Compagnie Hans Ritter, par l'intermédiaire de filiales et de sociétés-satellites.

Immédiatement, dans l'heure qui suit, tous les sites des journaux, toutes les chaînes d'info en continu, titrent sur ces trois meurtres que personne n'est capable, à ce stade, d'expliquer. Des éditions spéciales se montent en urgence. À entendre certains, on peut croire que le terrorisme international vient de déclarer la guerre à l'Occident et que la Troisième Guerre mondiale a commencé. D'autres plaident pour des règlements de comptes entre services.

Aussitôt, le commandement intégré de l'Otan déclenche une alerte rouge, imposant à tous les civils et à tous les militaires de l'Organisation des mesures de sécurité renforcée. À Bruxelles, une réunion de crise est convoquée. Le secrétaire général, en déplacement dans les pays baltes, rejoint à toute allure le quartier général.

À midi, Gérard Dantec quitte la chambre de Marco pour réintégrer la sienne, située au même étage. Il prend sa petite valise à roulettes et descend à la réception. Un taxi réservé la veille l'attend pour le conduire à l'aéroport. Un vol direct va l'emmener jusqu'à Québec, où il doit animer une session de formation pour les cadres d'une société de conseil en informatique. Il s'y rend deux fois par an depuis de nombreuses années.

Une demi-heure plus tard, Marco sort à son tour.

Il se rend dans une usine de salage de saumon à froid où il a rendez-vous pour goûter les produits et, éventuellement, faire des achats pour son restaurant parisien situé dans le Triangle d'or. L'entreprise se situe sur les quais derrière la gare et a appartenu autrefois à un Italien du nom de Giorgio Bressan. Mais c'était il y a bien longtemps.

Qui s'en souvient encore ?

Arrivé à l'aéroport, Dantec prend le temps de déjeuner et de faire quelques achats. Puis il gagne la salle d'embarquement et, après avoir passé les contrôles, s'installe confortablement sur une banquette. Il sort son ordinateur portable et frappe les touches avec son air d'éternel étudiant.

Installé dans le bureau du directeur de l'usine de salage, Marco sent son téléphone qui vibre dans sa poche. Il s'excuse et sort l'appareil. Un message s'affiche : « car le temps est proche ! ».

Marco s'arrête un instant et, devant le directeur, un jeune cadre danois d'une quarantaine d'années, médusé, il déclame à haute voix en tapant de ses gros doigts sur le clavier de son téléphone :

« Que l'injuste pratique l'injustice encore, que le sale se salisse encore, que le juste pratique la justice encore, et que le saint se sanctifie encore. Voici que je viens bientôt, et mon salaire est avec moi pour rendre à chacun selon ce qu'est son œuvre. »

Puis il reprend comme si de rien n'était sa négociation concernant les conditions de livraison du saumon fumé pour son établissement de la rue Vernet.

Pressé de se débarrasser d'un homme aussi inquiétant, le directeur de l'usine lui fait des conditions très avantageuses.

Pour Marco, la journée se finit incontestablement mieux qu'elle n'a commencé.

25

À Bruxelles, au siège de l'Otan, le dispositif de sécurité a été renforcé. Les réunions se tiennent maintenant au sous-sol, dans l'abri antiatomique. Cela peut paraître exagéré et même un peu ridicule, mais c'est le protocole et personne ne peut y déroger.

Le général Paulus a très mal dormi. Il se sent de plus en plus irritable. Depuis leur première réunion, mardi, des briefings se succèdent toutes les six heures et cette comédie le dégoûte. Il sait trop bien que tout cela n'est qu'une mise en scène, que les vraies décisions se prennent ailleurs et qu'ils ne sont rien de plus que des otages.

Des otages consentants, peut-être, mais des otages quand même. Ni plus ni moins.

Toute sa vie il a été un soldat, et toute sa vie il a appliqué des ordres venus d'ailleurs. Toute sa vie il a été un otage. L'otage de gominés, de bureaucrates et d'idéologues dont il aura mis longtemps, beaucoup trop longtemps, à comprendre qu'ils ne partagent pas les mêmes valeurs que lui.

Plus les jours passent, plus les réunions se succèdent, plus le lieutenant-colonel Herrings lui sort par les trous de nez. Son habileté, incontestable, finit par jouer contre lui. Il est trop intelligent et il a le même défaut que tous ces jeunes types trop intelligents. Il prend les autres pour des imbéciles. Et cela finit par se voir.

Paulus ne se prend pas pour une lumière. Il est un bon soldat. Cela suffit à son orgueil. Mais il n'aime pas non plus qu'on le prenne pour un crétin fini, tout juste bon à porter des rangers, à aboyer des ordres et à tuer des basanés.

Ses autres collègues lui font l'effet de pantins. Il comprend qu'il n'a plus rien à faire là. En réalité, il aurait dû partir depuis longtemps.

S'il s'est accroché, c'est seulement qu'il n'a pas trouvé la force de faire autre chose, de se retrouver seul face à lui-même, à ses souvenirs et à la tristesse qui ne le quitte pas depuis la mort de Rose-Mary.

L'après-midi de la veille a été un festival. Il ne s'attendait pas à ce que les événements prennent cette tournure. Personne, d'ailleurs, ne s'y attendait. La matinée avait déjà été pénible. Ils avaient répété les mêmes arguments et personne ne voulait vraiment prendre de décisions. Chacun s'observait. C'était un jeu de poker menteur.

À dix-neuf heures, après la série d'assassinats commis au Danemark par un groupe qui était maintenant mieux identifié, ils avaient pu s'entretenir avec un haut responsable des services israéliens. Manifestement, les Israéliens ne comptaient pas porter le chapeau. Ils avaient lâché leurs anciens agents et s'étaient exonérés de toute responsabilité dans les assassinats des responsables danois. Le général Paulus en avait éprouvé un profond malaise.

Le soir même, il était rentré chez lui avec une série de notes confidentielles qu'il avait lues dans son salon avec la télévision en bruit de fond pour se donner l'impression qu'il n'était pas seul dans l'appartement. Les Israéliens avaient voulu montrer leur bonne volonté et coopérer. Ils avaient fourni des renseignements sur chacun des agents du groupe de l'opération Pinocchio.

Pinocchio, c'est ainsi que l'opération avait finalement été nommée.

Parce que les créatures ont échappé à leurs créateurs. Parce que, songe Paulus, tout cela n'est que mensonge, tricherie, trahison.

Voilà où on en est. Il n'y a plus que des traîtres, des lâches, des menteurs et des pantins.

Plus que des marionnettes.

Le général Paulus est inquiet. Jamais ces hommes et ces femmes ne pourront tenir. La machine s'est mise en marche. Ils vont être broyés. Combien de temps cela pourra-t-il prendre ? Il n'en sait rien. Mais ils agissent comme s'ils le savaient, à visage découvert, en plein jour. Paulus ne comprend pas leur façon d'opérer. Ces hommes et ces femmes agissent comme s'ils avaient fait le choix de mourir au combat. Cela lui est incompréhensible. Qu'est-ce que cela veut dire ? Quel message veulent-ils envoyer en se comportant de la sorte ?

Peuvent-ils seulement imaginer que les leurs les ont lâchés ?

Du jamais-vu.

À vomir.

Il passe en revue leurs fiches. Robert Helmont, Roland Kuntz, Marc Netchine, Aminata Grossman, Philippe Lewandowski, Christophe Baulieu, Antony Suknot, Gérard Dantec, Yves Cheng, tous volontaires pour mourir… Paulus ne l'accepte pas.

Que veulent-ils prouver ?

Le général Paulus a perdu tous ses repères.

Qu'est-ce qui s'est passé qu'il n'a pas voulu voir durant toutes ces années ?

Il connaît la musique.

Après, mais après seulement, quand ils auront neutralisé le danger, ils régleront leurs comptes entre eux.

L'urgence est de stopper l'hémorragie. Le système va se protéger. Un petit ménage, quelques mutations, quelques mises en retraite anticipée et tout rentrera dans l'ordre.

Il n'est pas un intellectuel mais il pourrait écrire le scénario.

Lui-même a dû rendre des comptes aux autorités supérieures et il n'a pas été déçu.

Ils ont décidé de stopper l'opération.

Cela va trop vite. Trop loin. Ils ne maîtrisent plus la situation.

L'effet recherché est atteint. Les vieux kidons ont été efficaces. Ils ont fait ce que l'on attendait d'eux. Le consortium Aurora est couvert d'opprobre. Ses vilenies sont exposées sur la place publique. Les autorités danoises et allemandes vont devoir faire profil bas et fournir des explications à leurs opinions publiques. Les entreprises américaines resteront les leaders. Merci, messieurs. Il faut maintenant effacer les traces. Que personne ne puisse jamais raconter ce qui s'est passé, d'où sont venues les décisions, qui a tiré les ficelles. Il va falloir sacrifier une fois de plus les braves fantassins. Éliminer les vieux kidons. Cela explique sans doute l'attitude des Israéliens. Il y a un accord général pour conclure ainsi l'opération Pinocchio. On va les vendre à l'ennemi. Et si cela ne suffit pas, l'Organisation s'en chargera elle-même. Elle leur enverra les hommes en noir, les unités d'élite, et ils les extermineront jusqu'au dernier.

Paulus est fatigué. Il bâille. Les nuits d'insomnie se succèdent depuis trop longtemps. Cette pourriture le ronge. La réunion du matin est expédiée rapidement. Rien de nouveau si ce n'est l'attentat de Greifswald, un travail de pro, sans doute ceux qu'on appelle les frérots, des spécialistes des explosifs.

À peine ont-ils regagné leurs bureaux que, vers onze heures quinze, l'alerte est donnée. Ils se réunissent à nouveau. Ensemble, ils prennent connaissance du premier attentat. L'amiral Brindsley vient d'être tué d'une balle en pleine tête, un tir effectué à longue distance, certainement par un tireur d'élite, alors qu'il montait sur la vedette des officiers dans le port de Naples pour gagner son bureau sur l'îlot de Nisida. Tout cela, pour Paulus, sent à plein nez la manipulation, les services, l'Agence. On pleure des hommes qu'on a fait exécuter, puis on tend le mouchoir à la veuve et on lui verse une confortable assurance-vie pour acheter le repos de sa conscience.

Paulus connaît ces méthodes. Cela fait quarante ans qu'il sert sa patrie.

Puis, alors qu'on les informe de ce qui se passe à Nisida presque en temps réel, le deuxième assassinat se produit à son tour. Cette fois-ci, c'est le général Allegre qui a été exécuté de deux balles dans la tête alors qu'il circulait en voiture.

Ils sont enfermés dans la salle du sous-sol, ils prennent des mines de circonstance, graves et inquiètes, et ils bavardent comme des vieilles femmes désœuvrées. Ils font des commentaires. Sans compter ceux qui doivent pisser dans leur froc.

Le général Paulus n'est pas dupe. Il n'y croit pas une seconde. Tout cela n'est pas possible.

Et alors même qu'ils n'ont pas encore reçu les informations précises concernant les détails de ce qui s'est passé en Espagne, le troisième assassinat se produit, à Izmir. Cette fois-ci, c'est le colonel Langlois, le seul que Paulus ne connaissait pas personnellement, qui a explosé avec sa voiture.

Les trois officiers supérieurs étaient présents dans les documents envoyés au secrétaire général. Mais ils n'étaient pas les seuls. Et pas les pires. Jusqu'où cela peut-il aller ?

Jamais l'Organisation n'a été attaquée comme cela, au plus haut niveau, à la face du monde. Même Herrings semble totalement dépassé.

Cette petite ordure, songe Paulus, joue bien la comédie. Jouer la comédie, c'est tout ce qu'on leur apprend, maintenant, à l'école militaire. Que sait-il exactement ?

Et Chamblain ?

Pourquoi Mathew ne l'a-t-il pas prévenu pour les assassinats des officiers supérieurs ?

Se peut-il qu'il n'ait pas confiance en lui ?

Ou bien a-t-il voulu l'épargner ? Le préserver ?

À moins que lui-même n'ait pas été mis dans la confidence ?

Paulus ne se fait pas d'illusions. Après les événements de la veille, les Danois avaient déjà demandé que l'on engage les forces spéciales. Il ne fait plus de doute qu'ils vont recevoir l'accord de tous les services pour les neutraliser. C'est désormais une question de temps. Les choses vont plus vite qu'il ne l'avait imaginé. Il faut dire que la bande de kidons à la retraite n'y va pas de main morte. Les Italiens, les Turcs, les Espagnols sont humiliés. Les Allemands et les Belges ne sont pas plus sereins. Des meurtres se commettent sur leur territoire. Ils ont tous peur. Les Français aussi. Les Américains de même. Ils refusent tous d'être confrontés à leurs démons.

Plutôt que d'ouvrir la boîte de Pandore, ils préféreront traquer les terroristes, puis les abattre. Comme des chiens. Qui plus est avec la bénédiction de leurs frères. La décision ne va pas tarder. Paulus n'en revient toujours pas. Pourquoi les Israéliens ont-ils fait ça ?

Vers midi trente, ils ont eu communication des documents transmis aux journaux. Ses collègues encaissent le coup. Abasourdis. Dévastés. Les partisans d'une stratégie douce ont définitivement perdu la partie.

Comment un commando de quelques hommes

peut-il agir ainsi, de manière synchronisée, en des lieux aussi éloignés les uns des autres ?

Il faut une logistique énorme, une préparation considérable, des complicités nombreuses.

Les points d'interrogation se multiplient en même temps que la stupeur et la crainte.

Paulus est fatigué.

Il veut rentrer chez lui pour faire une sieste. Il sait que, d'une heure à l'autre, l'ordre va être donné de laisser les services spéciaux passer à l'action. La panique s'est installée au Pentagone, à l'Agence, au FBI, dans tous les états-majors et les services des pays de l'Organisation. Cela va trop loin. Tuer des officiers. Inonder la presse de preuves infamantes accusant les services occidentaux et l'Organisation d'être compromis, noyautés par le crime, la corruption, l'idéologie. Il faut les stopper. Par tous les moyens.

Tout cela n'est qu'une comédie pitoyable.

Mais c'est le prix à payer.

On ne peut laisser tuer impunément des officiers supérieurs, même si tout le monde sait que ce sont des salauds. Maintenant qu'ils sont morts, il faut que l'Organisation joue la cohésion et montre sa puissance.

Paulus est écœuré.

Il rentre chez lui et, en chemin, s'arrête pour acheter une pizza calzone dans le restaurant italien habituel. Il a sommeil, il a faim, il est furieux contre tout le monde et contre lui-même.

Il a pris sa décision. Il ne sera pas de ceux qui donneront l'ordre de liquider les seuls hommes pour qui il a encore de l'estime.

En fait, il sait depuis le début qu'à un moment ou un autre, il y aura une limite qu'il ne franchira pas. Ce n'est pas lié à Mathew. Mathew compte, bien entendu. Mais c'est sa propre évolution qui le conduit à prendre cette décision. C'est une décision de soldat. Pour lui aussi, c'est la fin du voyage.

Paulus monte chez lui après avoir donné rendez-vous à son aide de camp à seize heures. Ce dernier l'accompagne jusqu'à l'appartement et le laisse à la porte, seul avec son carton géant et son air bougon. Paulus arrose sa pizza de sauce piquante et l'enfourne en quelques bouchées. Il regrette de ne pas en avoir pris une deuxième et de s'être privé d'un tiramisu. C'est stupide. Ce foutu médecin a réussi à le culpabiliser.

À seize heures vingt, inquiet de ne pas le voir arriver et qu'il ne réponde pas à son portable, l'aide de camp demande au chauffeur de monter avec lui à l'appartement.

Le général Paulus ne répond pas lorsqu'ils sonnent à la porte. Le sergent Williams possède un double des clés. Ils entrent et trouvent le général Paulus dans son fauteuil, devant la télévision, à sa place habituelle. Il a la cervelle explosée. Il s'est suicidé avec son arme de service. Il s'est libéré d'une vie qui était devenue pour lui un fardeau trop lourd à porter plus longtemps. Il a choisi son camp.

Le général Paulus est une légende. Il est mort par un bel après-midi d'été, loin de chez lui, près des étangs d'Ixelles, en Belgique. Avait-il quelque chose à se reprocher ?

Le secrétaire d'État a été prévenu immédiatement. La Maison-Blanche a demandé que l'on garde l'information secrète encore quelques heures.

Pour protéger sa mémoire, sans doute. Mais pas seulement.

L'aide de camp a fait ce qu'il a pu. Son chagrin est profond. Il s'était attaché au général. Le corps est évacué discrètement. Le sergent Williams se reproche de l'avoir laissé tout seul et de n'avoir pas compris la profondeur de son tourment. Mais il se dit aussi qu'il doit respecter son geste et qu'on n'a pas le droit de vouloir retenir un homme qui a fait le choix de mourir.

26

Comme convenu avec Hans Ritter, le docteur Hetzel est allé à Düsseldorf, au siège de NOÉ, pour rencontrer les principaux responsables du consortium Aurora et développer devant eux la stratégie qu'ils ont mise au point afin d'organiser la risposte.

Il sait que le plasticage du Nord Stream dans la nuit de mercredi à jeudi les a bien préparés à entendre ses arguments et à comprendre ses menaces, sans même qu'il ait besoin de les proférer.

Puisqu'ils sont tous mouillés, il faut qu'ils se sentent tous concernés et responsables.

Et vu la nature de leurs adversaires et de leurs méthodes, il ne s'agit pas de faire du point de croix et de se perdre en vaines palabres.

Ils ont déjà, à l'évidence, perdu beaucoup trop de temps.

En arrivant au siège de NOÉ, il a acquis la conviction que les événements vont bientôt changer de cours. Jusque-là, ils n'ont fait que subir. Ils doivent maintenant passer à l'offensive. Selon une règle bien connue et mille fois vérifiée, l'attaque est la meilleure des défenses.

Mais surtout, il le sait, un autre danger les guette. S'ils sont incapables de montrer leur force et leur détermination, alors chacun va essayer, en ordre dispersé, de sauver sa peau. La division s'installera en même temps que la crainte et, au final, tout le monde sera perdant.

Tandis qu'ils roulent sur l'autoroute à plus de cent quatre-vingts kilomètres à l'heure dans le silence douillet de la limousine, confortablement installé sur la banquette arrière, Hetzel fait le point.

Hans Ritter, malgré l'épuisement de ses forces physiques, a gardé ses vieux réflexes de lutteur et l'esprit clair. Ce qui a fait de lui un grand leader, c'est sa capacité à affronter les tempêtes avec sang-froid et à transgresser les interdits que les hommes ordinaires n'osent pas combattre et qui les inhibent.

Ensemble, ils ont posé sur la table les pièces du puzzle dont ils disposent et ils les ont analysées avec froideur, sans aucun préjugé, scientifiquement. Leur culture d'ingénieur les a toujours aidés à faire les bons choix, rationnels, pragmatiques. Évidemment, beaucoup d'éléments leur manquent. Il y en a toutefois assez pour prendre des décisions.

Face à des adversaires que rien n'arrête et qui ne s'embarrassent d'aucune des conventions d'usage, il convient d'agir de la même façon. Porter ses coups sans retenue. Les frapper là où ils sont les plus vulnérables. Ne tenir compte d'aucune considération humaine ou morale.

NOÉ est installée dans un immense building des années soixante-dix situé au cœur de la ville, à côté des grandes artères passantes. Il est entouré d'arbres et de pelouses et ouvre, devant comme derrière, sur deux jolies places vivantes et animées. L'architecture date sérieusement et l'immeuble manque de panache. Personne ne peut imaginer que, derrière ces vitres et ces murs sans cachet, se trouve l'un des acteurs majeurs de la politique énergétique mondiale, c'est-à-dire de la politique tout court.

Hetzel connaît bien la maison. Dès son entrée dans le hall, il est pris en charge par une hôtesse qui l'attendait à la réception et le conduit par l'ascenseur réservé à la direction générale jusqu'au bureau du président, au dernier étage. Petit et sec, monté sur ressorts, Hetzel marche toujours à toute allure et précède de deux pas ceux ou celles qui sont chargés de lui ouvrir le chemin. La lenteur l'exaspère.

Hetzel ne compte pas perdre de temps. Il va droit au but.

Les Danois ont amplement pu mesurer la détermination de leurs adversaires, leur férocité et leur absence de scrupules. La paisible Copenhague s'est transformée en champ de bataille. Le sang coule à chaque coin de rue.

Quant aux Russes et aux Allemands, ils n'ont qu'à faire leurs comptes. C'est toute leur stratégie de puissance qui est remise en cause. Avec l'assassinat de Peter Albright, ils ont perdu leur meilleur allié au sein de la Commission. Ce sera, à terme, plus coûteux que l'attentat de Greifswald.

Hetzel a préparé un petit topo, court, efficace. Il a identifié au moins deux points d'attaque sur lesquels ils doivent se concentrer pour commencer. Pas demain, pas ce soir, tout de suite.

Il s'agit d'abord de la jeune femme, la fille du fameux Robert Helmont qui a disparu. Les services danois se sont fourvoyés depuis le début en s'appuyant sur elle. Ils ont cru pouvoir lui faire confiance et l'utiliser. À tort, semble-t-il. Ils ont introduit le loup dans la bergerie, en particulier avec ce Roland Kuntz qu'ils l'ont envoyée chercher en France et que la jeune femme héberge chez elle. C'est elle qui s'est servie d'eux, consciemment ou non. Ce gros prétentieux de Rasmussen s'est fait rouler dans la farine comme un bleu. La morgue de ces types qui se croient protégés parce qu'ils agissent sous couvert de l'État a toujours exaspéré Hetzel. Il faut l'atteindre, elle.

La fille de Robert Helmont, peut servir d'assurance sur l'avenir et sans doute de monnaie d'échange. Ce qu'il faut, c'est créer du mouvement, rebattre les cartes, les obliger à bouger, introduire le doute, l'hésitation, la précaution dans leurs rangs. Faire que la peur change de camp.

Il a identifié un second point. Depuis le début, il y a ce colonel américain qui les emmerde avec ses enquêtes. C'est lui qui a signalé la disparition de Robert Helmont. C'est lui qui enquête sur les liens entre les officiers supérieurs, les officines privées de sécurité, l'industrie militaire et les réseaux de Ritter. Pour qui ? Ce type se croit intouchable. Il a tort. Il a une famille et une épouse à laquelle il tient beaucoup.

Il faut lui faire comprendre qu'il est vulnérable. L'impunité n'existe pour personne. Il faut lui faire passer l'envie de jouer la belle âme.

Hetzel, comme Ritter, en est convaincu : les hommes de Brenner ne sont pas les bons. Trop visibles, trop peu professionnels. Il faut mettre ces affaires entre les mains des services spéciaux. C'est à eux de se mouiller. À eux de passer à l'action. Avec leurs moyens et avec leurs équipes. Cela fait partie des points qui, pour lui, ne sont pas négociables. Ce n'est pas à la Compagnie de faire le sale boulot pendant que tous les autres restent planqués à suivre les événements en spectateurs. Ce n'est pas possible. Et en plus, c'est dangereux. À chacun son métier.

Le président l'attend.

Dans son bureau sont déjà présents ceux que Hetzel veut voir : le conseiller spécial du ministre de la Défense, Paul Hadisberg, un spécialiste du renseignement ; le président du consortium Aurora, Olaf Simersen ; un haut responsable des services danois, Poul Rasmussen, avec qui il travaille depuis le début ; Garry Lermonov, un dirigeant de Gazprom dont il sait qu'il représente directement les plus hautes autorités du Kremlin. Hetzel les salue un par un avec son énergie coutumière, manquant de leur arracher les bras. Il les connaît tous et il a pour chacun une réelle estime, même si Rasmussen l'a beaucoup déçu.

Avant de leur exposer le plan qui est le sien, il veut d'abord confronter leurs informations et leurs analyses. Depuis le début, il n'est pas aisé de comprendre qui est à la manœuvre et ce qu'ils cherchent.

Rasmussen fait un bref exposé des informations dont il dispose. Elles proviennent directement de la cellule de crise de l'Otan. C'est là-bas qu'il s'alimente. À la meilleure source.

Selon ces informations, les personnes qui agissent sont des membres ayant appartenu à une cellule de kidons mise en sommeil depuis des années. Cette cellule était spécialisée dans l'élimination d'agents étrangers et la recherche des anciens nazis. Elle a été particulièrement active aux alentours des années quatre-vingt-dix. Son responsable était un officier supérieur du nom de Samuel Epstein, possédant de multiples identités, qui s'est éloigné des services actuels pour des raisons à la fois politiques et personnelles. Politiques, car il a pris des distances avec les orientations d'Israël depuis l'assassinat de Rabin. Personnelles, car il a perdu sa femme enceinte dans un attentat et qu'il a alors traversé une crise justifiant sa mise à l'écart. Samuel Epstein a toujours eu toute liberté pour recruter ses collaborateurs et il dépendait directement du directeur, hors filière hiérarchique. Il a été recruté par un dénommé Karlo, personnage obscur mais légendaire, dont nombreux sont ceux qui considèrent que même après sa retraite, dans les années soixante-dix, il est resté en réalité le véritable patron des opérations extérieures. Epstein était en sommeil depuis le début des années 2000. Aujourd'hui, Samuel Epstein se fait appeler Roland Kuntz. C'est ce kidon qu'ils sont allés réveiller. Rasmussen en convient lui-même, se servir de lui pour retrouver Helmont n'est sans doute pas la meilleure idée qu'il a eue de toute sa carrière. Le cœur du problème, c'est que cela lui avait été soufflé, l'air de rien, par Helmont en personne. Car, maintenant, c'est l'évidence. Helmont fait partie du FET depuis des années mais a toujours continué d'œuvrer au service de ses anciens amis. Bref, c'était une taupe. Quant à cette opération, elle était programmée depuis longtemps, très longtemps. Personne n'a rien vu. Pas même le petit Livio, qui pourtant passait sa vie chez lui et avec lui.

Les services israéliens ont rejeté toute responsabilité dans les actions menées depuis trois jours et, pour preuve de leur bonne foi, ils ont communiqué des renseignements sur les kidons qui ont travaillé dans le passé avec Epstein. C'est une première historique. Jamais l'État hébreu n'avait ainsi collaboré et fourni des renseignements sur d'anciens agents. On sait donc à qui on a affaire et on connaît leurs motivations ou, du moins, on peut facilement les deviner. On est en train de passer au peigne fin leur pedigree pour savoir s'il y a un moyen de les atteindre, des maris, des parents, des femmes, des enfants. Cela n'a pas l'air simple.

Pour Mathew Chamblain comme pour Robert Helmont, il est clair qu'un réseau a été identifié, faisant converger les intérêts de certains responsables militaires américains, des faucons partisans de la guerre de civilisation et certains maboules de la suprématie, avec des intérêts économiques étrangers puissants et une entreprise politique de déstabilisation et de pénétration des démocraties occidentales par des nostalgiques du Troisième Reich. Les opérations conduites au Groenland par le consortium Aurora ont été pour eux le révélateur de ces convergences et des liens entre ces différents intérêts. C'est alors qu'ils ont décidé d'agir.

Hetzel est surpris par la clarté et la précision de l'exposé. Cela vient confirmer exactement les hypothèses que Ritter et lui ont forgées. Une seule chose échappe encore à sa compréhension : pourquoi est-ce la fille de Robert Helmont qui est allée chercher ce Samuel Epstein ?

Il pose directement la question.

Rasmussen ne cherche pas à éluder ou à jouer au plus fin :

— Parce que nous nous sommes fait avoir, docteur Hetzel. C'est Helmont qui nous avait invités à le faire et nous étions convaincus qu'il était à cent pour cent avec nous. Il s'agissait de piéger Chamblain. Helmont nous a trompés. Depuis deux ans, il nous tenait informés des progrès de l'enquête de Chamblain et nous n'avions pas de raison de douter de sa bonne foi. Il avait établi le contact. On le laissait faire. Évidemment, on sait aujourd'hui qu'il ne nous disait que ce qu'il souhaitait nous dire, en bonne intelligence avec Chamblain. Et Chamblain faisait la même chose, de son côté, avec ses propres autorités. Le général Rawling pourra vous le confirmer. Ils savaient que Rawling et moi, nous recoupions leurs récits. Nous n'avons vu, ni les uns, ni les autres, le coup qui se préparait. Ils nous ont roulés dans la farine.

Hetzel ne peut qu'admirer l'intelligence du stratagème.

Paul Hadisberg, le conseiller du ministre de la Défense, intervient :

— Il ne s'agit pas de revenir sur ce qui a été fait. Mais il faut prendre toute la mesure de la menace. Or, vous le savez, ces hommes et ces femmes bénéficient d'aides. Les attentats qui ont visé des officiers supérieurs de l'Otan supposent une grosse logistique. Personne n'a le don d'ubiquité. Izmir, Nisida, Rota, cela fait beaucoup de fronts en même temps. Qui nous garantit que les Israéliens disent la vérité ? Est-on sûr que Chamblain ne bénéficie pas de protection et de soutien au sein de l'Agence, du Pentagone ou des services ?

Rasmussen n'a pas bougé d'un cil. Mais il répond :

— En effet, les attentats perpétrés contre les officiers supérieurs de l'Otan ont été perpétrés par d'autres équipes et nous avons des sources concordantes qui font état de l'implication de réseaux liés à la criminalité organisée, des Kurdes, des Marocains, des Italiens. Ces réseaux ont également été mobilisés en Allemagne et au Danemark. Les Marocains sont les plus actifs. Pour une fois, juifs et musulmans travaillent main dans la main.

Le docteur Hetzel l'interrompt, mais uniquement pour confirmer ce qu'il dit et abonder dans son sens. Cela renforce sa théorie :

— Vous avez parfaitement raison. Nous sommes visés, mais ce n'est pas nous qu'ils cherchent à atteindre. Nous ne sommes qu'un prétexte. Personne ne doit penser être à l'abri. Cette affaire est politique.

C'est un constat, mais c'est aussi un avertissement.

Le conseiller, qui a été interrompu, ne s'en formalise pas. Il reprend :

— Donc ce qui est en marche, c'est une opération qui va beaucoup plus loin que l'élimination de quelques néo-nazis ou de quelques personnalités compromises avec eux. C'est une attaque au cœur du système. Mais quel système ? Et qui y a intérêt ? Je suis certain que cette opération est soutenue par les Américains. Chamblain n'agit pas en électron libre.

Hetzel est parfaitement d'accord avec cette affirmation. Cela veut bien dire que, derrière ces attaques, il y a une visée géopolitique globale. Ritter a fait la même analyse. L'affaire des néo-nazis est secondaire. Du folklore. De la poudre aux yeux. Même la Compagnie n'est visée que parce qu'elle s'est trouvée au mauvais endroit au mauvais moment. À la rigueur, elle fournit une commode diversion. Elle permet de détourner les regards, même s'ils ont sans doute, avec le projet Aurora, été trop gourmands. La question centrale n'est toutefois même pas économique : elle concerne la stratégie américaine et les luttes d'influence au sein du pouvoir américain même. Une page est en train de se tourner. Raison de plus pour en revenir à des décisions immédiates et pragmatiques. Car les effets collatéraux, c'est à cent pour cent pour eux.

Hetzel fait simple :

— Messieurs, nous avons quelques heures pour arrêter ce désastre. Après, il sera trop tard. Et ce désastre ne pourra s'arrêter que si nous les touchons là où ils sont vulnérables.

Il expose alors le plan qu'il a mis au point avec Ritter.

— C'est eux ou c'est nous.

Ses interlocuteurs l'écoutent en silence et personne ne cherche à croiser son regard. Tous l'évitent soigneusement. Ces hommes ne sont pas habitués à ce genre de décisions et d'actions. Le malaise est palpable.

Une fois son plan exposé, Hetzel choisit de se taire. C'est à eux maintenant de s'exprimer et de prendre leurs responsabilités.

Olaf Simersen, le président d'Aurora, soupire profondément pour bien marquer sa contrariété :

— Je crois que le docteur Hertzel a malheureusement raison. C'est eux ou nous. Ils ne nous laissent pas le choix. Nous avons déjà trop attendu.

Puis il se tourne vers les trois autres hommes et s'adresse à eux :

— Je vais prendre contact avec nos amis. Faites passer l'information chez vous. Et que chacun tire dans le même sens. C'est la seule solution.

Olaf Simersen regarde Rasmussen :

— Vous pouvez vous occuper de la petite Helmont ?

Le Danois hoche la tête. Il sait que c'est à eux de faire ce sale boulot. Et il a compris, lors de son dernier entretien avec elle, qu'il n'y a plus rien à en attendre.

Puis Simersen se tourne vers Gregory Lermonov.

Celui-ci approuve.

Refuser aurait été prendre le risque de détériorer des relations de confiance qui ont été si difficiles à nouer et qui sont si riches de promesses pour l'avenir.

Olaf Simersen a mouillé sa chemise. Ritter sera content. Il aura bien mérité son bonus de fin d'année.

Les cinq hommes se lèvent et échangent des poignées de main rapides. Ils ont tous du travail et, surtout, ils n'ont pas envie de rester davantage ensemble. Ils ne sont pas fiers de leurs décisions.

Hetzel est déjà remonté dans la voiture. Il déborde de vitalité. Dès qu'il est installé sur la banquette arrière, il appelle Martha. Il veut avoir des nouvelles et savoir comment s'est passée la journée de chacun. Depuis que ses petits-enfants sont venus vivre avec eux, il n'aime pas s'éloigner, ne serait-ce que quelques heures. Tout cela sera bientôt fini et il pourra les emmener faire la croisière qu'il leur a promise. C'est une question de jours. Cette perspective suffit à lui redonner de l'énergie et de la joie. Jamais il n'aurait imaginé que sa famille serait un jour une telle source de sérénité.

27

Lorsque Pia a pris connaissance des événements qui se sont produits dans l'après-midi du mercredi, elle a aussitôt compris qu'il y avait peu de chance de voir Kuntz revenir chez elle d'un pas tranquille et l'âme légère.

La description du tueur lui a évoqué quelqu'un. Surtout ces lunettes aux montures d'acier démodées. Un tueur de la mafia ? Pourquoi pas. Cela lui correspond assez bien.

Pia sait qu'il ne rentrera plus et, pourtant, elle l'espère quand même. Pas nécessairement ici. Ce n'est pas la question. Il s'agit de bien autre chose, d'une émotion, d'un trouble, mais plus encore d'un lien et d'une certitude.

Kuntz ne pourra pas rentrer. Mais elle sait qu'ils ont ensemble un rendez-vous et que le moment viendra de leurs retrouvailles.

Ils ne s'y déroberont ni l'un ni l'autre.

Après le départ de Kuntz, Pia est allée travailler pour préparer le nouveau cours qu'elle doit faire à la rentrée. Il lui est difficile de se concentrer au milieu de tout ce désordre.

À peine a-t-elle commencé à lire qu'elle perd le fil pour se retrouver ailleurs, très loin des pages noircies et floues de ses livres. Elle pense à Livio, à son enfance, et elle essaie d'imaginer ce qu'il a pu faire qui l'a conduit à être assassiné. Puis elle cherche sur la Toile des informations sur les mouvements néonazis ou sur les grandes compagnies pétrolières et gazières. Mais, là encore, son attention n'arrive pas à rester soutenue. Elle décroche et son esprit bat la campagne. Elle pense à son père. La personnalité de Kuntz lui fait jeter un nouveau regard sur ce qu'a été jusqu'ici leur vie. Une porte s'est ouverte, mais elle ne sait pas encore exactement sur quoi. La mort de Livio l'oblige aussi à tout reconsidérer. Qu'est-ce que son père aurait pu lui dire ? Il ne cherchait pas spécialement à cacher des choses à sa fille. Ce sont ces choses elles-mêmes qui étaient cachées, secrètes, indicibles.

Elle est en train de naviguer de site en site lorsqu'elle reçoit les premières alertes. La ville est à feu et à sang. Elle n'aurait eu qu'à sortir, faire deux cents mètres, et elle aurait pu voir les assassins quitter le Comité mixte, une femme noire, un homme corpulent habillé en touriste. Cela s'est passé juste à deux pas de chez elle. Elle descend au salon pour allumer la télévision et regarder les chaînes d'information en continu. Edith vient s'asseoir à côté d'elle, incrédule et terrorisée.

Les chasseurs d'images sont sur place, en duplex depuis les trois lieux où les meurtres ont été commis.

Tous les programmes ont été interrompus pour laisser la place à des éditions spéciales.

Des témoins sont interrogés, les déclarations des voisins succèdent à celles des passants ou des employés du Comité mixte. La seule prise de parole officielle est celle du chef de la police, qui, visiblement, a eu pour consigne de ne rien dire. Entre chaque décrochage, on revient en plateau où des experts de toutes sortes viennent donner leur avis. Des spécialistes du terrorisme islamique, du Groenland, de l'énergie côtoient les spécialistes de l'extrême droite ou ceux de la musique metal. Puis on repart sur la scène des trois tueries où les mêmes journalistes, campés sur les mêmes trottoirs, reprennent les mêmes récits et repassent les mêmes interviews *ad nauseam*.

Au bout d'une petite heure, les déclarations des responsables politiques commencent à s'enchaîner. La plupart se contentent de vérifier dans ces événements tragiques et inquiétants leurs théories habituelles. D'autres exigent, sur le ton le plus solennel possible, des explications du gouvernement. Ils veulent que toute la lumière soit faite et que les responsabilités soient clairement établies. Tout cela lui fait l'effet de n'être qu'une comédie sinistre.

Pia se couche triste. Sa solitude est un véritable linceul. Elle ne dort presque pas. Elle n'a pas de nouvelle de son père, Kuntz est parti, Livio est mort. Elle n'a plus confiance en personne. Bernilde n'est pas revenue.

Elle ne sait pas quoi faire, si ce n'est attendre.

Toute la journée du lendemain se déroule de la

même façon. Elle reste cloîtrée chez elle, à prendre connaissance des attentats contre les officiers supérieurs de l'Otan, à écouter les commentaires des uns et des autres, à ne pas réussir à relier tous ces fils les uns aux autres.

Nanie cherche à la faire manger, mais elle ne peut rien avaler.

Nanie fait tout son possible pour donner le change, mais Pia sent bien qu'elle est aussi inquiète qu'elle.

Comment tout cela va-t-il finir ?

Elle sait qu'elle doit attendre. Elle n'a pas d'autre solution.

Mais si personne ne revient, ni son père, ni Kuntz, ni Bernilde qui n'est toujours pas réapparue, que devra-t-elle faire ?

À vingt heures trente-cinq, les deux femmes sont en train de manger dans la cuisine lorsqu'on sonne à la porte.

C'est un petit monsieur d'une soixantaine d'années, dans un costume gris. Il a l'air gentil et des yeux humides remplis d'une immense compassion.

Elke lui demande ce qu'il veut. Pia passe une tête dans le couloir et Marco la voit.

Il s'adresse directement à elle en français par-dessus la tête de la petite Thaïlandaise :

— Je suis un ami de Kuntz, je viens vous chercher.

Pia a l'impression que le réel est gagné par la fiction et qu'une étrange confusion s'installe dans son existence.

Il ajoute, comme s'il ne doutait de rien :

— Dépêchez-vous.

Il reste debout sur le pas de la porte, sans chercher à entrer.

Elke ne bouge pas non plus, ne sachant quoi faire.

Marco insiste :

— Dépêchez-vous. Il faut que nous partions.

Pourquoi soudain cette précipitation ? Cela a-t-il un lien avec les événements de l'après-midi ?

— J'ai le temps tout de même d'aller préparer un sac ?

Il la regarde, embarrassé :

— Je crains que non. Nous devons partir très vite.

Elle appelle Edith, qui surgit de la cuisine, et l'embrasse. Se tournant vers l'homme, Pia lui demande :

— Elles peuvent rester ? Elles ne craignent rien ?

L'homme la rassure :

— Rien, ne vous inquiétez pas.

Elle sort aussitôt. Le jour commence à décliner. Une voiture vient se garer à leur hauteur et l'homme lui ouvre la porte arrière. Un homme corpulent est au volant. Pia n'est pas inquiète, mais elle se demande où ils l'emmènent ainsi.

Il se retourne vers elle et lui dit :

— Je m'appelle Marco. Et ce monsieur au volant, c'est Philippe. Nous sommes des amis de Roland. De vieux amis. Nous vous conduisons jusqu'à votre père.

Pia n'en croit pas ses oreilles. Il a dit ça comme il aurait dit une chose ordinaire, presque banale. Pia se redresse sur la banquette et se penche en avant :

— Mon père ? Il est au Danemark ? Vous l'avez vu ?

Marco secoue la tête :

— Non, je ne l'ai pas vu. Mais nous le retrouverons d'ici à une heure. Il nous attend. Vous partirez ensemble.

Pia est comme prostrée de bonheur. L'émotion lui fait monter les larmes aux yeux.

— Il va bien ?

Marco lui tend des mouchoirs en papier qu'il a trouvés dans la boîte à gants :

— Très bien. S'il y a une chose que Robert a toujours su faire, c'est prendre soin de lui.

Cela a été dit sans acrimonie, presque avec tendresse. Ce n'est pas faux.

Pia voudrait appeler Bernilde, mais elle se rend compte qu'elle a oublié son portable. Elle a tout laissé : vêtements, affaires de toilette, portable, argent, carte de crédit…

Marco lui répond que cela peut attendre, que Bernilde va bientôt les rejoindre et que, d'ici là, le mieux est de ne pas communiquer du tout.

— Nous évacuons, dit-il, l'air content.

Elle éprouve une franche curiosité :

— C'est fini ?

— Presque.

Elle aimerait l'interroger sur Kuntz, mais elle n'ose pas. Où est-il ? Que fait-il ? Est-il aussi en train d'évacuer, comme le dit Marco ?

L'homme qui conduit ne dit rien, mais il respire bruyamment. Il a un cou comme un chêne puissant et des mains énormes posées sur le volant.

Ils sortent de Copenhague et prennent la route de Puttgarden. La nuit est tombée et le ciel est éclairé par une demi-lune et une multitude d'étoiles. Pia y voit des âmes disparues ou à naître. Le ciel est peuplé de vies.

La voiture roule à la vitesse autorisée dans un silence total. Pia regarde le paysage défiler. Ils traversent maintenant la campagne danoise, monotone et triste.

Avant d'arriver à un grand pont qui enjambe un bras de mer, ils quittent la route à double voie et prennent une petite route en contrebas qui serpente à travers les prairies.

Une pancarte indique un restaurant avec des chambres d'hôte. La voiture passe devant la maison en roulant au pas. Juste après, sur un terre-plein dominant une mare, un camping-car immatriculé en Pologne est arrêté.

Philippe se gare juste à côté, éteint les phares et coupe le moteur.

— Allez-y, il vous attend.

Pia s'efforce de sortir calmement. Dehors, l'odeur de la mer est forte et se mélange avec celle du purin.

Son père est debout à l'arrière, son grand corps voûté obligé de se pencher pour ne pas heurter le plafond, et il la prend immédiatement dans ses bras. Il est seul.

— Ma chérie, que je suis content.

Elle se serre contre lui.

Elle a tant de choses à lui dire, tant de questions à lui poser.

Pia s'assoit sur une petite banquette devant une table de bois clair et son père la rejoint, les jambes en biais pour pouvoir les allonger.

Pia lui demande :

— Tu étais où ?

Et immédiatement après, sans lui avoir laissé le temps de répondre :

— Tu es au courant pour Livio ?

Sa voix trahit la profondeur de son chagrin.

— J'aurais préféré te tenir à l'écart de tout cela. Et Livio aussi.

Il est embarrassé et ne sait pas quoi dire, par où commencer. Parler à sa fille a toujours été pour lui le plus difficile. Que peut-on dire à ses enfants ? Il a toujours peur de la heurter, de la blesser, de la décevoir aussi.

Elle répète une nouvelle fois sa question :

— Tu étais où ?

Il comprend :

— J'étais au Groenland. Bernilde va bien ?

Comme d'habitude, il cherche à changer de sujet.

— Elle va bien.

Mais Pia ne veut pas lui laisser de répit. Elle sait qu'il ne demande qu'à se réfugier dans son silence.

— Qui sont ces gens, Papa ?

— Ce sont des amis, de très vieux amis. Avec eux, on ne craint rien.

Ça ne répond pas vraiment à sa question, mais Pia sait que ce ne sera pas simple de lui faire dire des choses précises :

— Ce sont eux qui t'ont retrouvé ?

Il lève lentement les yeux vers elle, comme s'il avait par avance à lui demander pardon :

— Je n'ai pas disparu, ma chérie. C'était une mise en scène.

Il sait qu'elle ne va pas bien prendre cette révélation. Mais il a décidé de lui dire la vérité. Quoi qu'il puisse lui en coûter.

Pia le dévisage et il peut voir son expression changer de seconde en seconde. À la surprise succède l'incrédulité ; à l'incrédulité, l'incompréhension ; à l'incompréhension, la colère.

— Mais… tu m'as menti. Et à Bernilde aussi. Tu imagines l'inquiétude qui a été la nôtre…

La rage la submerge. Comment a-t-il pu faire ça ?

Il laisse passer l'orage. Que peut-il faire d'autre ? D'autant plus qu'il la comprend. Il n'a pas grand-chose à dire pour sa défense :

— Je ne pouvais pas faire autrement.

Ce n'est pas très brillant mais, de toute façon, elle ne veut pas poursuivre plus avant. Elle se sent blessée, déçue, humiliée. Il s'est joué d'elle. Il l'a utilisée. Sa propre fille.

— Et Kuntz aussi le savait ?

Son père la regarde, à son tour surpris, interloqué même. Il ne s'était pas attendu à cette question. Il saisit tout de suite, à son ton même, que sa fille voudrait préserver au moins sa confiance en lui.

— Oui, Kuntz aussi, bien entendu. Nous n'avions pas le choix.

Pia a la confirmation qu'elle aurait aimé ne pas avoir.

Il s'est moqué d'elle. Il s'est servi d'elle. Et elle, elle n'a rien vu, rien compris. Il a joué la comédie depuis le premier jour.

Elle pivote sur elle-même et regarde fixement par

la fenêtre du camping-car le paysage qui évolue dans la nuit claire. Elle se sent à nouveau plongée dans une solitude immense et froide. Ils lui ont fait jouer le rôle de l'idiote. Ils l'ont humiliée. Pourquoi ?

Le camping-car ralentit puis s'arrête. Ils se trouvent dans les files d'attente pour monter sur le ferry.

Elle repense à sa visite au domaine du Coquibus, à leur premier échange lorsque Kuntz a pris l'air surpris et refusé de se laisser appeler Sam. Elle avait été consternée. Elle l'est à nouveau. Ces hommes ont vécu toute leur vie dans le mensonge. Ils ne savent même plus faire autrement.

Ils se remettent doucement en route et ils sont secoués. Ils montent sur le ferry. Des bruits mécaniques se mêlent aux cris. Le camping-car manœuvre, fait par deux fois de petites marches arrière, puis s'immobilise.

Au-dehors, le brouhaha continue. Le moteur du véhicule s'éteint, puis les portes claquent. Le couple à l'avant a dû descendre dans le bateau pour la traversée. Son père lui fait signe de s'allonger sur la banquette, ce qu'elle fait. Elle est couchée en chien de fusil. Lui est allongé sur le sol.

Les bruits de voitures et de voix ont progressivement disparu. Le bateau s'est mis en mouvement. Elle sent dans son corps un léger roulis et elle entend le ronronnement puissant des moteurs qui les propulsent sur la mer. Elle est décidée à ne pas en rester là.

Les émotions l'ont fatiguée. Elle regarde sa montre. Il est vingt-trois heures vingt. Elle sent qu'elle pourrait s'endormir. Peut-être est-ce ce qu'elle a de mieux à faire ? Reprendre des forces dans le sommeil. Quitter ce monde triste et brutal. Se réfugier dans la nuit de l'inconscience. Oublier.

Le roulement du ferry sur la mer la berce doucement. Elle a toujours aimé cette sensation. Où est passé Kuntz ?

Elle a retrouvé son père alors qu'elle ne s'y attendait pas. Mais qui sont ces hommes ? Elle n'a pas vu de Chinois. Et qui sont ces deux personnes qui conduisent le camping-car ? Qu'est-ce qu'a fait son père pendant tout ce temps au Groenland ? Qui est à leurs trousses et pourquoi doivent-ils décamper aussi vite ?

Les questions se bousculent dans son esprit, mais imprécises, lentes, sans insistance particulière, juste assez pour qu'elle ne plonge pas totalement dans le sommeil et se maintienne aux frontières de l'endormissement, dans une zone de semi-vigilance.

Puis elle perçoit à travers ses paupières fermées que les lumières qui se sont éteintes dans le garage se rallument. Des voix, des bruits d'acier, de moteurs se font à nouveau entendre, qui lui parviennent de très loin.

Le ferry arrive à Puttgarden. Depuis son enfance, combien de fois a-t-elle fait ce voyage ? Les portières du véhicule claquent une nouvelle fois. Le bateau s'immobilise. Il y a encore quelques minutes d'attente, puis les moteurs se rallument, deux ou trois coups de Klaxon retentissent et le camping-car recommence à rouler à petite allure. Ils sont une nouvelle fois fortement secoués au moment de descendre sur le quai, puis ils reprennent progressivement une allure régulière.

Le sommeil l'a maintenant abandonnée. Elle se relève doucement. Son père a ouvert deux bières, posé un pain noir tranché, du fromage et de la viande séchée des Grisons sur la table. Ce n'est pas un festin. Mais elle a assez faim pour trouver cela très appétissant.

Son père la pousse un peu pour pouvoir s'asseoir et il boit sa bière au goulot.

— Alors, puisqu'on a toute la nuit devant nous, tu vas m'expliquer cette histoire.

Elle ne va pas le laisser s'en tirer à si bon compte. Son père est en pleine mastication lorsqu'elle relance les hostilités. Il se croyait à l'abri. Le coup en a été d'autant plus rude. Il termine sa bouchée sans plaisir :

— Qu'est-ce que tu veux savoir ?

Pia comprend qu'il faut lui poser une question plus précise pour l'aider à démarrer :

— Qui sont ces hommes qui sont venus me chercher ?

Son père est en train de couper un morceau de gouda :

— Je te l'ai déjà dit, ce sont des amis…

— Des amis ?

Cela ne veut rien dire. Ou pas grand-chose. Il comprend très bien pourquoi elle l'a interrompu et l'ironie de son interrogation :

— Nous avons travaillé ensemble, autrefois.

Son père l'agace terriblement. Il faut lui arracher chaque mot. Comme si parler était un supplice.

— Travaillé ?

Il se rend compte qu'il a du mal à parler clairement :

— Écoute, cela remonte à un certain temps. Disons… une vingtaine d'années. Nous appartenions à une cellule spécialisée dans les interventions à l'étranger.

— Une cellule ?

Cela ne veut rien dire non plus.

Elle est gênée de le forcer à ce point tant elle sent que ce qu'elle l'oblige à dire lui coûte. Mais il le faut. Pour eux deux.

— Pia, nous étions des agents israéliens.

— Vous étiez… tu veux dire que…

— Nous ne le sommes plus. Nous avons été, comment dire, mis sur la touche… et disons que cela nous convenait très bien.

— Pourquoi avez-vous…

Il anticipe ses questions :

— Nous avons vieilli, les choses ont changé, les ennemis n'étaient plus les mêmes, et puis Kuntz a perdu sa femme et il…

— Il a perdu sa femme ? Il était marié ?

Robert Helmont voit son pressentiment se vérifier. Et cela le laisse perplexe. Pia s'intéresse à Kuntz, à ce vieillard, à ce bandit !

— Oui, elle est morte dans un attentat un jour où elle se rendait à l'hôpital pour un examen de contrôle. Rachel était enceinte de sept mois. Ils attendaient leur deuxième enfant…

Pia l'interrompt encore :

— Il a un enfant ?

— Oui, une fille… Elle est plus jeune que toi de quelques années. Elle vit là-bas et Kuntz ne l'a pas revue depuis très longtemps…

Pia se tait, perdue dans ses pensées, et hésite à continuer cet interrogatoire.

Il respecte son silence.

Elle reprend :

— C'est vous qui avez tout monté ?

Elle a saisi l'essentiel.

— Oui.

Cela sonne comme un aveu. Il est à la fois piteux et fier.

— Pourquoi ?

C'est vraiment le genre de question qui le laisse désemparé. Pourquoi ? Il ne sait que répondre :

— Parce qu'il le fallait. Il faut bien que quelqu'un le fasse. Il faut bien stopper cela.

Elle comprend vaguement ce qu'il veut dire :

— Stopper quoi, Papa ?

Elle voudrait qu'il partage avec elle ses raisons :

— Le monde…

Non, ce n'est pas la bonne entrée. Il se reprend :

— Les hommes que nous avons poursuivis toute notre vie n'ont pas déposé les armes et…

Ce n'est pas beaucoup mieux. Il ne sait vraiment pas comment lui expliquer les choses.

Elle pense à Livio.

— Livio ?

Son père soupire :

— Livio travaillait pour eux, ma chérie.

Il aurait voulu atténuer le choc, la préserver :

— Il s'est laissé embarquer.

Pia voudrait ne pas avoir entendu ce qu'elle vient d'entendre. Mais elle l'a bien cherché. Il passe son bras autour de son cou :

— Si nous avions pu le sauver, nous…

Elle ne le laisse pas poursuivre :

— Je le sais. Kuntz me l'a déjà dit.

Kuntz lui a donc menti. Comme lui maintenant. La vérité est qu'ils l'ont laissé mourir et qu'ils se sont servis de sa mort. Kuntz a eu raison de mentir. Il a fait preuve de délicatesse. Cela ne lui ressemble pas.

Le camping-car roule à une allure modérée. Ils en ont pour toute la nuit. Ils ont passé Hambourg depuis longtemps. Il est déjà deux heures et demie du matin.

Helmont range ce qui est sur la table. Il a l'air épuisé, subitement vieilli :

— On devrait peut-être essayer de dormir un peu ?

— Oui, tu as raison, essayons.

Elle ne le comprend pas. Ce père qu'elle a toujours admiré lui fait soudain un peu pitié. Mais ce n'est pas une impression pénible. Au contraire.

Pendant qu'il essaye de tenir sur la couchette double installée en hauteur à l'arrière du véhicule, elle s'allonge à nouveau sur la banquette étroite. Il lui passe un édredon bleu confortable pour se couvrir et un oreiller. Mais elle n'a plus sommeil.

Elle entend un ronflement qui provient du côté

de son père et elle sourit. Il a réussi à s'endormir en quelques secondes, comme un enfant.

Pia se laisse bercer par le moteur et plonge doucement à son tour dans le sommeil.

28

Le lieutenant-colonel Herrings sait ce qu'il lui reste à faire. L'opération Pinocchio, puisque c'est ainsi qu'on a fini par la nommer, s'est déroulée jusqu'ici comme prévu. À quinze heures, après l'assassinat des trois officiers supérieurs, le secrétaire général lui avait demandé un rapport exact de tout ce qui s'était passé depuis le début.

Puis, après le décès du général Paulus, ils s'étaient réunis à nouveau, cette fois dans une ambiance encore plus macabre. L'enquête avait confirmé les premières conclusions. Le général s'était donné la mort avec son arme de service.

Depuis la mort de sa femme, le général Paulus n'était plus le même. Il était mélancolique, déprimé, ressassait des idées noires et un ennui de vivre que rien n'arrivait à distraire. Il ne dormait presque plus, était d'humeur instable, sujet à des colères terrifiantes puis à de soudains accès de prostration. Son médecin lui avait prescrit un traitement. Le général n'avait pas voulu le prendre. Il était hypocondriaque et, pourtant, il se laissait mourir et faisait tout pour se ruiner la santé. Il avait pris trente kilos. Trente kilos de désespoir et de mauvaise graisse.

Le lieutenant-colonel Herrings déteste la faiblesse humaine plus que tout. Son père était un intellectuel de la classe moyenne qui s'était rongé les ongles toute sa vie. Il l'avait connu dans ses phases d'abattement, lorsqu'il ne se lavait plus, ne se rasait plus et se bourrait de cachets pour lutter contre l'anxiété.

Il se souvient encore de ses mains qui tremblaient. Herrings en a conçu une aversion sans nom pour toute fragilité. Il déteste la psychologie, les médecins et tout autant les intellectuels. Il a pris le contre-pied exact de son père dont il abhorre le souvenir. Depuis son adolescence, il s'est interdit tout état d'âme. Il a forgé son corps pour le marathon, musclé sa ceinture abdominale par des exercices quotidiens, ne boit pas une goutte d'alcool, interdit qu'on fume dans son entourage et se noie dans le travail. Dès qu'il perçoit la moindre faiblesse chez quelqu'un, la moindre fragilité, le moindre laisser-aller, il devient d'une redoutable brutalité, jusqu'à se faire détester de certains de ses collaborateurs tant il met de rage à humilier et à mépriser ceux et celles dont il considère qu'ils ne sont pas à la hauteur.

À trente ans, il a épousé une jeune femme, Bénédicte, de la bonne société protestante, et ensemble ils ont fait deux enfants qu'ils élèvent dans une belle villa moderne et sans ostentation du quartier d'Ixelles. Bénédicte partage les mêmes valeurs que lui : le sens de l'effort, le respect de l'ordre, le refus de toute psychologie inutile. Il a maintenant quarante ans et le sentiment d'avoir réussi sa vie. Il pense surtout avoir définitivement échappé à ce qui a été la terreur de toute sa jeunesse, la fatalité morbide de l'hérédité paternelle.

Lorsqu'il réunit les représentants des principaux pays, après le décès de Paulus, il comprend vite que personne ne veut réellement grimper au cocotier. Le profil est plutôt bas. La question n'est déjà plus celle des officiers supérieurs morts. Leurs curriculum vitae envoyés à la presse ont beaucoup fait pour qu'on ne les regrette pas outre mesure. À peine la dernière pelletée de terre jetée sur leurs cercueils, tout le monde s'est empressé de les oublier au plus vite. Ils n'ont eu droit ni aux honneurs militaires ni aux médailles à titre posthume.

Chacun fait semblant.

C'est comme pour Paulus.

Personne ne le pleure vraiment.

Ils veulent juste que cela s'arrête. Ne pas être davantage éclaboussés.

Herrings comprend très bien. Il en est au coup suivant. Faire le ménage, cela veut dire : ne pas laisser de traces. Aucune. C'est ce qui était programmé depuis le début. Chamblain, Kuntz, Helmont, tous ces héros méconnus savaient de quoi il retournait lorsqu'ils se sont engagés dans cette aventure. Ce ne sont ni les uns ni les autres des perdreaux de l'année.

On peut penser, évidemment, qu'ils ne seront pas du genre à écrire leurs Mémoires. Mais les protocoles sont les protocoles. Il est préférable, pour la bonne entente de l'Organisation et la paix des nations, que personne n'apprenne jamais ce qui s'est réellement passé. Que ce risque soit évacué pour toujours. Herrings n'aime pas ce qu'il doit faire. Mais il doit le faire. Il est un soldat avant tout.

Comme d'habitude, le secrétaire général l'a déçu.

Herrings n'apprécie guère les civils et, parmi les civils, encore moins les politiciens. À ses yeux, ils sont seulement bons à se maquiller pour montrer leur binette à la télévision et à lire les notes qu'on leur a préparées.

Il avait demandé à le voir en particulier en fin d'après-midi et il sort juste de son bureau. Il était de son devoir, en tant que chef du cabinet militaire, de le prévenir de ce qui allait maintenant se produire. Le secrétaire général l'a écouté et l'a approuvé. Il sait fort bien que son avis n'est que formel, que tout cela n'est qu'une comédie, qu'il n'a été mis là précisément que parce qu'il ne fait pas d'objection et assume sans rien dire des décisions prises ailleurs.

Mais il n'a même pas été capable de faire semblant de s'intéresser à ces hommes, à leur histoire, à leur profil. Il n'a pas trouvé un mot pour dire sa reconnaissance, son respect, ses regrets de devoir en arriver là, pour les honorer à leur juste valeur. Herrings est révulsé par son attitude.

Il reste quinze minutes avant la nouvelle réunion qu'il a convoquée pour entériner la décision. Elle est programmée pour dix-neuf heures trente. Herrings n'est pas de bonne humeur. Savoir que ce qu'il fait est nécessaire ne le console pas.

Il retrouve les différents responsables au sous-sol

et il n'a pas de mal à obtenir l'accord qu'il est venu chercher. Personne ne sait qui se trouve derrière ce groupe de vieux kidons. Les Israéliens s'étant défaussés, personne ne veut qu'on puisse penser que c'est lui. Les dégâts sont déjà considérables. Et ces types sont imprévisibles.

Tout le monde a peur.

Cette décision est pour tous un soulagement.

L'adjoint du général Paulus, le major Halliday, a été désigné pour le remplacer. C'est la première fois qu'il assiste à une telle réunion. L'homme est plus jeune. Il incarne lui aussi une nouvelle génération. Manifestement sorti d'une bonne université, avec des manières élégantes et agréables, un grand sourire impeccable qu'il sert à tout bout de champ. En tout cas, il n'a fait aucune objection non plus. Peut-être n'a-t-il pas compris que le colonel Chamblain est aussi directement concerné par la décision qu'ils viennent de prendre.

Jamais le colonel Chamblain n'accepterait qu'on liquide les hommes qu'il est lui-même allé chercher. Son mauvais caractère et ses règles d'honneur ne donnent aucune chance à une telle hypothèse. Dès lors, il devient lui-même un danger. Mais Halliday n'a pas l'air de s'en faire des cheveux blancs. Il appartient, comme Herrings, à la génération des réformateurs et des pragmatiques, et il compte bien s'accrocher au fauteuil que la mort de Paulus a libéré.

Herrings lève la réunion, puis retrouve le colonel Belot, le commandant Landsford et le capitaine Frederiksen, les trois responsables des opérations spéciales. Les informations dont ils disposent sont presque complètes et les commandos des forces spéciales sont déjà en alerte rouge. Ils s'enferment dans le bureau de Herrings et ils font le point.

La femme noire aurait gagné Trondheim, en Norvège, la veille et aurait embarqué sur un pétrolier. Elle s'est prise elle-même au piège. Rien n'est plus simple que d'envoyer un commando héliporté et de la neutraliser.

Quant à Helmont, il aurait été repéré, avec sa fille, dans un camping-car conduit par deux ex-agents israéliens qui roulerait vers la Belgique. Une équipe de Mons peut partir dans l'heure.

Herrings donne l'ordre de passer à l'action.

La réunion se termine avant vingt heures trente.

L'opération Pinocchio entame maintenant sa phase terminale.

À peine ont-ils quitté son bureau que le capitaine Howitt entre en même temps qu'il frappe, sans attendre d'y être invité. Il a toujours l'air d'être débordé. Avec son embonpoint, sa peau de blond rougissant à la moindre émotion ou au moindre effort, sa sudation excessive, il fait craindre à ses interlocuteurs d'être à tout instant à deux doigts de l'infarctus.

Herrings le connaît depuis leur jeunesse. C'est lui qui l'a fait venir. Avec son regard toujours fuyant, sa voix monocorde et inarticulée qui suinte l'ennui, son humour de salle de garde, Andrew ne sait pas se rendre sympathique. Herrings est son seul ami. Cela lui permet de compter sur son entier dévouement. Grâce à Howitt, il peut dormir sur ses deux oreilles. C'est un fouille-merde et un névrosé paranoïaque, des qualités qui en font un collaborateur exceptionnel. Herrings n'a confiance qu'en lui. Totalement confiance. Il l'informe des dispositions prises.

Avec tous ces événements, Andrew a l'air encore plus paniqué que d'habitude. Il est de permanence et ne dormira pas. Ses grosses joues sont marbrées de rouge et des gouttes de sueur perlent à son front. Il les essuie avec un vieux mouchoir crasseux qu'il sort régulièrement de sa poche.

Herrings lui demande de se calmer et lui fait signe de s'asseoir.

Howitt ne cesse de s'éponger le visage avec son mouchoir roulé en boule. Il dégage une odeur un peu pénible, encore plus désagréable à cette heure tardive de la journée.

Herrings le trouve dégoûtant. Il lui explique une nouvelle fois les ordres qu'il a donnés un peu plus tôt et lui recommande de ne le déranger qu'en cas de force majeure. Puis il le remercie et s'en va.

29

Lorsque le lieutenant-colonel Herrings sort du bâtiment du quartier général, il est vingt et une heures dix.

Les enfants doivent être en train de se coucher. Il ira doucement leur déposer un baiser sur le front. Dans le garage, il prend sa voiture personnelle, un break allemand de prix dont il soigne l'apparence. Il aime conduire. Il a toujours aimé les voitures. C'est un des rares plaisirs qu'il s'autorise. Le jour est en train de décliner et l'avenue Léopold-III est presque déserte. À cette heure, les gens sont rentrés chez eux.

Tout l'après-midi, Herrings s'est fait porter les synthèses média de toutes les radios et de tous les journaux télévisés. L'opération Pinocchio est une réussite. Le scandale est tel que tous les contrats vont devoir être dénoncés et renégociés. Les gouvernements danois, allemand et groenlandais sont au banc des accusés. Ils doivent se justifier devant leurs opinions publiques. Les Russes font profil bas. C'est sans doute le premier bénéfice, le plus important, pour ceux qui ont décidé de l'opération Pinocchio. Le consortium Aurora a été trop gourmand. Il a voulu étendre son emprise trop loin de chez lui. Il a troublé le jeu cynique des égoïsmes. Il a franchi la ligne invisible. Alors la machine s'est mise en marche. Elle a montré qu'elle avait encore du ressort. Mathew Chamblain a eu le feu vert. Il a utilisé les quelques idéalistes qui pouvaient s'engager dans une telle opération. Il les a choisis pour leurs convictions et pour leur efficacité. Il ne s'est pas trompé. Ces hommes sont en tout point remarquables. Mais ce sera leur dernier combat. Une histoire que personne n'écrira jamais et dont ils seront seulement quelques-uns à connaître l'existence et la vérité. Les grandes compagnies américaines pourront revenir et faire leurs offres. Personne ne viendra contester que c'est là leur terre d'influence naturelle. Et l'Organisation en aura profité pour faire le ménage et se débarrasser de quelques brebis galeuses et de quelques factieux qui l'encombraient dangereusement.

Il ouvre la fenêtre pour profiter de la douceur du soir, puis il longe le bois de la Cambre à petite allure. Demain, il a rendez-vous pour courir à sept heures. Cela lui fera du bien. Cela lui permettra d'évacuer toute cette tension qu'il a accumulée. Il tourne dans la rue où il habite et gare la voiture dans l'allée devant la maison. Bénédicte l'attend pour dîner.

Ils commencent à manger après avoir rempli leurs deux verres de Stella lorsque son regard est arrêté net. Il devient subitement livide. Il vient d'apercevoir, sur le canapé, une marionnette en bois :

— Qu'est-ce que c'est que ça ?

C'est Bénédicte qui maintenant a l'air surprise :

— Mais chéri, je croyais…

Il l'interrompt brutalement :

— Tu croyais quoi ?

Il se lève pour regarder la marionnette de Pinocchio. Elle mesure trente centimètres de haut et elle n'a rien de particulier. C'est un produit d'usine tout ce qu'il y a de plus banal.

Bénédicte reste interdite. Il est si rare qu'il se comporte avec brutalité. Il se tourne vers elle et l'interroge à nouveau, moins durement cette fois-ci :

— Tu croyais quoi ?

Sa voix cache mal le caractère pressant de sa question :

— Je croyais que c'était toi qui nous avais fait livrer ce pantin. Un monsieur est venu en fin d'après-midi et nous a dit que tu lui avais demandé de porter ce cadeau. Il y avait aussi un livre pour chacun des enfants, à leur nom.

Le lieutenant-colonel Herrings doit à tout prix se maîtriser. Il est hors de question qu'il fasse naître chez Bénédicte la moindre inquiétude. Il faut déjà qu'il récupère le temps de retard qui a été le sien.

— Oui, chérie, je blaguais. Évidemment que c'est moi. Ça leur a fait plaisir ?

Bénédicte se détend. Elle n'est pas habituée à ce qu'il fasse ainsi des plaisanteries. Un instant, elle s'est inquiétée. Mais les choses rentrent dans l'ordre.

Il finit son repas comme si de rien n'était, mais il a du mal à donner le change. Il sent que Bénédicte l'a remarqué, qu'elle n'ose pas le questionner de peur de le contrarier.

Ils passent au salon. Les portes-fenêtres sont ouvertes sur le petit jardin entouré de palissades de bois. Il va jeter un œil au-dehors. Il a fait installer un portique avec une balançoire et un trapèze. Une terrasse carrelée permet de mettre une table avec un parasol, mais Bénédicte n'aime pas manger dehors. Ils y prennent seulement leur petit-déjeuner le dimanche en été. C'est un rituel.

Il ne peut s'empêcher de lui demander de bien vouloir lui décrire le livreur.

Elle ne s'est pas trompée. Les choses ne sont pas vraiment rentrées dans l'ordre. Elle connaît son mari. Il ne veut pas l'inquiéter. Mais quelque chose le préoccupe. C'est cette foutue marionnette bien qu'elle ne comprenne pas pourquoi.

Elle fait un effort pour se souvenir. C'était un homme d'une soixantaine d'années, sans doute un peu moins, les cheveux blonds et gris. Il avait un visage avenant. De petite taille. Un peu rond, peut-être.

Elle voit bien que Jack est suspendu à ses lèvres :

— Tu n'as rien remarqué de particulier ? Il s'est exprimé en quelle langue ?

Elle lui répond sans hésiter :

— En français.

En quelle langue aurait-il dû s'exprimer ?

Mais c'est vrai qu'à bien se souvenir, il a parlé avec l'accent français. Elle lui fait part de son observation.

Herrings s'efforce de sourire pour détendre l'atmosphère. Il lui faut trouver un mensonge qu'elle puisse croire :

— C'est le patron lui-même, un type très sympa avec qui j'ai parlé, un Français. Il s'est installé en Belgique il y a une dizaine d'années.

Ce n'est pas brillant, mais cette explication suffit à rassurer Bénédicte. Elle est déjà passée à autre chose :

— Tu m'excuses, mais je dois téléphoner à Maman. Tu n'as pas oublié que nous partons dimanche ?

La vérité est qu'il l'avait complètement oublié. Mais dans les circonstances présentes, ce départ tombe à point. Les enfants adorent retrouver leurs cousines et leurs cousins chez leurs grands-parents. Herrings les rejoindra en août. La perspective de leur départ le soulage. S'il avait pu les mettre dans l'avion cette nuit, il l'aurait fait. Dimanche ? Cela fait trois jours encore à attendre.

— Bien sûr que non. Embrasse-la de ma part et demande-lui si elle a besoin de quoi que ce soit.

Bénédicte a déjà saisi le téléphone sans fil et se dirige vers leur chambre. Elle aime téléphoner allongée sur son lit.

Herrings reste seul dans la salle de séjour. Il met un disque de Brahms, pas trop fort pour ne pas déranger les enfants dans leur sommeil. La description qu'elle a fournie le fait plutôt pencher pour un membre du commando de kidons, mais il ne peut pas en être certain. Que veulent-ils ? Si c'est eux, que peut-il faire ? L'ordre a été donné. C'est la règle. Il ne peut pas l'annuler. Comment expliquer un tel revirement ? Comment justifier qu'il puisse déroger aux règles ? En même temps, il est bien conscient que ces hommes sont capables de tout, et du pire. Il mesure soudain que tout n'est pas que réunion, verbe, protocole, décision. Il ne s'agit pas toujours d'opération ou de numéro. L'asymétrie est rompue. La vie des autres et leurs vies à eux ont soudain le même prix. Elles ne valent pas grand-chose. Ni les unes ni les autres. Il a peur.

Il faut qu'il trouve une solution. Il faut qu'il mette Bénédicte et les enfants à l'abri, même s'il sait que ce genre de situation est toujours provisoire et qu'elle ne peut pas être indolore pour ceux qui en bénéficient. Les programmes de protection sont lourds. Il faut toutefois qu'il les protège contre cette menace indistincte qui peut s'abattre sur eux n'importe où et n'importe quand.

Bénédicte a terminé sa conversation et repose le combiné sur sa base. Elle est insouciante et joyeuse. La perspective des vacances la réjouit. Il est vrai que suivre son mari depuis dix ans aux quatre coins du monde a été un sacrifice. Il lui en est reconnaissant. Elle a été si fière lorsqu'il a été nommé chef du cabinet militaire du secrétaire général à Bruxelles. C'était une véritable consécration qui venait autant récompenser son dévouement à elle que ses qualités à lui.

Il ne peut pas demander de protection sans en parler d'abord avec elle. Il est maintenant convaincu qu'il doit agir vite. Même cette nuit peut représenter un danger. Elle n'est pas dupe. Elle voit bien qu'il n'est pas dans son assiette. Elle s'allonge sur le canapé pour lire un magazine de décoration et il vient s'asseoir à côté d'elle.

Bénédicte réagit très bien. Elle a toujours su que ce genre de situation pourrait survenir un jour. Cela fait partie du contrat. Pour elle, la vie n'est pas un jeu. Elle ne s'affole pas, mais elle mesure pleinement la gravité de la situation. Avec son accord, il téléphone au siège et demande à parler à l'officier chargé des protections. Il le connaît bien. C'est un Néerlandais sympathique, toujours calme et blagueur. Sa fonction le conduit peut-être à forcer le trait pour être rassurant. Il lui propose de passer lui-même à la maison d'ici à une heure. Mais il envoie tout de suite une équipe, soit quatre hommes, pour sécuriser la maison.

Herrings est soulagé. Bénédicte aussi. En l'espace de deux heures, leur vie a basculé. Leur insouciance s'est envolée. Paradoxalement, ils sont déjà presque habitués à cette nouvelle situation.

La nuit est tombée depuis un moment. Ils laissent les portes-fenêtres ouvertes pour profiter un peu de la fraîcheur de l'air, ils n'ont allumé que deux petites lampes. Bénédicte fait une infusion pour se préparer à la nuit.

Au moment où la sonnette de l'entrée retentit, ils ressentent un bref instant une crainte irraisonnée. Mais ce sont seulement les hommes de la protection qui doivent être arrivés.

Lorsqu'il ouvre la porte, Herrings est un quart de seconde surpris par le fait que l'homme qui se tient face à lui a le visage dissimulé par un masque de Gepetto.

Qu'est-ce que cela veut dire ?

Mais un quart de seconde, c'est court, et le quart de seconde suivant il est déjà mort.

Le vieux Gepetto le retient dans sa chute et le dépose délicatement sur le sol de l'entrée.

Surprise de ne pas entendre la voix de son mari, Bénédicte appelle :

— Jack, qu'est-ce qui se…

Elle n'a pas le temps de terminer sa phrase. Elle est en train de se lever quand un autre homme, entré par la porte-fenêtre, la neutralise. Sa chute fait un peu plus de bruit, mais pas assez pour réveiller les enfants. Avec la dose de sédatif qu'il lui a administrée, elle va dormir un moment.

La nuit de juillet est douce et, tout autour de la maison des Herrings, le silence n'est troublé que par la légère brise qui s'est levée et agite les feuillages des arbres dans les jardins endormis.

Antony et Christophe, les deux frérots, ont enlevé leurs masques. Ils roulent maintenant vers Charleville, dans les Ardennes françaises. Ils ont réservé une chambre dans un petit hôtel de charme à côté de la Maison des Ailleurs où Arthur Rimbaud a vécu autrefois, dans sa jeunesse, avec sa famille. Pour eux aussi, la mission est terminée.

30

Même si elle ne connaît pas cette Anaba Petersen dont Robert lui a tant parlé, Bernilde ne pense pas autrement qu'elle et s'en sent très proche. Certes, elle ne vit pas dans un monde de contes et légendes et, en apparence, tout semble les opposer. Bernilde est un esprit moderne et prosaïque qui ne se laisse pas facilement gagner par de grands élans spirituels. Elle ne croit pas aux arrière-mondes et ne se souvient pas de sa vie de fœtus. Et, pourtant, elle pense comme elle que la justice doit être rendue coûte que coûte.

À peine Philippe et Marco ont-ils emmené Pia et tourné le coin de la rue, que Bernilde tourne sa clé dans la serrure et dépose sa grosse valise dans l'entrée. Elle rentre de Hambourg. Elle a l'air moins aimable et détendue que d'habitude, plus grave aussi.

Edith et Elke, qui gardent la maison, sont contentes de la voir et de ne pas rester seules, même si le désarroi et la peur ne les quittent plus.

Bernilde monte se changer. À vingt-deux heures dix, le téléphone portable de Pia sonne. C'est un numéro inconnu. Il sonne à nouveau un quart d'heure plus tard. Toujours un numéro inconnu. La troisième fois, à vingt-deux heures cinquante, elle répond.

C'est un dénommé Poul Rasmussen. Il semble bien connaître Pia. Bernilde connaît chacune des expressions de cette dernière, chacune de ses intonations. Elle se fait passer pour elle. L'homme a une voix de gros fumeur, mais il cherche à adopter un ton suave et complice. Il a des éléments importants à lui communiquer concernant la disparition de son père.

Bernilde l'invite à passer à la maison. Elle sait très bien à quoi s'en tenir. Mais cela ne peut que le rassurer et il ne faut surtout pas qu'il puisse avoir le moindre soupçon sur son identité. L'officier est déjà rentré chez lui. Le mieux, dit-il, si cela ne la dérange pas, est de se retrouver sur la route de Helsingør, au bord de la mer, où il a une petite maison d'été.

Bernilde n'émet pas d'objection. Elle s'attendait à quelque chose de ce genre. Poul Rasmussen prend Pia pour une oie blanche. Il ne va pas être déçu.

La station balnéaire se trouve à une grosse demi-heure de route. Bernilde prend la voiture de Pia. La petite Fiat 500 rouge manque un peu de reprise, mais Bernilde la trouve amusante à conduire. Elle roule à travers la ville, puis prend la route côtière au nord.

À vingt-trois heures trente-cinq, elle se gare sur un petit parking à la sortie du village, entre le port et la plage. Les propriétés, plutôt cossues, sont alignées le long de la route, face à la mer, légèrement en surplomb.

Poul Rasmussen l'attend dans une maisonnette en bois clair à la peinture écaillée cachée au fond d'un jardin mal entretenu où une carcasse de bateau côtoie un portique rouillé et un tas de cadres de moto jetés au milieu des mauvaises herbes et des ronces. Cela ressemble à une planque des services, le bon endroit, discret, pour tendre un piège et attirer une jeune femme innocente et confiante. Ce n'est pas exactement le rôle que Bernilde a décidé de jouer.

La grille ne fait pas de bruit et s'ouvre facilement. Elle a une cinquantaine de mètres à franchir. Au bout du chemin, elle voit une lumière allumée dans une pièce du bas, sur la gauche. La maison ne comporte qu'un étage et une pergola court devant, fermée par une balustrade ajourée.

À vingt mètres, elle quitte brusquement le chemin et plonge sur le côté dans l'ombre, derrière un dériveur à l'abandon. Elle ne veut pas servir de cible.

Elle éteint le portable de Pia et se débarrasse de l'imperméable et du chapeau qui, jusqu'ici, ont dissimulé sa silhouette et son visage. Elle est habillée tout en noir pour être le moins visible possible. Elle rampe à travers les herbes hautes le plus vite possible, de façon à se retrouver à la perpendiculaire de la pergola.

Par une fenêtre ouverte sur le côté, elle aperçoit deux ombres qui bougent dans la pièce. Rasmussen n'est pas venu seul. Ils commencent à être intrigués de ne pas la voir arriver.

Allongée dans les herbes hautes, Bernilde se met en position de tir et vise l'ombre qui se détache le mieux dans sa perspective. Elle a juste le temps de la voir s'effondrer et d'entendre des cris, car elle avance déjà, toujours en rampant à vive allure, vers l'arrière de la maison.

Elle sort une grenade de sous son chandail noir et la jette par la fenêtre qui se situe à l'arrière, brisant un carreau.

Entre la maison et le remblai de terre où elle se trouve, il n'y a pas plus de dix mètres de profondeur. Il ne faut pas qu'elle reste coincée là longtemps. Elle attend l'explosion pour se relever et courir se jeter dans les herbes sur le devant de la maison. De là où elle s'est arrêtée, elle peut voir l'allée principale. Elle est à la perpendiculaire, à quelques mètres seulement de la porte d'entrée.

Elle attend encore quelques instants, immobile, et elle regarde le reflet de la lune éclairer ce jardin dévasté. Elle a toujours aimé ces moments où, tous les sens en éveil, on guette le moindre signe, le moindre mouvement, le moindre bruit dans l'ombre.

De là où elle est, elle peut les atteindre quel que soit le choix qu'ils feront. Elle leur a coupé toute possibilité de fuite. Ils doivent aussi être en train de guetter, espérant qu'elle se trahira d'une façon ou d'une autre.

Le danger, elle le sait, ne viendra plus d'eux. Il viendra de l'extérieur. Des fenêtres se sont allumées aux maisons voisines. L'explosion a probablement créé un début de panique chez les vacanciers paisibles et les retraités qui peuplent l'endroit. Ils ont dû prévenir la police, qui ne devrait pas tarder à arriver.

Poul Rasmussen est un officier supérieur du FET. Sa version sera toujours plus crédible que la sienne. Le temps joue contre elle. Dans la maison, personne ne semble décidé à tenter une sortie. Ils ont dû tenir le même raisonnement. Bernilde doit reprendre l'initiative et les contraindre à bouger.

Elle sort une deuxième grenade, la fait rouler sur la pergola le plus près possible de l'entrée et profite de l'explosion pour courir jusqu'au seuil.

Dans la fumée et la poussière, elle discerne un homme, seul, à genoux, le buste en avant. Il a été touché par des débris de bois. Sans doute était-il bêtement caché derrière la porte, à attendre de pouvoir s'échapper.

Bernilde lui donne un violent coup de pied au visage, puis un autre dans les côtes. Elle vérifie qu'il est bien seul en inspectant les pièces qui s'ouvrent sur la droite et sur la gauche.

Un pistolet est tombé à quelques mètres de lui. Elle ramasse l'arme. Les grenades ont fait de gros dégâts, la première surtout. L'ombre qu'elle avait visée est bien étendue par terre. La balle lui a traversé le crâne. C'est un homme d'une trentaine d'années, sans doute un subordonné de Rasmussen, avec des cheveux courts collés par le gel. Bernilde déteste ce genre de coiffure pourtant à la mode.

Rasmussen est resté dans l'entrée. Il essaye de se relever, secoué par des quintes de toux brutales et profondes. Son cuir chevelu est déchiré et son visage couvert de sang.

Bernilde lui colle son canon sur la nuque et l'oblige à rester allongé sur le sol plein de poussières, d'éclats de bois et de gravats. Elle n'a pas le temps de nouer une vraie conversation. Elle n'en a pas vraiment envie, non plus. Il faut qu'elle dégage au plus vite avant l'arrivée de la police.

Rasmussen continue de crachoter. Ce type est pourri, au sens propre autant qu'au figuré. Le retournant sur le dos, elle lui tire une balle dans le cœur et une autre entre les deux yeux. Elle a voulu le regarder en face au moment de lui donner la mort.

Trente secondes après, Bernilde a ramassé les affaires dont elle s'était débarrassée à son arrivée et a regagné la voiture.

En rentrant vers Copenhague, Bernilde ouvre la fenêtre pour profiter de la fraîcheur de la nuit.

La mort de Livio ne l'a pas laissée indifférente. C'est comme une partie d'elle-même qu'elle a dû sacrifier. Une partie gangrenée et sans espoir de guérison. Mais l'absence de Livio est comme un membre fantôme. Elle le sent encore. Et il lui fait mal.

En tuant Rasmussen, elle a tué celui qui l'avait conduit sur le chemin de la mort.

Mais elle n'en a pas fini avec ses assassins. C'est sa façon à elle, la seule qu'elle a trouvée, de guérir son chagrin.

31

Quand Kuntz, grimé en entraîneur sportif, cheveux frisés, moustache de Gaulois, jogging, pénètre dans le hall des arrivées, le panneau annonce que l'avion en provenance de Nuuk s'est posé à l'heure prévue, quinze minutes plus tôt.

Il a passé la nuit de mercredi à jeudi et la journée de jeudi tout entière chez la femme blonde, dans un loft à côté de la gare. Il a pu suivre les exploits des frérots à Greifswald et les attentats contre les officiers supérieurs en direct sur une chaîne d'information continue. Ses amis ont été brillants. Il a eu raison de leur accorder sa confiance. Puis il s'est donné une nouvelle apparence.

À travers la vitre, il aperçoit la députée Anaba Petersen, petite bonne femme sévère et vive malgré son âge, qui attend devant le tapis roulant. Elle correspond parfaitement à la description que Robert lui en a faite.

Lorsqu'elle sort, il brandit une pancarte avec son nom écrit dessus pour qu'elle puisse le reconnaître. Elle se dirige vers lui d'un pas décidé. Il range le chariot sur le côté et entreprend de pousser la gigantesque valise à roulettes.

Sa jambe lui fait un peu mal, mais il marche sans difficulté.

La présidente lui a à peine adressé la parole. C'est ainsi qu'elle doit traiter tous ceux qui sont à son service, poliment mais avec distance.

Ils sortent de l'aérogare alors que le soleil d'un rouge sang s'enfonce derrière les dunes au loin et tombe dans la mer. Elle s'arrête un instant pour le regarder disparaître à l'horizon. Chacun de ses gestes semble sculpté dans la gravité. Son visage est immobile et impénétrable.

Pour atteindre Hambourg, ils ont près de quatre heures de route à faire. Visiblement, il ne faut pas qu'il compte sur sa conversation pour passer le temps. La présidente boucle sa ceinture, pose son sac à main sur ses genoux serrés et regarde droit devant elle, immobile, perdue dans ses pensées. Il ne peut s'empêcher de trouver qu'elle ressemble un peu à la femme de son rêve, la vieille Inuite qui lui servait à boire en silence dans la petite baraque tandis qu'au loin les explosions déchiraient le ciel de leurs couleurs de feu et de leurs pluies d'étincelles.

Dans ses rétroviseurs, Kuntz a tout de suite repéré la Porsche Cayenne noire qui les a pris en filature depuis leur départ de l'aéroport. Elle se tient à distance, mais il est certain qu'elle les accompagnera jusqu'à leur arrivée. Le monde est plein d'indiscrétions. La nuit tombe tout doucement et le paysage défile devant lui des deux côtés du long ruban de bitume. Il est impatient de faire la connaissance de Hans Ritter.

À côté de lui, Anaba Petersen rumine sa colère. Elle est souvent venue au Danemark. Elle a vécu trois ans à Copenhague lorsqu'elle était étudiante. Trois longues années de colère, d'exil et d'humiliation. La vérité est qu'en quarante ans, rien n'a changé. Ses frères et ses sœurs inuits fournissent toujours le gros du bataillon des clochards. Les yeux vitreux, rougis par l'alcool, ils sont les rebuts de la société. Elle déteste ce pays. Au milieu de tous ces grands blonds, ils ressemblent à des esclaves, prêts à mendier pour une bouteille d'alcool et à se vendre pour une cigarette. Dormant comme des chiens à même le sol. Fouillant dans les poubelles pour manger les restes.

La route défile. Un pauvre type lui a été envoyé par Robert Helmont pour l'accompagner jusqu'à Hambourg. Il ressemble à un gibier. Des cheveux frisés mous, une moustache tombante, des mains d'assassin. Il sent la viande faisandée. Un morse. Du moins a-t-il l'intelligence de se taire. Et le bon goût de ne pas être danois.

Kuntz aperçoit la station-service sur sa gauche. Il prend sa décision. Il met son clignotant et commence à ralentir. Les pompes à essence sont éclairées, la station presque déserte. Quelques poids lourds sont sagement immobilisés sur le parking qui se trouve à l'arrière. Leurs masses noires se détachent dans l'ombre. Il se gare sur les places situées juste devant le magasin. Elle ne veut pas descendre et reste bien droite sur son fauteuil, son sac toujours posé sur ses genoux. Kuntz boit tranquillement un café debout devant les machines, à côté de trois jeunes gens qui font de même pour se tenir éveillés, puis il déambule dans les rayons de sandwiches, de friandises et de gâteaux.

Kuntz prend son temps, puis il se dirige vers les toilettes. Entre les toilettes des hommes et les toilettes des femmes, une double porte vitrée donne sur l'arrière et le parking des poids lourds. Il se faufile le long du bâtiment, veillant à se protéger au mieux de la lumière, se glisse entre deux semi-remorques jusqu'à la haie derrière laquelle il se met à couvert pour remonter, courbé en deux, tout le parking jusqu'à la sortie vers l'autoroute.

Son instinct ne l'a pas trompé. La Porsche Cayenne est là, moteur éteint, dissimulée par les camions. Il n'y a que deux hommes. Ils sont sortis pour profiter de la fraîcheur de l'air et l'un d'eux fume une cigarette. Ils sont tous les deux en costume, sans cravate. Ils n'ont pas l'air sur leurs gardes. Une simple filature. Une promenade de santé. Comment pourraient-ils imaginer qu'ils vont bientôt mourir ?

Kuntz s'accroupit en silence. Au bout de cinq minutes, l'un des deux hommes regarde sa montre. L'autre se rallume une cigarette. Il a besoin de faire le plein de nicotine. Ils échangent quelques mots, puis montent dans la Porsche et rallument le moteur. Ils sont allemands.

Celui de droite, sur le siège passager, garde sa portière ouverte pour finir sa cigarette. C'est le moment d'agir. Kuntz se rapproche au maximum de la voiture, dégoupille sa grenade, compte jusqu'à trois et la jette de vingt mètres dans le véhicule. C'est un pari risqué.

Le véhicule explose bruyamment dans une gerbe de feu et de tôle.

Kuntz n'a pas le temps de se délecter du spectacle.

Il se planque derrière la haie au plus vite et il parcourt le chemin en sens inverse sans se faire repérer des chauffeurs qui sortent de leurs camions et, prudemment, quittent peu à peu le parking.

Kuntz regagne les toilettes, s'enferme dans une cabine, tire la chasse, se lave les mains et sort comme si de rien n'était. Personne ne s'est intéressé à lui. Le personnel et les trois jeunes gens sont devant la station à essayer de comprendre d'où provient l'explosion qui a troué le silence de la nuit. Un nuage de fumée noire monte de la bretelle d'autoroute. Quelques camionneurs viennent aux nouvelles et se regroupent dans la boutique. Leur nuit a été interrompue. Kuntz se joint un instant à eux. Puis la caissière rentre téléphoner aux secours.

Dans la voiture, la présidente n'a pas bougé, toujours assise bien droite et serrant son petit sac à main. Il monte à sa place, croise son regard sévère, démarre pour rejoindre l'autoroute. Sur le parking, il roule au pas. La présence de cette vieille dame droite et digne à côté de lui est, à elle seule, un certificat de probité.

Ils passent à côté du véhicule en feu. La présidente tourne à peine la tête. Est-ce qu'elle comprend quelque chose à ce qui se déroule autour d'elle ? Kuntz n'en est pas certain. Elle regarde distraitement cet amas de tôles calcinées et ces débris de verre comme s'ils ne la concernaient pas.

Comme convenu, Anaba Petersen téléphone à Hetzel lorsqu'ils arrivent vers vingt-trois heures. Ils doivent se retrouver à vingt-trois heures trente à la réception de la tour Marco-Polo, dans le nouveau quartier de Hambourg. C'est là que Hans Ritter habite.

Anaba Petersen a demandé à pouvoir se changer. Ils se sont arrêtés un quart d'heure. Elle a passé un tailleur Chanel clair aux bordures dorées, un corsage de soie vert fermé jusqu'au col et elle s'est mis un bandeau de velours dans les cheveux. Cette femme a beaucoup d'allure. Sur son corsage, elle a accroché une broche de diamants qui ressemble à un bijou ancien. Elle porte des boucles d'oreilles dorées. Elle reprend sa position, son petit sac posé bien droit sur ses genoux.

Kuntz prend la direction de la tour Marco-Polo. Ils se garent devant. La députée sort sans l'attendre et il doit courir pour la précéder avant qu'elle ne rentre dans l'immeuble.

Deux vigiles en costume de ville sont plantés devant la porte et deux autres dans le hall. Hans Ritter est bien protégé. Les deux premiers les laissent passer mais, à l'intérieur, ils doivent franchir un portique de détection. Kuntz est soumis à une palpation et le sac de la présidente est ouvert et fouillé. Elle ne s'en formalise pas. Puis, un des gardes les conduit jusqu'à un canapé à côté des ascenseurs. Hetzel n'est pas encore arrivé. Ils doivent l'attendre.

La présidente est toujours aussi silencieuse. Dehors, Kuntz repère Cheng qui traîne un caddie bourré à ras bord de sacs plastique pleins de vieux chiffons. Il est habillé en clochard. Il remonte l'avenue et s'assoit sur un muret, face à la tour. Il fume un mégot.

Une grosse berline aux vitres fumées s'arrête et Hetzel déboule dans le hall au pas de course, escorté par deux gaillards au physique d'athlète. Il se dirige directement vers eux. Kuntz se lève en même temps que la présidente. Avec son survêtement, il a l'air d'un crétin. Hetzel ne lui accorde même pas un regard.

Kuntz ne l'a encore jamais vu. Il est petit, sec, vif et il porte un nœud papillon. Ses manières sont chaleureuses. Sa peau est mate, ses traits acérés dégagent une autorité naturelle. La présidente et lui se serrent la main. Elle lui emboîte le pas pour gagner les ascenseurs. Ce salaud a vraiment une bonne tête, intelligente et franche. Il inspire confiance au premier regard. Il ressemble à tout, sauf à un tordu.

La présidente lui indique d'un geste de l'attendre là, puis elle monte dans l'ascenseur avec Hetzel et ses deux gardes du corps. Kuntz regarde sa montre. D'un pas nonchalant, il va se poster devant les grandes vitres qui donnent sur l'esplanade. Cheng se lève. Kuntz met les mains dans ses poches. Il ne veut rien rater du spectacle.

L'ascenseur s'arrête au dernier étage. Kuntz porte sa main à son nez trois fois. C'est le signal convenu entre eux. À partir de maintenant, il reste une minute avant que Cheng lance son attaque. Kuntz regarde le paysage et le voit s'approcher, s'arrêtant pour boire une gorgée de rouge au goulot, parlant tout seul. Quand il n'est plus qu'à une dizaine de mètres de l'entrée, un des deux vigiles se met à l'apostropher, avance vers lui et lui fait signe de dégager. Il n'a pas l'air commode. Mais Cheng fait comme s'il ne le voyait pas.

Perdu dans son monde, son monologue et son éthylisme, il poursuit sa progression. Lorsque le vigile se retrouve si près de lui qu'il le dissimule aux yeux de Kuntz, Cheng sort un pistolet de dessous les hardes et l'homme s'écroule. Kuntz voit l'homme s'affaisser soudain comme un pantin dont les fils auraient subitement cassé. Le pistolet doit être muni d'un silencieux car on n'a pas entendu un bruit. C'est comme si l'homme avait été victime d'un malaise.

Le temps que l'autre vigile se rende compte de ce qui s'est passé et cherche à son tour à dégainer son arme, Cheng est à dix mètres de lui et l'abat d'une balle dans la tête.

Les deux hommes à l'intérieur ne réagissent pas comme Kuntz l'avait prévu. Au lieu de sortir porter secours à leurs collègues et maîtriser Cheng, ils bloquent la porte et se mettent à genoux en position de tir, braquant leur arme à travers les vitres sur le clochard aux yeux bridés. Manifestement, ils vont se replier vers les ascenseurs.

Kuntz sort les mains de ses poches. Il bondit sur celui qui est le plus près de lui et il lui dévisse la tête par-derrière. Pendant ce temps, Cheng essaye sans y parvenir de pousser la porte. Un mécanisme de sécurité l'en empêche.

Là-haut, la députée Anaba Petersen, précédée de Hetzel et suivie par les deux hommes de main de ce dernier, pénètre dans une antichambre pleine de trophées de chasse. Puis ils prennent un couloir et Hetzel lui demande de bien vouloir l'attendre un instant. Deux autres hommes sont assis sur des chaises de chaque côté d'une porte à double battant. La présidente ne quitte pas ses pensées et fait comme si elle n'apercevait personne. Peut-être n'aperçoit-elle vraiment personne. Hetzel revient :

— Il va vous recevoir.

Elle entre dans une vaste pièce tout en baies vitrées, au milieu de laquelle trône un lit médicalisé. Un homme est couché, d'une maigreur cadavérique, un très grand vieillard. Il est relié à tout un appareillage. Des tuyaux courent dans ses narines. Ses mains, percluses de perfusions, sont violacées, posées à même les draps.

Les deux gardes du corps restent à la porte avec leurs collègues, Hetzel est avec eux. Il n'aime pas ce spectacle, ces odeurs et la vue de Ritter ainsi affaibli.

Petersen s'approche du lit et, lorsqu'elle s'arrête à cinquante centimètres, l'homme tourne doucement la tête vers elle. Son regard est pénétrant. Il contraste avec la faiblesse de son état général. Des yeux bleu acier l'auscultent, l'estiment, la traversent comme un rayon. Ils n'expriment rien d'humain, si ce n'est une immense force de caractère et une véritable curiosité.

Malgré l'épuisement de son corps, l'esprit de Ritter est toujours vaillant. Un faible murmure se fait entendre :

— Vous vouliez me voir ?

Pour lui, comme pour Hetzel, cette femme est leur alliée.

La présidente se penche vers lui mais, au moment où elle va appuyer ses lèvres tout contre son oreille, elle dégrafe sa broche et lui tranche l'aorte avec le fermoir, acéré comme une lame.

Elle a juste le temps de croiser son regard, interloqué, et de se reculer pour ne pas être aspergée par le sang.

Au même moment, Hetzel hurle et se rapproche de la porte d'où surgissent les quatre gardes du corps.

Ils immobilisent la présidente qui se laisse faire et l'un d'entre eux cherche à garrotter Ritter. Mais il est trop tard. Hetzel n'en revient pas. Une telle sauvagerie. Qu'est-ce que cela signifie ? Pourquoi a-t-elle fait ça ?

Il faut évacuer et la garder en vie pour qu'elle puisse expliquer son geste. Il ne comprend pas ce qui s'est passé. Cela sort totalement du cadre de la raison. Comment une femme comme elle, de son âge, dans sa position, a-t-elle pu se transformer subitement en assassin ?

Deux hommes la portent littéralement en la tenant fermement par les bras et ils regagnent l'antichambre pour reprendre les ascenseurs. Elle ne cherche aucunement à se débattre ou à leur échapper. Elle a repris son air impénétrable et digne. Elle ne semble pas concernée par tout ce qui se passe autour d'elle. Elle est absente. Ailleurs.

En bas, Kuntz réussit à se saisir de l'arme de l'homme qu'il a désarticulé. L'autre gardien, prudent, renonce à mener le combat. Il lève les bras en signe de reddition et, à la demande de Kuntz, débloque la porte. Il a fait le choix judicieux de continuer de vivre.

Cheng entre, l'assomme, puis ils courent à l'ascenseur. Ils attendent dedans, sans bouger, que celui-ci soit appelé. Lorsque la porte s'ouvre au dernier étage, ils sont tous les deux l'arme au poing. Ils profitent de la stupeur qui saisit leurs adversaires pour leur bondir dessus. L'un d'eux veut jouer au héros. Cheng le vise au front. Il s'effondre, non sans avoir inondé de son sang la chemise de Hetzel et le visage de la présidente. Le canon posé sur la tempe de Hetzel qu'il tient solidement par le cou, Cheng fait reculer les trois autres dans le couloir jusqu'à la chambre de Ritter et les y enferme avec son cadavre, Hetzel compris.

Puis il rejoint l'ascenseur où Kuntz attend avec la présidente.

Celle-ci n'a pas changé d'expression. Toujours impassible, elle ne semble même pas s'étonner de toute cette agitation autour d'elle. L'homme aux cheveux mous et frisés est vraiment un bon chasseur et son camarade a l'air d'être aussi un homme redoutable. Robert Helmont a des amis de valeur. Elle tire un mouchoir de son sac et elle essuie les taches de sang sur son visage, son cou et la manche de son tailleur. Elle ne juge pas nécessaire de les remercier de l'avoir sauvée du bourbier dans lequel elle venait de se mettre. Il est vrai qu'elle ne leur a rien demandé.

Lorsqu'ils déboulent dans le hall de la tour Marco-Polo, on entend les sirènes de la police qui se rapprochent. Cheng se met au volant et il démarre alors que deux voitures de patrouille fusent dans l'avenue.

Il tourne immédiatement à droite pour gagner le quai. Il sait exactement où il va. Il leur faut cinq minutes pour atteindre le hors-bord. Ils sautent dedans, puis ils traversent le bras de l'Elbe à trente nœuds dans une gerbe d'écume, avant d'accoster sur l'autre rive. Anaba Petersen suit sans difficulté. Elle ne les retarde même pas. Une voiture les attend, garée sur le parking d'un grand magasin de meubles.

La présidente est assise à l'arrière, son petit sac bien posé sur les genoux, et elle a toujours son air concentré et impassible.

Elle regarde très loin à l'intérieur d'elle-même. Elle se souvient d'avoir voulu quitter le froid de la tombe, d'avoir trouvé l'ouverture et d'être devenu un fœtus. Jusqu'à l'âge de dix ans, elle a porté le nom du cadavre froid qu'elle a été et qui n'était personne d'autre que son arrière-grand-père, un grand chasseur. Elle a appris à chasser comme lui, comme un homme.

Ce qui est arrivé, elle l'a d'abord désiré. Maintenant, c'est fait. L'ordre est revenu. Elle l'a rétabli.

Kuntz la regarde discrètement dans le miroir de courtoisie. Il a une impression de familiarité, comme s'il l'avait déjà rencontrée, comme s'il l'avait déjà vue.

Derrière eux, ils laissent des traces rouges de sang humain, quatre cadavres plus un vieillard à l'aorte tranchée. C'est la fin du voyage. Il le sait. Il y aura encore des morts, mais ils seront sans histoire et ils ne compteront pour rien. L'essentiel est derrière eux. Désormais, ils sont à nouveau ce qu'ils ont toujours été, des fugitifs.

VENDREDI 19 JUILLET

32

Le camping-car s'arrête sur une aire d'autoroute un peu avant Liège. Il est quatre heures du matin.

Pia et son père se sont réveillés de leur court sommeil lorsqu'ils ont senti le véhicule ralentir puis s'immobiliser. L'aire est située au milieu d'un petit bois et le parking s'étire des deux côtés d'une pelouse avec des tables de pique-nique en bois et, au milieu, un abri en pierre où se trouvent les toilettes.

Deux camions sont garés sur l'emplacement le plus éloigné de l'autoroute, sinon l'aire est totalement déserte.

Le camping-car s'approche de l'abri en pierre en roulant au pas, puis le dépasse d'une cinquantaine de mètres.

Robert Helmont regarde aux fenêtres, sur les deux côtés et sur l'arrière, pour voir s'il distingue quelque chose. Mais la nuit est noire et tout semble tranquille.

Pia entend les portières avant claquer dans le silence, puis on frappe à la porte. Robert Helmont ouvre. Un monsieur en pantalon de velours, avec ses cheveux gris peignés à plat en avant autour de sa calvitie, entre en souriant et va prendre deux jerricans au fond.

Robert Helmont descend avec lui sur le parking pour se dégourdir les jambes et Pia lui emboîte le pas. La nuit est douce. Toutes les quelques secondes, un véhicule passe à vive allure sur l'autoroute, de l'autre côté des arbres, et le ballet des phares troue la nuit de leurs lumières jaunes et blanches.

Robert Helmont regarde sa montre. Il est quatre heures trois. Il se dirige vers les toilettes.

La femme du conducteur fume à l'écart pendant que son mari remplit le réservoir.

L'homme a déjà vidé un premier jerrican. Lui aussi jette un œil à sa montre. Il est maintenant quatre heures cinq. Dans un anglais imparfait, il demande à Pia de remonter dans le camping-car. Pia cherche son père du regard mais elle ne le voit pas. Il est sans doute entré dans les toilettes. La femme se rapproche de la cabine. L'homme la presse un peu et regarde aussi du côté où son père a disparu. Pia ne sait pas quoi faire.

Soudain, des pneus crissent, une voiture arrive à toute vitesse sur le parking, puis elle en aperçoit une autre qui roule en sens interdit sur la voie qui mène à l'autoroute. Que se passe-t-il ?

La femme la pousse brusquement dans l'habitacle et s'engouffre à sa suite. Puis elle la projette à terre et s'allonge à côté d'elle.

Une première rafale de mitraillette atteint le camping-car et la vitre arrière vole en éclats.

Pia lui crie :

— Où est mon père ?

La femme ne semble pas avoir peur. Elle n'a même pas l'air surprise.

Une deuxième rafale de mitraillette fait exploser les vitres latérales droite et elles reçoivent une pluie de débris de verre.

Pia ne voit pas comment ils vont pouvoir s'en sortir à quatre et sans armes, coincés sur cette aire d'autoroute. C'est la fin. Elle aurait au moins aimé que son père soit à côté d'elle.

Des échanges de tirs déchirent à nouveau la nuit, des rafales de mitraillette mais aussi des coups de pistolet et des détonations de fusil. Des voix crient en allemand, puis encore dans une autre langue, en hébreu sans doute. Des bruits de pas, puis de course, résonnent sur le bitume, auxquels succèdent le claquement sec de deux coups de fusil ou de pistolet.

La femme pose sa main sur la tête de Pia pour la protéger des éclats de verre mais aussi pour la forcer à rester immobile. Cette main est rassurante.

Il y a soudain quelques secondes de calme. Comme si la bourrasque était passée.

Puis d'autres bruits de course se font entendre, avant que résonne un cri, un râle atroce, semblable à celui d'un homme que l'on égorge.

Pia n'en peut plus. Elle veut savoir où est son père. Elle veut savoir ce qui lui est arrivé. Ce qui se passe dehors.

Le silence revient. Elle entend l'homme qui conduisait s'adresser en polonais, de l'extérieur, à la femme qui est avec elle. Celle-ci lui fait signe qu'elle peut se relever. Elle se remet debout sans attendre et ouvre la porte du camping-car.

À moins de vingt mètres, une BMW X5 noire éventrée est en train de brûler. Un Chinois traîne par les pieds un corps inanimé vers les toilettes.

Un peu plus loin, à deux pas du baraquement, elle voit son père qui fait de même. Il tire un autre cadavre. Elle voudrait courir vers lui, mais quelque chose la retient. C'est bien son père qu'elle voit traîner ce cadavre et elle est heureuse qu'il soit en vie. Elle a eu si peur. Et en même temps, cet homme si grand, les cheveux blancs toujours impeccablement coiffés en arrière, n'est pas tout à fait son père. Car son père, dans son souvenir, ne traîne pas de cadavres par les pieds sur les aires d'autoroute. Il ne porte pas non plus un fusil-mitrailleur en bandoulière dans le dos. Les deux images n'arrivent pas à se superposer. Il faut lui laisser le temps de les faire coïncider.

Elle voudrait tout de même s'approcher de lui et le rejoindre, mais la femme l'a suivie et lui intime l'ordre de ne pas bouger. Ensemble, elles contournent le camping-car dans la direction opposée. Pia a une totale confiance en elle.

À cinquante mètres de là, un homme en survêtement, avec des cheveux bouclés et une moustache tombante, est en train d'asperger de gasoil un minibus Volkswagen noir pour y mettre le feu. Quatre hommes sont allongés sur le sol en tenue de combat, le corps déchiqueté par les impacts de balles, le visage cagoulé.

L'homme en survêtement tourne un instant la tête vers elle et lui sourit. Elle lui rend son sourire. Elle l'a reconnu sous son déguisement avant même qu'il la regarde. À sa silhouette et à ses gestes, à sa façon de se tenir. Elle n'avait pas pensé le revoir si vite. Et pas dans de telles circonstances.

On est bien loin des promesses de douceur et d'intimité qu'elle avait pu se faire dans le secret de son âme.

Le couple de Polonais a gardé son calme. On a l'impression que, pour eux tous, ce n'est là qu'un travail de routine. Kuntz crie quelque chose dans leur direction. Ils n'entendent pas. Il recommence, plus fort.

Ils montent dans le camping-car pour l'éloigner un peu de la voiture en flammes, puis la femme demande à Pia de l'aider à asperger d'essence l'intérieur du véhicule et la carrosserie avec les deux jerricans qui restent. Aucun doute, ils ont décidé de tout brûler, sauf les deux corps que son père et le Chinois ont traînés jusqu'aux toilettes. C'est une mise en scène.

Kuntz ramène les quatre corps. Son père et le Chinois lui donnent un coup de main et installent les cadavres dans le camping-car qu'elles ont aspergé de gasoil. L'odeur est puissante.

Elle croise Kuntz quand elle sort du camping-car et qu'il s'apprête à y monter un cadavre. Il y a un moment de gêne.

La femme la conduit à la limite de la petite forêt qui les sépare de l'autoroute. Pia a l'impression que cette scène dure depuis une éternité. Le temps s'est allongé, distendu, figé mais, en regardant sa montre, elle se rend compte que la scène n'a duré en tout que six minutes.

Il est seulement quatre heures onze.

À côté du Chinois, son père semble encore plus grand. Elle ne l'a jamais vu ainsi, débarrassé du sourire aimable dont il s'est toujours fait un masque et une protection. En même temps, il lui paraît soudain plus âgé et elle lit dans son expression une certaine fatigue.

En l'apercevant, il ne lui a pas souri.

C'est un aveu.

S'il avait pu, elle le comprend, il aurait préféré qu'elle ne sache rien de tout cela. Il aurait préféré mille fois qu'elle vive jusqu'au bout dans l'ignorance et le mensonge.

Le Chinois se présente à elle sous le nom de Cheng. C'est bien l'homme dont elle a entendu parler. Pia remarque ses beaux yeux verts et son sourire franc. Puis il s'approche du camping-car et, tous les trois en même temps, avec Kuntz et le Polonais, ils mettent le feu au véhicule.

Ils s'en éloignent à reculons, contemplant les flammes qui courent sur le sol puis montent et gagnent sur la carcasse du véhicule. Ils attendent quelques secondes que le feu soit bien installé et tous les six se glissent à travers le petit bois et rejoignent deux voitures arrêtées sur la bande d'arrêt d'urgence.

L'opération a pris dix minutes, tout compris. Cheng ferme la marche. Il est resté quelques secondes de plus pour vérifier que les véhicules se consumaient entièrement.

Pia monte à l'arrière d'une voiture française de couleur sombre. Cheng lui ouvre la porte très courtoisement.

Une dame est déjà assise à l'intérieur, une femme d'un certain âge, de petite taille, son sac posé sur les genoux, les yeux bridés. Une femme très élégante, qui les regarde sans manifester la moindre émotion.

Son père s'installe devant, les genoux coincés contre la boîte à gants, et la femme du camping-car se glisse au volant.

Pia est contente que son père soit là et la présence de la femme à la longue natte grise et aux chaussures de randonnée la rassure.

Par la fenêtre, elle croise le regard de Kuntz en même temps qu'une explosion puissante se fait entendre et qu'une boule de feu, suivie d'une fumée très noire, monte dans le ciel juste derrière eux.

C'est le regard d'un homme plein de vie, de désir et de joie.

Dix minutes plus tard, elle dort. Elle est la seule.

À côté d'elle, la présidente regarde défiler la route dans la lumière des phares. Elle est contente d'avoir retrouvé Robert Helmont, ce grand bonhomme par qui tout a commencé. Elle lui a accordé sa confiance comme il lui a accordé la sienne. Ils ont eu raison l'un et l'autre. Elle ne le regrette pas. Maintenant, le travail est presque fini.

Tout ce qu'elle a mis un demi-siècle à construire vient de s'effondrer. Pourtant, elle n'est pas découragée. Elle préfère la vie dans le dénuement de la vérité à la vie dans le mensonge. Ce qui est tombé en poussière méritait de tomber en poussière. Il n'y a pas de regret à avoir. Elle veut rentrer chez elle le plus tôt possible et recommencer, mais cette fois sans se tromper, sur des bases saines. Il lui reste peu d'années à vivre et elle a beaucoup à faire. Le monde a attendu son désir. Elle a tellement voulu vivre. Elle le veut encore.

Ces hommes, Helmont, l'espèce de gibier qui est venu la chercher à l'aéroport avec ses cheveux frisés et sa moustache tombante, le Chinois qui promène sa nonchalance à la vitesse de l'éclair et l'a évacuée de la tour Marco-Polo, ont encore besoin de sa force à elle. Il faut qu'elle leur communique sa volonté et son désir. Et cette jeune femme maintenant, avec ses beaux yeux de lilas mauve et ses cheveux de soie. C'est pour cela qu'elle doit rester avec eux autant que nécessaire, qu'elle doit continuer à se concentrer, à se souvenir, et à vouloir. Pour les maintenir en vie et pour les remercier.

Anaba Petersen mobilise des forces cachées, enfouies, très anciennes. Ces forces sont utiles pour mener le combat contre les forces de la cupidité et de la haine.

Ces forces, pense-t-elle, sont leur seule chance de vaincre la mort.

Tout le reste n'est que faux-semblant, illusion, enfantillage, bref, la vie des hommes ordinaires.

Bien entendu, ces hommes se croient forts parce qu'ils ont de l'expérience, la science du maniement des armes et une grande détermination liée à la conscience du bien-fondé de leur action. Il en a toujours été ainsi. Les hommes s'agitent à la surface des événements et ils finissent par se persuader qu'ils ont une influence sur le cours des choses. Ils pensent jouer un rôle, sans comprendre ni mesurer que tout se joue en vérité sur un autre plan, dans un autre monde, à leurs yeux invisible et auquel ils n'ont pas accès.

Leurs armes, leurs idéaux, leur expérience, tout ça ne compte pour rien et ne peut rien contre les forces beaucoup plus puissantes, radicales et primitives auxquelles ils s'affrontent sans même le savoir. Il ne s'agit pas de livrer la guerre à des hommes, ce Hans Ritter, ce Hetzel, ces hommes vêtus de combinaisons noires ridicules, ces autres hommes avec leurs tatouages haineux et leurs muscles énormes, mais à des forces beaucoup plus redoutables qu'aucune balle, aucune grenade, aucune bombe et le feu lui-même ne pourront jamais atteindre.

Ces forces, elle les connaît, car depuis son enfance elle a reçu le pouvoir d'habiter le monde invisible où les forces secrètes et les dieux s'affrontent.

Elle est la seule à pouvoir y accéder.

C'est pour cela qu'elle doit rester concentrée, pour aller puiser en elle, au plus profond de son âme, l'énergie nécessaire au combat.

Haine, cupidité, mépris, vengeance, envie, il y a beaucoup de forces noires, laides et déchaînées à affronter.

Leurs muscles et leurs armes n'y pourront rien.

Pour la bonne raison que ces forces n'ont pas de corps. Elles sont seulement des esprits. Des esprits invisibles.

Ils ne les voient même pas.

Ils ne savent même pas qu'ils existent.

33

Lorsque l'hélicoptère se pose sur l'héliport du supertanker *Marius et Lazare*, immatriculé au Panama, et que les six hommes en bondissent, en tenue noire des forces spéciales d'intervention, avec leur lampe à infrarouge fixée sur leur bonnet, leur visage barbouillé de charbon et leur fusil-mitrailleur, le second, qui est alors installé pour piloter les deux cent mille tonnes d'acier au troisième étage de la tour centrale, n'en croit pas ses yeux.

S'il n'avait pas été prévenu cinq minutes auparavant par une communication radio authentifiée, il aurait cru à une attaque terroriste.

On ne lui a pas dit ce que ces hommes viennent chercher et il n'en a aucune idée.

Par sens des responsabilités, il fait prévenir le commandant de bord qui est en train de dormir. Celui-ci se prépare le plus vite possible pour le rejoindre mais, en l'attendant, le second trouve quand même le temps long.

Les hommes du commando créent un beau désordre en entrant dans chaque cabine et en réveillant leurs occupants, tous des marins, leur fichant une trouille gigantesque. Par chance, personne n'a le cœur fragile et on n'a pas à déplorer d'arrêt cardiaque.

L'officier qui dirige les opérations, un moustachu d'une quarantaine d'années aux cheveux en brosse, refuse de dire pourquoi ils sont là. L'opération est manifestement couverte par le secret militaire et d'une haute importance stratégique ou sécuritaire.

Ils ne trouvent pas ce qu'ils sont venus chercher. Le chef du commando communique par radio avec ses supérieurs, puis ils partent comme ils sont venus, par les airs mais avec un peu moins d'arrogance. Ils se sont fait berner. On leur a donné un faux renseignement. On les a baladés.

À une heure du matin, ils regagnent la base et le *Marius et Lazare* continue de fendre les flots tranquilles de la Manche.

Il est une heure quarante du matin lorsque le successeur de Herrings, nommé par intérim, réunit d'urgence les officiers supérieurs des principaux pays membres de l'Otan.

Herrings a été assassiné chez lui en milieu de soirée.

Lorsque l'équipe de protection demandée par le lieutenant-colonel est arrivée, il était déjà trop tard.

Mme Herrings est à l'hôpital, encore endormie par une puissante dose de sédatif, et les deux enfants continuent leur nuit, gardés par une nounou.

Une marionnette de Pinocchio a été retrouvée sur le canapé du salon. C'est une signature. À l'évidence, les vieux kidons se sont déchaînés.

Les ordres laissés par Herrings ont tous été exécutés. Ils ont tous fait chou blanc. Personne n'a été intercepté. Sur le *Marius et Lazare*, pas l'ombre d'une femme noire, armée et dangereuse. Les hommes sont repartis bredouilles.

Ce n'est pas tout. Le major Poul Rasmussen vient d'être retrouvé par la police locale, exécuté à son tour d'une balle dans le front et d'une autre dans le cœur, dans une petite maison d'été qui servait de planque autrefois aux agents du FET.

Le sous-officier qui l'accompagnait n'était pas en meilleure forme. Une balle tirée à distance lui a traversé le crâne.

Personne ne savait ce qu'ils faisaient là-bas mais, ce qui est certain, c'est qu'ils ne pourront jamais le raconter. Leurs assassins n'ont pas hésité à les attaquer à la grenade offensive et à réveiller les voisins venus passer des vacances paisibles. La liste des officiers danois assassinés s'est donc encore allongée.

Le directeur de cabinet par intérim, le commandant Hutchinson, est moins brillant et moins élégant que Herrings. C'est un Néerlandais de la vieille école. Il s'acquitte néanmoins de sa tâche avec sérieux.

Il s'arrête dans son exposé, déroulé d'une voix volontairement monocorde, et s'excuse de la longueur de son introduction. Mais aucun des participants n'a manifesté de signe d'impatience.

C'est plutôt du désarroi, voire de l'accablement que l'on peut ressentir autour de la table.

Les uns et les autres se regardent, mais personne n'a envie de prendre la parole.

Les dés sont pipés depuis le début. Il y a des fuites, des doubles jeux partout. L'impression générale, pour les officiers présents, c'est d'avoir été roulés dans la farine et d'être complètement dépassés.

Herrings a voulu jouer au finaud.

Il a été abattu.

Au petit jeu de l'effacement des traces, il s'est fait effacer à son tour.

Le général Dumont a sa tête des mauvais jours. On l'a réveillé en pleine nuit. Pourquoi ? Quelle urgence ? Pour assister à un naufrage ? Pour porter les saints sacrements ? Pour jouer le rôle de l'idiot utile ?

Il s'interroge à voix haute.

Sa colère est froide, mais elle n'est pas feinte. Et chacun peut aisément convenir qu'elle est justifiée.

Le colonel Halliday pense qu'il lui appartient de se dévouer. C'est l'idée qu'il se fait de la responsabilité.

— Pour ce qui nous concerne, les choses sont claires. Nous arrêtons les frais. Des ordres ont été donnés. Nous avons fait passer le message. Il n'y a pas, il n'y a jamais eu d'opération Pinocchio. Chacun peut reprendre sa vie comme avant. Les compteurs sont remis à zéro. On termine les opérations en cours et on arrête le jeu de massacre.

Autour de la table, des paupières lourdes se relèvent.

Ils n'en croient pas leurs oreilles.

Les Américains, égaux à eux-mêmes, jouent perso.

Après avoir mis tout le monde dans la panade, ils décident de faire cavaliers seuls.

Le général Dumont se racle la gorge. Il est beaucoup plus âgé que Halliday.

— Il me semblait, colonel, que nous nous réunissions pour prendre des décisions ensemble. Pas pour nous informer mutuellement des décisions unilatérales déjà actées. Sinon, l'Organisation n'a plus lieu d'être, et cette réunion non plus.

Il n'a pas l'air énervé. Pas même agacé. Au contraire, il manifeste une grande courtoisie dans le choix de ses mots et une grande douceur dans le ton. C'est un acte de décès dénué de tout pathos. Peut-être fait-il partie de ces militaires français qui n'ont jamais cru utile et pertinent de rejoindre le Commandement intégré ?

Joignant le geste à la parole, le général Dumont se lève :

— Mes chers collègues, vous me pardonnerez, mais je ne suis plus de la première jeunesse et il se fait très tard. Je vous laisse.

Si Dumont n'était pas le représentant de la France, d'autres suivraient peut-être. Mais malgré l'estime dont il jouit à titre personnel, le général sort seul. L'arrogance française suffit à réunir contre elle ceux qui, par ailleurs, se détestent.

À peine le général Dumont a-t-il quitté la pièce que Howitt fait son apparition, le visage défait, en proie à une véritable panique. Il sue abondamment.

Chacun sait, parmi ceux qui sont là, les liens qui l'unissaient à Herrings. On lui a proposé de rentrer chez lui, mais il a tenu à rester à son poste.

Il tend une dépêche à Hutchinson, sa main tremble comme s'il était atteint d'un Parkinson sévère.

Il prend la parole :

— Le président Hans Ritter vient d'être assassiné il y a une heure, chez lui, à Hambourg. Deux hommes et une femme ont attaqué la tour Marco-Polo, faisant quatre morts et un blessé. Mais le plus incroyable, c'est qu'on a identifié l'assassin. Il s'agit d'une importante personnalité politique, la députée Anaba Petersen, l'ancienne présidente du Parlement groenlandais.

Howitt est à deux doigts de tomber dans les pommes.

Hutchinson se tourne vers lui :

— Merci, Howitt, vous pouvez disposer.

Il n'a pas apprécié que Howitt informe lui-même l'assistance, sans attendre qu'il ait pris connaissance de la dépêche.

Tout cela devient franchement délirant.

Il relit la dépêche pour se donner une contenance. Il y glane d'autres détails. Hetzel était sur place. La femme se serait servie d'une broche.

Profitant du silence et de l'attente, le général Spitella se tourne vers le colonel et décide de passer à l'offensive :

— Nos amis danois ne sont pas là ?

Le malaise s'installe aussitôt.

Chacun comprend que cette tentative de chercher un bouc émissaire ouvre en fait une autre vanne.

L'Italien tord la bouche en signe de mépris.

Il s'est fait comprendre. Il ne souhaite pas aller plus loin. Tous ont conscience qu'il a mis le doigt là où ça fait mal.

Les regards se portent vers la chaise vide.

Des informations ont été données à l'extérieur.

L'Organisation n'est pas étanche.

Depuis le début, les membres de l'opération Pinocchio disposent d'une source dans la maison. Qui ?

Cette source est nécessairement située à un très haut niveau.

Cela aurait pu être Paulus.

Il est mort et les fuites ont continué.

Ou bien Herrings ?

Mais c'est eux qui l'ont tué.

Et rien ne garantit que les fuites vont cesser.

Il y a de fortes chances pour que la source se trouve autour de la table, ou tout près. Combien de personnes étaient au courant de l'opération ? Combien avaient été mises dans la confidence des décisions prises ?

Il est trois heures du matin et les visages, après avoir viré au gris, sont en train de tourner au blanc.

Ils sont livides.

Personne n'a plus confiance en personne.

Et personne ne veut non plus quitter la réunion, donnant l'impression de fuir et se désignant ainsi comme potentiel coupable.

Halliday boude. Il sent bien qu'il est en butte à l'hostilité générale. Mais il sait aussi qu'ils seront tous obligés de revenir vers lui et d'aborder les vrais sujets.

Il faut que quelqu'un s'y risque, sinon la réunion peut s'éterniser.

Perdrios, le colonel espagnol qui avait plaidé pour la manière forte dès les premières réunions, voit là une occasion de se rattraper. C'est intelligent de sa part :

— Quels sont les risques si nous annulons les ordres ? Quelles seraient les conséquences d'une telle décision ?

Il a pu juger par lui-même de l'efficacité de son jusqu'au-boutisme. Un naufrage.

Une discussion s'engage.

Les avis sont divergents.

Si l'Organisation n'est pas capable de trouver et de châtier ceux qui l'ont attaquée, allant jusqu'à tuer Herrings, le directeur du cabinet militaire du secrétaire général, c'est un aveu de faiblesse sans précédent. Elle perd toute autorité, toute légitimité. Si l'Organisation se laisse imposer sa conduite par un quarteron d'agents à la retraite, alors autant mettre la clé sous la porte. Chacun d'entre eux sera en sursis. Chaque responsable deviendra une cible potentielle. On ne peut pas transiger avec la terreur. On ne peut pas céder à la menace.

Mais d'autres arguments se font entendre, qui plaident au contraire pour la désescalade. L'assassinat de Herrings est un message clair. Soit on agite le drapeau blanc, chacun rentre gentiment chez soi et il ne reste plus qu'à cacher la poussière sous le tapis, soit on ne maîtrise plus rien. Ces gens-là sont prêts à tout. Pourquoi ? Dans quel intérêt ? Le jeu n'en vaut pas la chandelle. Pour des histoires d'image, de réputation, d'orgueil. Outre que c'est ridicule, c'est irresponsable. Le remède risque d'être pire que le mal.

Les Américains ont raison. Chacun doit rentrer chez soi et passer le plus vite possible à autre chose.

Halliday s'autorise à reprendre la parole. Il plaide à nouveau pour des signes lisibles, clairs, rapides. Il faut mettre un terme à cette guerre fratricide. Depuis le début de l'opération Pinocchio, les morts pleuvent à verse. Mais ce ne sont pas tous des extrémistes et des factieux. Loin de là. Trop de bons soldats sont en train d'être sacrifiés pour rien.

Le général Spitella regarde la moleskine de la table devant lui :

— Malheureusement, vous avez raison. Nous avons affaire à des chiens enragés. Ils n'ont plus rien à perdre.

Il n'a pas fini sa péroraison qu'un jeune officier entre, avec un fax pour Hutchinson. Celui-ci le lit et, à mesure qu'il le lit, on sent qu'il perd définitivement pied.

Chacun attend qu'il veuille bien partager l'information. Il lève une main molle et pathétique en direction du général :

— Des chiens enragés, disiez-vous…

Sa main retombe, impuissante et théâtrale, sur la table.

— On a retrouvé deux de nos hommes dans les toilettes d'une aire d'autoroute à côté de Liège, le corps transpercé de balles, et il semble que les cadavres de quatre autres agents des services spéciaux se trouvent dans un camping-car calciné. Il faudra attendre les résultats des tests ADN pour les identifier formellement. A priori, toute l'équipe partie de Mons pour stopper Helmont a été décimée. Pas un survivant.

Il est cinq heures treize du matin et, cette fois-ci, le silence est total, dense, compact. Tout soldats qu'ils sont, ils mesurent le poids de leur responsabilité : Herrings et, maintenant, six soldats en quelques heures. Il s'agit de vies humaines. Ils sont blancs de colère et, s'ils pouvaient tenir ces hommes, ils les achèveraient comme des animaux malades sans la moindre pitié. Mais il ne s'agit plus de cela et, précisément, ils n'arrivent pas à les tenir sous leur main.

Ces hommes ne font pourtant, ils le savent tous, que sauver leur peau. L'ordre avait été donné de les faire disparaître. Ce n'était pas glorieux. Un petit arrangement avec le bien. Ou avec le mal. Qui se paye comptant. Avec les intérêts en prime.

Mais là, cela ne tient plus. Il y a un problème. Un gros problème. Comment anticipent-ils chaque fois les événements ? Comment font-ils pour toujours avoir un coup d'avance ? Qui les informe ?

Le général Spitella reprend la parole. Il est vrai qu'il a été interrompu :

— Nous devons faire cesser cela.

Son regard mouillé derrière ses lunettes fait le tour de la table, s'arrêtant à chacun, en attente d'une approbation. Le colonel Perdrios et le colonel Halliday ont déjà dit ce qu'ils en pensent. Personne n'ayant fait d'objection, cela vaut approbation.

Il se tourne alors vers Hutchinson :

— Nous vous demandons de revenir sur l'ordre

et d'arrêter toutes les actions liées à l'opération Pinocchio. L'opération Pinocchio est terminée.

Hutchinson ne laisse rien paraître. C'est ce qu'il avait préconisé. Il se contente d'acquiescer :

— Très bien, messieurs. L'opération Pinocchio est terminée. Je crois que nous serons aussi tous d'accord pour convenir qu'elle n'a jamais commencé.

Chacun opine en silence et se lève, soulagé d'en avoir fini.

Ils ont perdu cette bataille. Ils ont dû céder.

Il est près de cinq heures trente-cinq du matin et les premières lueurs de l'aube éclairent la nuit. Une belle journée s'annonce.

Les représentants des différents pays rentrent chez eux, épuisés mais soulagés d'avoir pris la bonne décision, la seule possible.

Mais pour chacun d'eux, un mystère demeure : d'où les hommes de Kuntz tirent-ils leurs informations ? Qui est, parmi eux, la taupe ?

Et chacun, en regagnant son domicile, est taraudé par cette question dont ils savent tous qu'elle ne trouvera sans doute jamais de réponse. Les vieux kidons ont été les plus forts. Ils ont fait ployer l'Organisation.

34

Après avoir tué Poul Rasmussen, Bernilde juge nécessaire de tuer le président Hetzel. C'est une initiative strictement personnelle. Les Américains ont besoin de lui. Ils ont passé un arrangement. Mais Bernilde ne veut rien entendre. Ce n'est pas vraiment une surprise. Elle a toujours été comme ça, obstinée, têtue, incontrôlable. Elle n'en fait jamais qu'à sa tête.

Bernilde a une philosophie de l'histoire bien à elle, qu'elle a héritée de ses grands-parents, des militants remarquables et intègres. Elle ne pense pas utile de passer des arrangements avec les assassins et les salauds. Elle considère aussi comme une bonne méthode de toujours finir ce que l'on a commencé. Sans doute, encore, le poids de son éducation.

Ce ne sont pas, il faut en convenir, de mauvais principes.

Et comme elle l'a joliment dit à Helmont qui essayait de la raisonner, elle emmerde les Américains.

Cela a le mérite de la clarté mais, en ce qui concerne Hetzel, cela lui laisse peu de chance.

Helmont est fier d'elle.

Hetzel se croit à l'abri. Il a tort. Dans quelques jours, il emmènera toute sa petite famille faire cette croisière en Turquie qu'il leur a promise. Heureusement qu'il ne s'est pas affolé et qu'il n'a pas annulé ses réservations.

Avec tous ces événements, il a beaucoup de travail. Un travail de titan. Il doit restructurer les directions, redéfinir une stratégie, rassurer les actionnaires, choisir de nouveaux dirigeants, calmer les responsables politiques. Vingt-quatre heures n'y suffisent pas. Mais il ne dispose de rien d'autre. Et il faut bien faire face. C'est ce qu'il fait, avec une puissance de travail qui force l'admiration de tous ses proches. Hetzel endosse agréablement le rôle du Sauveur de l'entreprise et du groupe. Un homme de dévouement et de devoir voulant sauver l'outil de travail de deux cent mille salariés. Il prend son rôle au sérieux, il y croit lui-même.

Il travaille jusqu'à vingt-trois heures et il rentre chez lui, escorté par ses deux gardes du corps, deux montagnes de chair et de muscles armées jusqu'aux dents. Bientôt, il pourra reprendre une vie normale.

La maison est silencieuse, bien campée dans son grand parc aux arbres centenaires, la vue dégagée sur le lac éclairé par un quartier de lune. Le gazon a été tondu la veille, les massifs de fleurs et les compositions de plantes grasses dessinent des formes géométriques et soulignent l'opulence du lieu. Hetzel aime cette impression d'ordre, de propreté, d'aisance, non pas tant parce qu'elle expose à tous les regards de convoitise sa réussite financière que parce qu'elle illustre à ses yeux ses qualités de caractère et les valeurs qu'il veut incarner et transmettre aux siens. Sa maison lui ressemble. Elle est comme son âme, rigoureuse, soignée, sans fioritures ni recoins, sans abandon ni paresse.

Les lumières sont éteintes au rez-de-chaussée, sauf dans l'entrée et dans la cuisine. C'est leur habitude. Cela veut dire que Martha lui a laissé son dîner dehors et qu'il n'a qu'à le faire réchauffer. Il aime manger ainsi, seul, au retour du bureau, et sentir la grande maison et les siens respirer autour de lui dans le silence et le calme de la nuit.

À l'étage, la lumière est allumée dans le petit salon. Sa fille regarde la télévision. Martha est peut-être avec elle, mais elle aime bien se coucher tôt et elle a une fâcheuse tendance à s'endormir rapidement devant l'écran.

Les deux gardes du corps l'accompagnent jusqu'à la porte puis le laissent seul.

La maison est bien protégée derrière ses hauts murs et des caméras de surveillance sont reliées directement à une société de gardiennage et de sécurité. Une fois les deux hommes partis, Hetzel branche l'alarme.

Ni les uns ni les autres n'imaginent qu'une femme s'est faufilée parmi les ombres à la tombée du jour, déjouant les caméras, et qu'elle l'attend depuis deux heures, sans bouger, dissimulée derrière les manteaux accrochés dans le grand placard de l'entrée.

Bernilde repère dans le couloir le petit coffret d'acier où se trouve le système d'alarme. De Québec, Dantec lui a donné un coup de main. Il a fait des heures supplémentaires et lui a envoyé la combinaison qu'il est allé chercher dans l'ordinateur de la société de surveillance. Le bruit de la télévision lui parvient depuis l'étage.

Bernilde sort de sa cachette et désactive l'alarme, puis elle rejoint Hetzel dans la cuisine. Il est en train de mettre une assiette dans le micro-ondes lorsque son ombre se dessine dans l'ouverture de la porte.

Hetzel croit que c'est sa fille qui est descendue le voir. Il se retourne en souriant, calme et détendu.

Bernilde ne lui laisse pas le temps d'ouvrir la bouche, serait-ce pour exprimer sa stupéfaction. Le pistolet qu'elle tient à la main tire trois coups feutrés et Hetzel s'écroule sur le carrelage. Le seul bruit qu'on entend est celui du micro-ondes qui continue de fonctionner.

Bernilde repart comme elle est venue, une ombre disparaissant dans la nuit.

Une heure plus tard, étonnée de ne pas le voir monter alors qu'elle l'a entendu rentrer, sa fille descend à la cuisine pour se faire une verveine et voir ce qu'il fabrique. Elle le trouve allongé dans la cuisine au milieu d'une mare de sang. Il n'y a plus rien à faire, si ce n'est pleurer sa perte, hurler sa peur et maudire ses assassins.

SAMEDI 20 JUILLET

35

À Neuchâtel-Colombier, le petit avion s'est immobilisé sur la piste. Il est une heure du matin, le samedi 20 juillet. La nuit est bleue plutôt que noire, éclairée par un ciel étoilé. Le colonel Mathew Chamblain en descend, accompagné d'un autre homme.

Le colonel est vêtu d'un pantalon de toile épaisse beige de l'armée, d'un pull d'officier vert foncé et d'un blouson de cuir. Ses traits sont tirés. Le décès de Paulus a été une épreuve difficile. Ils étaient amis depuis quarante ans. Les menaces qui ont pesé sur Mary-Ann l'ont aussi profondément atteint. L'attitude des hommes de l'US Army et de l'Otan a fini de l'achever. S'il n'avait pas été prévenu par Robert Helmont et ses amis, personne ne l'aurait protégée. Ils auraient laissé faire. Ils auraient regardé ailleurs. Ils l'auraient laissé assassiner par une bande de factieux et de fascistes sans lever le petit doigt. Des hommes avec qui il avait étudié, combattu, qui lui avaient serré la main et donné l'accolade. Des compagnons d'armes.

Chamblain ne comprend plus rien au monde dans lequel il évolue. Comprendre ne lui importe même plus. Il se contentera de se venger. Qu'ils ne comptent pas sur lui pour avoir le courage ou la lâcheté de se donner la mort, comme son ami Paulus. Il ne leur fera pas ce cadeau. Il est bien décidé à leur faire payer leur forfaiture.

Une grosse berline noire les attend sur le tarmac. Le colonel Chamblain regarde sa montre. Il ne ressent pas de réelle fatigue, mais il a le sentiment d'évoluer dans un univers parallèle où tout se serait soudainement ralenti. Il est à la fois épuisé et excité. L'homme qui voyage avec lui est plus jeune et plus élégant. Il s'appelle Georges Kolokowski. Il est le conseiller pour les affaires stratégiques du secrétaire d'État. Les deux hommes sont assis côte à côte dans la voiture comme ils l'étaient dans l'avion depuis Washington et ne s'adressent pas la parole.

Au bout d'un quart d'heure, la voiture s'arrête devant un bâtiment imposant qui ouvre sur une place de pierre et de gazon plantée de quelques arbres en bordure du lac et de sa promenade, l'hôtel Beau Rivage.

Chamblain ressasse toujours les mêmes pensées. Il ne comprend toujours pas comment les choses ont pu en arriver là. Par quel enchaînement. Par quel maléfice. Ou bien peut-être s'est-il trompé et les choses ont-elles en réalité toujours été comme ça. Il n'y aurait rien de nouveau sous le soleil. C'est seulement lui qui ne voulait pas voir. Qui s'aveuglait. Les Indiens, les Noirs, les enfants vietcongs brûlés par le napalm. Il était un fanatique. Ni plus ni moins, lui aussi, qu'un fanatique. Un assassin. Un bandit.

Dans l'avion, il a obervé Kolokowski, un homme de la nouvelle génération, brillant, froid, bien élevé. À quoi croit-il encore ? Quels intérêts sert-il ? Les siens ? Ceux de son patron ? Ceux de sa caste ? Ceux de son pays ou de la liberté ?

Chamblain ne parvient pas à le cerner. À se faire une idée. Il est trop jeune pour avoir voulu ce monde. Un monde où la peur suinte de partout et engendre la folie et la haine. Il fait avec. Cela lui sert peut-être d'excuse lorsqu'il se retrouve seul avec sa conscience. S'il en a une. Il doit penser qu'il est arrivé trop tard. Les jeux étaient faits. Mais Chamblain pense que nous en sommes tous là. Il est toujours trop tard. Le mal est déjà fait, l'innocence perdue, la violence installée.

À la réception, les deux hommes se tiennent un peu en retrait pendant que leur garde du corps prend les cartes magnétiques pour accéder aux chambres. Malgré l'heure tardive, ils sont manifestement attendus. L'endroit respire l'opulence. Il a été refait à neuf et cela manque un peu de charme. L'uniformisation a fait encore son œuvre de nivellement et d'ennui.

Le garde du corps lui a passé sa carte magnétique. Ils sont tous au même étage. Ils prennent l'ascenseur. Kolokowski a un talent particulier pour ne pas croiser les regards. Chamblain n'entend que du silence et ne voit que du vide. Cela lui convient parfaitement.

La chambre est cossue, avec un lit gigantesque, une couette épaisse, des oreillers moelleux, de lourds rideaux. Chamblain n'a plus sommeil. Il prend une longue douche chaude, met le beau peignoir blanc spongieux, s'attaque résolument au minibar. Il y trouve une fiole de whisky, des cacahuètes salées, une barre de chocolat. De quoi faire son bonheur.

Un balcon en pierre très étroit donne sur le lac. Il ouvre la fenêtre, approche un fauteuil et s'installe face au ciel peuplé de mille étoiles scintillantes.

Mary-Ann et les enfants sont sous protection. Une enquête est ouverte.

Sur la promenade, les réverbères sont encore allumés. Il distingue quelques silhouettes attardées sur les bancs. Des amoureux. Des insomniaques.

La nuit est tiède.

Une petite brise venue du lac lui apporte une agréable fraîcheur.

Combien de temps cela va-t-il durer ? Combien de temps vont-ils devoir vivre ainsi, dans la méfiance et dans la crainte ?

Mais Mary-Ann est maintenant à l'abri.

Il aurait tellement aimé que cela n'arrive jamais.

À deux heures quarante, alors qu'il est en train de se coucher, une image signale son arrivée en pièce jointe sur son portable. Il l'ouvre. C'est une photo, celle d'un homme allongé sur le sol d'une cuisine avec une balle dans le front et une dans le cœur. Le message vient de Robert Helmont. La photo n'est pas très bonne et Chamblain a du mal à distinguer qui est le cadavre. Il lui faut agrandir l'image. Il reconnaît alors les traits du fameux Hetzel, cette ordure qui a donné l'ordre, pour l'atteindre, de s'en prendre à Mary-Ann.

Les amis de Robert n'ont pas traîné. Il n'a qu'un regret. Il aurait aimé pouvoir le tuer lui-même.

Il s'endort sur ce regret.

Il se réveille en même temps que le jour se lève et il commande un petit-déjeuner complet. Il a faim et il est d'une humeur curieusement radieuse. Il éprouve un sentiment de liberté. Comme s'il s'était libéré de ses chaînes. Comme si le passé n'était plus un poids sur ses épaules.

Il reste dans sa chambre jusqu'à onze heures, reprend une douche, fait quelques exercices de gymnastique pour se dérouiller. Avec les six heures de décalage horaire, il est trop tôt pour appeler Mary-Ann à Dallas. Il aurait dû le faire avant de se coucher.

Il se penche au petit balcon.

À l'extérieur, sous les parasols installés sur la terrasse devant l'hôtel, il y a un peu de monde. Surtout des personnes âgées et des touristes étrangers. Cela fait comme un murmure au pied des montagnes.

Le garde du corps frappe à sa porte. Il sort. Kolokowski est déjà dans le couloir. Un mouvement de tête suffit pour le saluer. Il ne veut pas lui serrer la main. Ils descendent par l'escalier. Parvenus au rez-de-chaussée, ils se dirigent vers le salon. Un vieil homme est assis seul, qui leur tourne le dos. Il a un corps imposant, un crâne dégarni, et il regarde vers le lac. Ce qui frappe Chamblain, c'est la présence silencieuse de gardes du corps avec des oreillettes, dehors et dedans, dans le jardin, au bar, près de l'entrée. Il y en a partout, au moins six ou sept, comme s'ils s'étaient reproduits dans la nuit.

Kololowski et lui contournent le canapé où il est assis et se retrouvent devant un vieillard. L'homme porte un pantalon de toile bleue, une chemise à manches courtes blanche avec des rayures jaunes, des tennis déformées par ses orteils. Son crâne est totalement lisse, ses joues recouvertes de poils blancs et drus. Des petits yeux bleus sont aux aguets derrière des lunettes aux verres épais et sales.

Il les invite à s'asseoir :

— Prenez place, je vous en prie. Vous voulez boire quelque chose ?

Il s'exprime en anglais, avec facilité, et presque sans accent.

Kolokowski a toujours le même air sérieux de premier de la classe.

Chamblain ne peut pas le supporter. Il lui avait accordé sa confiance. Kolokowski l'a trahi.

Ils se font servir à boire. Du thé vert.

— C'est toujours pour moi un bonheur de venir ici.

De son bras ouvert, le vieil homme montre le lac et les montagnes.

Kolokowski sourit poliment.

Ils attendent que le serveur dispose les tasses et la théière, puis s'en aille.

Le vieil homme reprend :

— Je vous suis très reconnaissant d'avoir pris sur votre temps pour venir jusqu'ici. Je mesure combien, étant donné l'importance de vos fonctions, vous devez être occupé.

Chamblain ne comprend pas si leur interlocuteur se moque ouvertement de Kolokowski ou s'il est naturellement bien élevé et diplomate.

Kolokowski répond au premier degré :

— Je vous en prie. C'est moi qui vous remercie. Le colonel Chamblain m'a fait part de votre souhait de me rencontrer. C'est un honneur. Et je crois que ça peut être utile à tout le monde. En vérité, nous aurions même dû le faire plus tôt.

Chamblain se sent des fourmis dans la main. C'est sans doute l'envie de le gifler. Tant d'hypocrisie, c'est trop pour lui.

Mais le vieux a hoché la tête.

Chamblain sait qu'il est le supérieur hiérarchique d'Helmont et le vrai chef des kidons. Il a entendu parler de lui. Il n'a rien à dire. C'est lui qui commande. Il est chez lui.

L'homme reprend, sur un ton plein de compassion :

— Cher monsieur Kolokowski, je sais que vous êtes très préoccupé par les événements des derniers jours. Croyez bien que nous le sommes tous. Préoccupés, affligés, inquiets. Je vous comprends.

Le numéro n'est pas ordinaire. Le vieil homme soupire.

Chamblain et Kolokowski attendent. Ils ont compris qu'il y allait avoir une suite.

Il boit une gorgée de thé. Curieusement pour un homme d'un si grand âge, la main dans laquelle il tient sa tasse ne tremble pas :

— Si quelqu'un, monsieur le conseiller, veut tuer son frère, il doit savoir que son frère le tuera. Je vous dis cela parce que, malgré les circonstances, je vous considère comme un ami. Un très grand ami.

Son regard s'égare un peu vers le lac et il prend un ton plus lointain, plus détaché :

— Pour moi, et je suis, vous le voyez, un très vieux monsieur, la vie humaine n'a pas de prix. Elle est ce qu'il y a de plus précieux. Je n'ai jamais combattu, monsieur Kolokowski, que des assassins. Des hommes qui ne respectaient pas la vie humaine.

Kolokowski est un peu surpris de cette réflexion, cette manière de négocier lui semble d'un autre âge. On se croirait dans un mauvais roman d'espionnage. Mais il a très bien compris ce que le vieil homme a voulu dire. Chamblain aussi. Et c'était clairement une menace.

Kolokowski n'a pas touché à sa tasse.

Il se penche en avant. Ses yeux bleus derrière ses lunettes d'écaille foncent un peu. Chamblain l'observe. L'homme ne manque pas de flegme. Il ne se décontenance pas facilement :

— Je me réjouis très sincèrement, cher monsieur, de votre état d'esprit. C'est bien ce que le colonel Chamblain m'avait dit. Nous sommes tout à fait sur la même longueur d'ondes. Nous partageons pleinement cet état d'esprit. Il y a eu beaucoup de morts. Trop. Beaucoup trop. C'est pourquoi nous sommes prêts à envisager tous les moyens qui permettront de mettre un terme définitif à cette regrettable hécatombe.

Chamblain n'en revient pas. Ce type n'a peur de rien. Ou de tout.

En tout cas, se faire justice soi-même était la bonne idée. Elle permet de négocier sérieusement avec ces salauds.

Le vieux semble apprécier les propos du conseiller.

Il se tourne vers Chamblain pour la première fois depuis le début de leur conversation et il lui passe le relais :

— Robert m'a dit que le général Paulus, avant de se tuer, vous a fait parvenir un document, colonel.

Chamblain acquiesce :

— C'est exact, monsieur.

Et en même temps, il sort de son blouson une feuille dactylographiée qu'il lui tend par-dessus la table.

Le vieil homme demande s'il peut en faire une copie :

— Bien entendu.

Il appelle un garde du corps, lui demande de faire un double à la réception et se tourne à nouveau vers Chamblain :

— J'avais beaucoup d'amitié pour le général Paulus, vous savez. Il faisait honneur à votre pays.

Kolokowski comprend que c'est une façon de meubler. Il ne croit à rien de ce qui est humain. Respect, compassion, fierté, tous ces mots lui font horreur. Ce ne sont que des bulles d'air. Des empêchements. Des faiblesses.

Le garde du corps revient.

Le vieil homme donne l'original à Chamblain et celui-ci le transmet à Kolokowski :

— C'est pour vous. Disons que c'est le testament du général Paulus. Son héritage. Et que vous allez en être l'exécuteur testamentaire.

Chamblain n'aime pas l'ironie. Mais c'est sa façon

d'honorer la mémoire de son ami. De le faire participer à l'offensive.

Un testament qu'ils ont écrit ensemble et où se trouve consigné le résultat de ses années d'enquête.

Kolokowski jette un coup d'œil. C'est une liste de noms. Rien que des noms, qui tiennent sur une demi-page. Il les connaît tous. À commencer par le général Rawling et quelques autres haut gradés de l'armée des États-Unis. Il voit très bien de quoi il s'agit. Des faucons. Des conspirateurs. Des corrompus. Ils feront tout pour les mettre hors d'état de nuire. Par tous les moyens.

Il la range dans la poche intérieure de son costume et, pour la première fois, il porte la tasse de thé qui a dû refroidir à ses lèvres.

Un quart d'heure après, les trois hommes se lèvent et se séparent. Chacun reprend son chemin.

Kolokowski regagne l'aéroport de Neuchâtel-Colombier où le petit avion du gouvernement l'attend pour le ramener à Washington. L'opération lui semble globalement un succès. Ils ont atteint presque tous leurs objectifs. Entre deux maux, celui-là est le moindre. Il ne rédigera pas de note écrite pour le secrétaire d'État. Mais il connaît déjà la conclusion qu'il va lui recommander. On arrête les frais, on oublie les kidons et on continue le ménage en interne.

Ont-ils vraiment le choix ?

Chamblain remonte dans sa chambre, il s'assoit au bureau et rédige sa demande de mise à la retraite anticipée. Puis il appelle Mary-Ann. Il va lui envoyer un billet pour qu'elle le rejoigne à Paris. Cela fait trente ans qu'il lui a promis ce voyage. Le moment est peut-être venu d'honorer sa promesse.

Dehors, sous un parasol, le vieil homme déjeune seul face au lac. La luminosité est forte. Il a mis des lunettes noires pour se protéger les yeux.

Il mange lentement.

Encore un jour de villégiature et, après-demain, il se rendra à Zurich, où il prendra un avion pour rejoindre Roland à Tel Aviv. Voilà bien longtemps qu'il n'a pas remis les pieds en Israël. C'est important, pense-t-il, que Kuntz y retourne.

Pour y vivre et non pas, comme lui, pour y mourir.

Pour effacer la souillure du monde.

Pour briser l'exil.

Le vieil homme se sert un verre de vin blanc et regarde, au loin, un voilier aux voiles rouges gonflées de vent qui semble voler à la surface du lac, seul sous le ciel.

Il sourit et boit une gorgée de vin.

Il est âpre.

La guerre n'est pas finie, mais c'est un moment heureux.

Un moment de répit.

Un moment de paix.

DIMANCHE 21 JUILLET

36

Roland Kuntz a pris l'avion pour Varsovie, où il a fait escale. Dans le hall d'attente bondé de l'aéroport Frédéric-Chopin, des enfants jouent à même le sol. Le ciel est noir et bas, menaçant. Il semble exprimer une puissante colère. Kuntz ne sait pas si c'est un défi qu'il lui lance ou une protection qu'il lui offre.

Les avions sont retardés en raison des violents orages qui s'abattent sur toute l'Europe. L'été a été un désastre de pluie et de boue.

Des gens épuisés dorment sur les banquettes dans des positions inconfortables. Certains sont là depuis longtemps.

Kuntz est assis dans un coin de la salle. Dos au mur, il peut balayer du regard les entrées et les sorties, les allées et venues, observer les passagers, guetter le moindre signe qui pourrait l'alerter.

Encore une habitude. Encore un automatisme.

Avant de mourir, le lieutenant-colonel Herrings a donné l'ordre de les éliminer.

Leurs vies ne valent rien. Ils sont tombés du mauvais côté. Du côté des vies encombrantes, des vies qui ne valent pas cher, des vies inopportunes.

Kuntz n'est pas surpris. Il y a longtemps qu'il ne fait plus confiance à personne. Ou à très peu de monde. Il est noir et en colère, comme le ciel bas.

Tout d'un coup, des éclairs tonnent dans le ciel, illuminant les pistes un instant, et l'eau tombe en trombes sinistres dans un bruit assourdissant.

Des enfants ont peur. L'ambiance est à la fin du monde, baignée d'ombre, traversée d'éclairs. Kuntz apprécie ce spectacle. Il correspond bien à ce qu'il ressent.

Sa solitude le retrouve là, entre deux avions. Depuis combien de temps n'a-t-il fait que survivre ?

Kuntz achète un billet pour Tel Aviv une demi-heure avant la fin de l'enregistrement.

Il est habillé en noir, avec une barbe assez longue, un chapeau et il porte les tsitsits sous son costume usé. Il a pris une veste trop grande. C'est une façon de se fondre dans l'anonymat qui en vaut bien une autre.

L'avion pour Tel Aviv a du retard. Les pistes sont en train de se transformer en pataugeoire. Le fracas de l'eau ruisselant sur le bâtiment d'acier et de vitres étouffe tous les autres sons.

Son monde intérieur et le monde extérieur se reflètent l'un l'autre comme dans un miroir. Ils se répondent.

Parfois, Kuntz se demande si c'est la tristesse de son deuil qui a jeté un voile noir sur la vie et fait dérailler l'histoire. Parfois, si ce n'est pas plutôt le désespoir d'une histoire où à nouveau l'ombre gagne qui a éteint en lui toute lueur d'espérance.

Assis à côté de lui, il y a surtout des personnes âgées, des vieux juifs et des vieilles juives partis en pèlerinage au pays de leur enfance et de leur martyre. Ils attendent, résignés, la fin de l'orage.

L'embarquement commence. Il se lève et se place dans la queue.

Son chapeau et sa barbe le rendent méconnaissable. David Pikowski, commerçant à Paris. Telle est sa nouvelle identité. Pour combien de temps ?

Il se sent beaucoup plus serein, apaisé comme il ne l'a pas été depuis des années. Il fait les comptes. En une semaine, ils ont semé la mort à plus de trente reprises.

Le mieux serait peut-être de s'arrêter là, d'ensevelir les morts, de dire le kaddish et de passer à autre chose.

La mémoire est souvent un poison. Il est bien placé pour le savoir, lui dont les souvenirs ont rongé l'âme comme un acide. Il faut seulement espérer que l'oubli puisse un jour guérir les blessures et cicatriser les plaies. Il n'y a pas d'autre solution.

Halliday est un homme intelligent.

Marco l'a invité à manger un cornet de frites « chez Antoine », sur la place Jourdan à Bruxelles. Les meilleures frites de la ville.

— J'ai bien connu le général Paulus, lui a dit Marco, et je regrette beaucoup qu'il ait choisi de nous quitter. Il faudrait, voyez-vous, colonel, que les hommes comme lui aient envie de rester.

Halliday n'est pas en désaccord. Mais que peut-il faire ? Et de quoi se mêle ce petit monsieur aussi baveux qu'une omelette et aussi imbibé qu'un baba au rhum.

— Voyez-vous, monsieur Halliday, nous allons nous effacer, nous allons disparaître. Pfuit… Vous n'entendrez plus parler de nous. Je crois même qu'en réalité, nous n'avons jamais existé. Peut-être, ici ou là, quelques crânes rasés dévaleront un peu vite l'escalier. Mais qu'importe ! Ce sont des choses qui arrivent aussi à tout honnête citoyen. Des choses qui arrivent tous les jours. C'est pourquoi il faut toujours être attentif et regarder où on met les pieds.

Il a dit ça en lui souriant bizarrement, comme s'il s'agissait d'une menace à peine voilée. Mais il a aussitôt enchaîné :

— Ritter est mort. Brenner est mort. Quelques autres crapules aussi qui, reconnaissez-le, n'étaient pas l'honneur de votre maison. Voilà. On parle d'un autre temps et, comme le dit la chanson, un temps que les plus jeunes n'auront pas connu. Peut-être est-ce mieux pour eux. La grande roue, colonel, le progrès, colonel.

Ce type est franchement pénible.

— Concentrez-vous sur vos missions. Faites une véritable enquête. Passez un petit coup de balai à poussière. Et hop, un petit coup de serpillière. Et hop, un petit coup d'aspirateur. Mais surtout, colonel, oubliez-nous et rappelez vos molosses.

Le petit bonhomme a changé d'expression. Il est devenu subitement pensif :

— Sinon, monsieur Halliday, ce sera, je le crains, un grand désastre.

Halliday a prévenu les autorités hiérarchiques. Il n'est qu'un simple télégraphiste, mais son avis est que le petit bonhomme aux yeux de cocker triste et à la panse de bedeau est sincère et crédible. Il faut le croire sur parole. Ce sera un grand désastre.

Kuntz est installé dans l'avion. Marco lui a raconté son rendez-vous et l'a bien fait rire. Il faut toujours qu'il en rajoute un peu.

Il est assis à côté du hublot. L'avion n'est pas plein. Il pense à Pia.

Kuntz sent la peur des autres passagers suinter dans la carlingue et il guette les murmures et les cris plus ou moins étouffés à chaque trou d'air. Des éclairs illuminent la nuit derrière les hublots. Il aurait aimé dormir mais les conditions ne s'y prêtent pas.

Ils atterrissent enfin.

L'aéroport Ben-Gourion est magnifique, immense, avec des magasins partout. Un temple de la consommation. Une synagogue du capitalisme. Kuntz s'en moque éperdument. Il n'a qu'une idée. Sortir de l'aéroport et rentrer chez lui. Il fait la queue pour présenter son passeport et il répond aux questions que le douanier lui pose avec un air rogue et soupçonneux. Combien de jours reste-t-il ? Est-ce la première fois ? Que vient-il faire ? Où va-t-il résider ?

David Pikowski est un homme patient et aimable.

Il répond gentiment, simplement, et il répète lorsque cela est nécessaire.

Puis il sort dans la chaleur étouffante de l'été. La file des petits taxis blancs s'étire le long du trottoir sur plusieurs centaines de mètres. L'heure est creuse. Il est trop tard ou trop tôt. Deux heures quarante-cinq du matin. L'avion avait fini par s'envoler entre deux orages, mais il avait pris beaucoup de retard.

Kuntz a envie de fumer. Il attrape une cigarette et avale ses premières bouffées avec bonheur. Sa vieille valise de cuir et ses sacs en plastique posés attendent sur le chariot. Il prend le temps de fumer sa cigarette jusqu'au bout, puis il se met en marche pour atteindre la petite file d'attente qui s'est constituée.

La plupart des gens dans la queue ont pris le même avion que lui. Ils se vivent comme des miraculés. Personne n'est pressé. La fatigue, le silence et la joie forment un curieux et doux mélange.

Kuntz pousse son chariot, attend son tour et monte dans une petite berline coréenne. Il n'y a plus que des voitures coréennes partout.

Le chauffeur est un tout jeune homme. Il s'adresse à lui en hébreu. Kuntz lui répond dans la même langue, puis il se plonge dans le silence. La voiture roule à vive allure sur l'autoroute éclairée par les grands lampadaires.

Il se fait conduire rue Ge'ula à son ancien appartement. Des immeubles modernes ont poussé un peu partout et la ville entière semble en chantier. Des grues se détachent presque à chaque carrefour, plantées au milieu de terrains éventrés que l'on aperçoit derrière des palissades.

La nuit est encore noire, mais on sent que le jour cherche déjà à se frayer un chemin. Quelques noctambules rentrent se coucher.

Le taxi prend Dizengoff puis King-George. Son immeuble est situé en haut de la rue à droite, une vieille bâtisse de quatre étages en pierre blanche jaunie par les ans. Il se fait déposer au coin d'Allenby et attend que le taxi reparte pour descendre quelques dizaines de mètres et rentrer chez lui. Sa valise de cuir et ses deux sacs plastique ne pèsent pas lourd.

Il ouvre la double porte massive du rez-de-chaussée avec la grosse clé de son vieux trousseau, monte les deux étages dont il connaît chaque marche et, arrivé sur le palier, il s'arrête un instant. Il entend encore les morceaux de piano joués par son voisin musicien autrefois. Est-il toujours là ?

La peinture de l'escalier est défraîchie, un vélo rouillé est posé contre le mur du palier.

La serrure offre un peu de résistance, puis il pénètre dans l'appartement où ils vivaient lorsqu'Ava était encore une enfant et Rachel encore vivante.

Il a tout laissé en l'état, les meubles qu'ils ont achetés aux puces, ou récupérés dans la famille, ou trouvés à Jaffa lors de leurs promenades. La poussière s'est accumulée, une odeur de renfermé flotte dans l'air, mais tout est comme il l'a laissé quand il est parti.

Kuntz s'assoit sur le tabouret de la cuisine, à côté du petit balcon donnant sur l'arrière de l'immeuble et sur le petit jardin.

Le ciel commence à s'éclaircir.

La vieille gazinière et le vieux frigo n'ont pas bougé. Une assiette et deux verres sont restés dans l'égouttoir sous la fenêtre. Sur les étagères en bois, les différentes boîtes pour ranger les épices sont encore là, bien alignées.

Roland Kuntz, alias Sammy Cohen, alias Samuel Epstein, alias David Pikowski, descend vers sept heures du matin dans la rue Ge'ula. Il n'a pas changé de costume. Il est toujours habillé en juif religieux. Il veut boire un café mais les restaurants sont encore fermés. Pourtant, il fait déjà jour et, bientôt, le soleil écrasera la ville de chaleur.

Des hommes et des femmes en short, écouteurs sur la tête, descendent faire leur jogging en front de mer. Les rues se réveillent. La ville s'étire. Les camions de livraison déchargent leurs marchandises devant les magasins qui ouvrent.

Kuntz descend la rue et débouche sur la Tayelet. Il longe la promenade vers le sud, en direction de Jaffa. Les cafés de la plage ne sont toujours pas ouverts. L'air commence à tiédir un peu.

Il marche un quart d'heure et il s'arrête sur un banc de pierre pour regarder la plage et la mer. Habillé en *frum*, il détonne dans le paysage. Il veut remonter par le Shouk HaCarmel. À ce niveau, il n'y a plus d'immeubles en bord de mer, seulement une grande esplanade vide avec un parking sur lequel quelques voitures sont garées. Il traverse la rue à double sens avec ses trois voies et il remonte vers le marché. Il a déjà chaud. Il sait ce qu'il fait. Tout est exactement minuté.

La boulangerie vient d'ouvrir et, à côté, le traiteur installe ses plats. Il entre et s'assoit pour boire un café. Les deux serveurs le regardent bizarrement. Son accoutrement de juif orthodoxe n'a pas l'air de leur plaire. Il boit son café et il part.

Il s'enfonce dans les ruelles entre les maisons basses. Il aime ce quartier, ses odeurs fortes, ses chats maigres et dépenaillés, ses rigoles d'eau et ses maisons colorées imbriquées les unes dans les autres.

Ses jambes le portent un peu moins bien à mesure qu'il avance. Elles sont de plus en plus cotonneuses. Il arrive sur une minuscule place par une ruelle qui fait un coude. La place est traversée à une extrémité par une rue transversale. Une rue tracée tout droit jusqu'à la mer fait face à la place. De son côté, mais à l'autre extrémité, une autre ruelle remonte vers le marché. L'endroit lui est familier.

Un petit épicier installé au coin est en train de lever son rideau de fer.

Des jeux pour les enfants sont installés dans les deux jardinets en vis-à-vis au pied des immeubles de quatre étages avec les terrasses. Des panneaux en hébreu et en anglais indiquent qu'il est interdit de pénétrer avec des chiens dans ces espaces réservés aux enfants.

Il est huit heures et quart.

Il s'assoit de telle sorte qu'il peut surveiller l'entrée d'un petit immeuble ouvrant sur la place, en retrait des jardins d'enfants.

Il allume une cigarette et commence à attendre.

Des personnes sortent régulièrement des différentes maisons, pour la plupart des jeunes gens. C'est l'heure de se rendre au travail. Des parents conduisent leurs enfants à la crèche ou à l'école. Tout le monde a l'air pressé et affairé. Sauf lui.

Il regarde sa montre.

Karlo doit arriver dans la matinée. Ils ont décidé de se retrouver à l'hôtel pour déjeuner ensemble. La journée va être longue.

Habillé en juif orthodoxe, assis sur son petit banc, il est caché derrière sa longue barbe fournie.

À huit heures et quarante et une minutes, une jeune femme émerge du petit immeuble de gauche. Elle n'est pas bien grande, elle a des cheveux bouclés et elle est habillée simplement.

Kuntz se lève d'un bond comme s'il avait reçu une décharge électrique dans les fesses ou qu'il se fût assis sur un nid de fourmis rouges.

Elle a un bébé dans les bras.

Le geste de Kuntz a été si brusque que la jeune mère s'est tournée vers lui. Elle le dévisage et s'immobilise. La présence de cet homme ainsi accoutré dans le petit jardin doit l'étonner. Quelque chose dans sa silhouette ne lui est pas inconnu. Au total, elle ne sait pas trop ce qu'elle ressent, mais une impression bizarre s'empare d'elle.

L'homme quitte le jardin précipitamment et prend la ruelle qui repart vers le haut. Peut-être s'est-elle fait une fausse idée ?

Un jeune homme sort à son tour de la maison. Il parle fort, l'air joyeux et il manipule un landau. Elle l'attend et ils se mettent en route ensemble, lui poussant le landau vide, elle portant l'enfant contre son ventre.

Le jeune homme fume une cigarette roulée. Il est de taille moyenne, plutôt râblé et il a l'air d'un homme qui démarre sa vie d'homme. Ils prennent vers la mer, à l'opposé de la ruelle dans laquelle Kuntz, en proie à la panique, s'est enfui comme un voleur.

Kuntz rebrousse maintenant chemin. Il veut rattraper sa fille. Il voit ses grands yeux foncés qui le dévisagent pleins d'interrogations et de douceur, ce même regard lourd et profond qui était déjà le sien lorsqu'elle n'était qu'une enfant.

Il ne sait plus s'il trouvera un jour le courage de s'approcher d'elle. Il ne sait plus s'il en a seulement le droit.

Qui est-il ?

Le père de cette jeune femme ? Le grand-père de ce petit garçon qu'elle serre contre son corps ?

Mais il est aussi un assassin pour toujours et un étranger pour toujours.

De quel droit veut-il s'abreuver à leur innocence, s'éclairer à leur pureté, se réchauffer à leur chaleur ?

Aujourd'hui encore, il se présente à eux, à ce qu'il a de plus cher au monde, sous une fausse identité, avec un faux visage.

Pourquoi est-il venu ?

Pour les voir, les sentir, les toucher, guérir les blessures, faire la paix ou, une fois encore, pour exécuter une vengeance, porter le feu, la désolation et la mort ?

Au coin de la rue, il aperçoit les deux silhouettes de sa fille et de son compagnon. Il s'arrête, dissimulé sous un porche, les regarde traverser la rue et s'éloigner.

Il prend sa décision. Il reviendra un autre jour.

Quand il aura fini ce qu'il a à faire, il reviendra, habillé normalement et sous son vrai visage.

Il attend qu'ils disparaissent à l'angle et il reprend le chemin de la rue Ge'ula.

Ils ont l'air heureux. De quel droit prendrait-il le risque de venir troubler ce bonheur ?

37

Un peu plus tôt, au siège du Mossad, le café est servi dans le bureau de Mordechai Harari, le nouveau patron, et l'humeur n'est pas à la franche rigolade.

La mauvaise nouvelle est confirmée.

Le « vieux » Karlo, de son vrai nom le général Karlo Morgenstern, a décidé de venir fouler à nouveau de ses deux pieds déformés par les ans et les cors la terre sainte d'Israël.

Face à Mordechai Harari, en pantalon et chemise kaki, il y a deux hommes : le colonel Eitan Lipni, chef des informations et du renseignement, et Shmuel Leibovici, chef de la Metsada, c'est-à-dire des actions extérieures et, à ce titre, le responsable des kidons.

Curieusement, le plus récent dans le service est le général Harari.

Âgé de soixante ans, il a fait toute sa carrière dans l'armée, où il a dirigé les services de renseignements. Nommé depuis un peu moins d'un an, il a pour mission de remettre de l'ordre dans une maison qui traverse une crise profonde. Mais il sent bien, depuis plusieurs mois, que sa tâche sera difficile et de longue haleine, si elle n'est pas tout simplement impossible. Trop de mauvaises habitudes ont été prises. Trop de petits pouvoirs se sont constitués, peu soucieux de se coordonner et d'en référer aux autorités hiérarchiques. La confiance a disparu.

Eitan Lipni est un homme de la vieille école. Âgé de près de soixante-dix ans, personne n'a eu jusqu'ici le courage de lui indiquer la porte de sortie tant il est respecté mais surtout craint. Depuis quarante années qu'il est là, ayant gravi pas à pas tous les échelons du service, il a vu se succéder de nombreux directeurs. Plus les années passent, plus leur longévité raccourcit. Il est difficile de l'impressionner et, plus difficile encore, de s'en faire obéir.

De petite taille, d'origine polonaise, Eitan Lipni a une couronne de cheveux blonds curieusement frisottants posée sur le crâne et un visage aux rondeurs enfantines qui lui donne un air doux.

C'est une apparence trompeuse.

L'homme est dur, sans compassion ni faiblesse, convaincu que seules la force et la puissance peuvent avoir leur chance dans ce monde et qu'il ne faut jamais compter que sur soi-même. Tous ceux qui font un pari sur la bonté de la nature humaine, ou on ne sait quelle morale ou pitié inscrites dans tous les cœurs en lettres de feu, lui inspirent le plus cinglant mépris.

Davantage. Il les considère comme des dangers, donc comme des ennemis.

Shmuel Leibovici est, à l'inverse, un homme de la nouvelle génération, nommé pour rénover la maison et changer ses pratiques. Il est là depuis trois ans.

Âgé de quarante-sept ans, il a fait ses classes au Shin Bet pendant une dizaine d'années. C'est un ingénieur, formé au Ternion et au MIT, avec une approche moderne de sa fonction et une connaissance approfondie de toutes les nouvelles technologies.

Les récents échecs du service dans des opérations à l'étranger ont conduit à vouloir en changer la philosophie et les méthodes. Mais alors qu'une meilleure coordination est nécessaire entre les deux services, Lipni s'y refuse et Leibovici n'arrive pas à asseoir son autorité sur ses adjoints et sur ses agents. Sa prétention, sa froideur, sa méconnaissance du terrain, les protections dont il semble bénéficier au sommet de l'État, plus son parcours au Shin Bet, rien ne joue en sa faveur.

Il est posé sur son service comme un cheveu sur la soupe.

Harari s'est rendu compte à plusieurs reprises qu'il ne voit même pas passer les balles.

Le rusé et pervers Lipni, lui, ne les rate pas.

Ce matin, le général Harari n'est pas de bonne humeur. Tous ces types commencent à l'emmerder copieusement.

La vérité est simple. Les ordres n'ont pas été respectés.

Une cellule désactivée de kidons à la retraite a pu agir pendant plusieurs jours et conduire une véritable croisade, semant des cadavres sans scrupules aux quatre coins de l'Europe, et pas n'importe quels cadavres, sans qu'il en soit informé par ses propres services.

Lorsque les services étrangers ont demandé des comptes, la décision a été prise au plus haut niveau de fournir ces informations et de se démarquer totalement de ces pratiques. Ce qui a été fait.

Mais cette cellule a continué d'agir. Ils ont à l'évidence bénéficié de complicités en interne. C'est une certitude.

La conséquence ne s'est pas fait attendre. La Première ministre danoise, le secrétaire d'État américain et le secrétaire général de l'Otan leur sont tombés dessus, les accusant de duplicité. Le Premier ministre israélien lui-même l'a convoqué pour l'entretenir de l'opération Pinocchio et lui demander de se justifier. Il s'est fait copieusement remonter les bretelles.

Et là-dessus, comme si cela ne suffisait pas, le «Vieux», qui n'a pas mis un pied en Israël depuis vingt-trois ans, annonce tambour battant sa venue.

Pourquoi ?

Personne ne peut le lui dire.

Il arrive ce matin et il a fait savoir qu'il comptait rendre une visite de courtoisie au nouveau directeur.

Harari reste calme. C'est sa nature. Mais au fond de lui, il est aussi furieux qu'inquiet. Qu'est-ce que cela veut dire ?

Il a vraiment l'impression d'être pris pour un imbécile. Le dernier des imbéciles.

Cela ne fait même pas un an qu'il a été nommé et il sent bien que sa tête est déjà sur le billot.

Eitan Lipni sait que c'est lui qui est dans l'œil du cyclone. Mais il s'en moque. Il y a longtemps qu'il a appris à faire le dos rond. Ce cyclone n'est, à ses yeux désabusés, qu'un clapotis ridicule à la surface d'une flaque d'eau. Rien de plus.

D'autant qu'il considère avoir fait son travail. Il a rédigé plusieurs notes pour informer de la pénétration des grands groupes énergétiques et des états-majors de plusieurs puissances alliées, Otan compris, par l'idéologie antisémite des membres de l'ordre de Thulé. Mais la nouvelle génération est si ignorante et si brutale, refusant de se reconnaître d'autres ennemis que les Arabes, que ses notes ont dû finir au panier sans qu'il puisse dire si seulement elles ont été lues.

L'Iran, le Liban, les terroristes islamistes actifs dans le Sinaï et dans les Territoires, cela définit des priorités qu'il peut comprendre. Pourquoi se projeter à des milliers de kilomètres alors que la guerre est à leurs portes ? Pourquoi se créer des difficultés avec des gens qui, contre ces ennemis, peuvent être des alliés objectifs et précieux ?

Mais c'est une erreur. Un aveuglement. Une faute. Difficile de jouer aux échecs avec des stratèges qui jouent coup après coup et n'anticipent jamais.

Le général Harari se tourne vers lui :

— Eitan, Amos ne peut pas être avec nous. Il est à Washington pour préparer la visite du Premier ministre. Mais il m'a confirmé hier soir que les Américains sont prêts à tout laisser tomber. Ils vont essayer d'en convaincre les Français, les Espagnols, les Turcs et les Italiens.

C'est une bonne nouvelle. Les uns et les autres reviennent à la raison. Il faut dire qu'ils ont fait ce qu'il fallait pour les y aider. Eitan se contente d'un commentaire abrupt :

— Cela ne devrait pas être trop difficile.

C'est aussi une manière de se moquer et de faire comprendre que, s'ils laissent tous tomber, ce n'est pas parce qu'ils se sont convertis au pacifisme, mais uniquement parce qu'ils n'ont pas d'autre choix.

Le rapport de force s'est inversé. Point barre. Et il ne s'est pas inversé tout seul ou par l'action du Saint-Esprit.

Au fond de lui, Harari est d'accord. Les Américains ne sont pas des philanthropes.

Mais il ne veut pas se laisser marcher sur les pieds davantage :

— Donc, mon cher Eitan, vous nous confirmez bien ces *informations* ?

Il a appuyé sur le mot *information* pour lui faire comprendre qu'il lui fait un reproche professionnel. Ces informations, il aurait dû les recevoir de lui. Mais il en faut plus pour impressionner Eitan :

— Je n'ai pas eu de contact avec la CIA, mon général, ni avec l'Otan.

Cela est clair.

Et cela veut dire que, contrairement à d'autres, Eitan Lipni ne prend pas ses informations dans les services étrangers. Il n'a confiance en personne. Il considère que les seules informations fiables sont celles qu'ils obtiennent par leurs propres moyens. L'État hébreu ne doit compter que sur lui-même.

L'atmosphère est pénible.

Mais Lipni veut être encore un peu plus désagréable et montrer à Harari qu'il ne connaît pas son métier :

— La seule question qui se pose, mon général, c'est le prix qu'ils sont prêts à payer.

C'est bien évidemment la question que le général Harari a oublié de poser. Et Amos, son adjoint, n'a même pas évoqué ce point.

Lipni ne croit pas une seconde, connaissant le Vieux, qu'il n'a pas posé ses conditions. Certes, il a négocié. Mais il ne négocie jamais en position de faiblesse. Qu'est-ce qu'il a exigé ?

Le général l'interroge :

— Qu'est-ce que vous voulez dire ?

Il sent qu'on se rapproche de ce qui le préoccupe et ne se formalise pas de la leçon que Lipni vient encore de lui administrer.

— Je veux dire, mon général, que non seulement ils n'ont pas le choix, mais qu'en plus il y a un prix à payer. La paix a toujours un prix. Et cela ne peut pas être seulement la promesse de ne pas les poursuivre.

Harari comprend la logique. Et cela lui ouvre une piste :

— Vous pensez qu'il vient aussi pour me demander quelque chose ?

Eitan se contente de hocher la tête en signe d'approbation.

Il n'en revient pas. Il a l'impression d'être avec des débutants :

— Oui, mon général, c'est ce que je pense.

Shmuel Leibovici n'est pas très à l'aise. L'idée de fournir l'identité des membres d'une cellule de kidons, a fortiori d'une cellule historique et légendaire, ne lui avait pas semblé une idée de génie. C'est le moins que l'on puisse dire. Si quelqu'un avait voulu mettre le feu dans son service, il ne s'y serait pas pris autrement. Il se reproche de ne pas s'y être opposé plus fermement.

La question du général s'adresse aussi à lui et il faut qu'il sorte de son silence :

— Je ne sais pas, mon général. Mais je ne pense pas qu'il vienne nous féliciter. Il y aurait d'ailleurs peu de raisons de le faire.

Le général Mordechai Harari s'est figé.

Il sait que Shmuel dit la vérité. Il sait aussi que Lipni trouve cette vérité juste. Et lui-même n'est pas loin de penser la même chose.

Il comprend. Cette décision, purement politique, a été une folie.

Ils ont pris peur.

Et la peur est toujours mauvaise conseillère.

Harari veut détendre l'atmosphère :

— De toute façon, l'opération Pinocchio est terminée, messieurs. Tout le monde est d'accord.

Le silence se fait. Le général comprend que son optimisme n'a convaincu personne. Lui le premier.

Les Américains abandonnent, donc ils abandonnent, donc tout le monde abandonne. Formidable. Sauf que ce n'est pas la question. Cela, aucun d'entre eux n'en a douté un instant. Le problème est que ce qui a été fait a été fait. On ne peut pas prétendre que ça n'a pas eu lieu. Et, Lipni a raison, cela a nécessairement un prix. Pour les Américains. Mais aussi pour ceux qui leur ont passé la liste des agents. Nécessairement un prix. Mais lequel ?

Le général Harari se tourne à nouveau vers Lipni :

— Pensez-vous, Eitan, que des membres de la cellule pourraient opérer à partir d'ici ?

Eitan n'est pas surpris de cette question.

Depuis le début, il sait que c'est leur véritable inquiétude. Mais cela ne relève pas de sa compétence. C'est à Shmuel de répondre à cette question. Pour lui, les choses sont simples :

— Pour ce qui nous concerne, mon général, nous n'avons recueilli aucune information qui nous permettrait, à ce stade, d'étayer une telle hypothèse. Mais ce n'est pas parce que nous n'avons pas d'informations qu'il ne faut pas envisager cette éventualité. Si vous me demandez un avis plus personnel, mon général, je ne crois pas que cette hypothèse soit complètement improbable. On ne peut pas complètement l'évacuer.

En l'écoutant débiter son torrent de fiel, Harari songe que ce type aurait dû relever du conseil de guerre depuis longtemps. Pour insubordination et complot.

Il préfère en revenir aux considérations pratiques :

— OK, alors faisons le point. Vous savez à quelle heure *il* arrive ? Par où ? Où il va loger ? Il m'a demandé rendez-vous en début d'après-midi.

La façon dont Harari a prononcé son *il* comme s'il parlait d'un typhon ou d'un ouragan permet de mesurer son désarroi et son appréhension.

Eitan repose ses deux mains bien à plat sur ses cuisses :

— Le général Morgenstern arrive de Zurich par un vol direct ce matin, vers neuf heures. Il a réservé une suite à l'hôtel Hilton et les deux chambres voisines. On peut donc imaginer qu'il ne sera pas seul.

Harari l'interroge du regard en même temps qu'il lui pose d'autres questions :

— L'hôtel Hilton ? Il y a d'autres personnalités ?

Eitan lui tend une feuille sur laquelle figure une liste de noms. Le général la parcourt puis la passe à Shmuel, tout en s'autorisant un commentaire lourd de sous-entendus :

— À cette saison, il a eu de la chance de trouver de la place.

Les trois hommes se regardent sans ciller. Chacun sait que c'est parfaitement impossible. Le général se tourne à nouveau vers Eitan Lipni :

— Vous pouvez vous renseigner ?

C'est dit sans courtoisie particulière.

Lipni répond aussitôt :

— C'est fait, mon général. Il a réservé depuis très longtemps.

Le général hoche la tête.

Ils avaient donc prévu leur affaire de longue date. Il comprend mieux. Un sourire s'esquisse sur son visage grave, qu'il ne peut réprimer.

Ils se sont tous fait avoir.

Lipni note ce curieux sourire. Harari le surprend. Beau joueur.

Il leur propose de recommander du café. Tout le

monde est d'accord. Le jour est maintenant levé. Il est sept heures quarante-cinq à l'horloge du bureau.

Eitan n'a toujours pas la réponse à la seule question qui l'intéresse et qu'il n'a pas posée. Est-ce que le général compte recevoir le Vieux tout seul ou est-ce qu'il va le recevoir entouré de ses chefs de service ?

Le général a l'air de n'avoir pas tranché cette question.

Eitan se lève. Il regarde l'entrée, par où le Vieux va arriver tout à l'heure.

Tous ces gens vivent au jour le jour. Ils se laissent ballotter par les événements. Ce n'est pas sa façon d'envisager les choses.

Il a le pressentiment que des membres de la cellule sont déjà sur place, mais c'est à Leibovici de faire son boulot. Leibovici est une caricature. Il ressemble peut-être à OSS 117, avec son physique avantageux et son torse musclé, mais la vérité est qu'il n'a jamais été opérationnel. Il est inexistant.

C'est une nouvelle mode. Faire diriger des services par des gens qui n'ont jamais exercé le métier. Cela finira par leur coûter cher. Les trois hommes se séparent.

Eitan doit traverser la cour pour rejoindre son service. Ses collaborateurs occupent à eux seuls tout un bâtiment. Depuis des années, il n'a cessé de s'étendre. Il emploie maintenant près de trois cents personnes sur place, qui elles-mêmes sont en lien avec des milliers d'informateurs partout dans le monde. La réunion de service a lieu à huit heures trente, le temps pour chacun de faire le tri dans les données nouvelles de la nuit et de préparer une synthèse.

Lorsque Eitan s'assoit à son bureau, il trouve un Post-it d'Aron sur son journal. Aron est son plus proche collaborateur depuis vingt ans.

Il l'appelle. Aron répond tout de suite :

— Je descends. Je veux te voir cinq minutes.

Eitan n'a pas le temps d'ouvrir un dossier qu'Aron est déjà là. Il a maintenant plus de cinquante ans. Il a servi dans la Metsada, où il l'a repéré. Aron est l'inverse d'Eitan. Grand, sportif, brun, avec des parents d'origine égyptienne, il respire la force, la santé, le grand air.

Aron se cale dans le vieux fauteuil en bois et il pose ses coudes à la verticale :

— Il semblerait que notre ami Epstein soit arrivé ce matin. Un juif français, David Pikowski, arrivé par le vol de Varsovie cette nuit, s'est rendu à son domicile rue Ge'ula.

Cela a l'air d'amuser Aron. Il pose une photo sur le bureau d'Eitan. Celui-ci la regarde avec curiosité. Il confirme :

— C'est bien lui.

Il n'a eu aucune hésitation. Malgré le déguisement, il l'a reconnu au premier coup d'œil. Il l'aurait reconnu partout. Et sous n'importe quel accoutrement.

Le Vieux à l'hôtel Hilton, Sam rue Ge'ula, qu'est-ce que cela peut laisser présager ?

Aron voit bien qu'Eitan est perplexe et ce n'est pas rassurant.

— Et les autres ?

Aron secoue la tête négativement :

— Non, c'est tout. Personne d'autre.

Eitan sait que le Vieux et Samy peuvent compter sur de nombreuses complicités. Cela a joué à l'extérieur. Cela peut aussi jouer ici. Ce pauvre Leibovici ne contrôle rien.

Eitan se tourne vers Aron qui attend :

— Ce n'est pas la peine d'en faire les gros titres.

Aron ne cille pas. Ce n'est pas une surprise et il avait anticipé. Il est habitué à la prudence de Lipni et il aime, comme lui, les secrets. Cela lui semble le cœur précieux et délicat de leur métier :

— J'avais bien compris.

Eitan se lève. Il est un peu ému. Il serre le grand Aron dans ses bras comme un fils et puis il se met à la fenêtre.

Aron est parti.

Dans dix minutes la réunion de service pourra commencer. Ils ont gagné. Ils ont toujours eu un coup d'avance et personne n'a trouvé d'où venait la fuite. Des années de travail. Il songe à ce jeune Anglais qu'il a recruté et formé.

Herrings, cette petite ordure prétentieuse et sans scrupule, aurait dû être plus méfiant, ou plus perspicace, ou tout simplement plus amical.

Howitt a fait un excellent boulot. Il est insoupçonnable. Et il va continuer sa vie obscure, solitaire et méprisée d'agent infiltré.

Howitt est un grand soldat.

Eitan regarde la cour déserte. Le jour s'est levé. C'est grâce à des hommes comme Howitt, à qui l'histoire ne rendra jamais justice, qu'ils doivent de pouvoir vivre en paix.

Un homme silencieux, que personne ne remarque et qui ne demande rien.

38

L'opération Pinocchio est terminée. Il faut être stupide comme des officiers supérieurs de l'Otan pour l'avoir baptisée ainsi. Karlo n'en revient pas.

Il est au vingt-sixième étage de l'hôtel Hilton, sur le balcon de la suite présidentielle, et il regarde la ville sur sa gauche, la mer sur sa droite, et devant lui le trait de côte découpé d'abord par la longue bande de la plage, puis, plus loin, par la ville, le port, les rochers.

Kuntz est auprès de lui. Combien d'opérations ont-ils montées ensemble ?

De toutes, celle-là est la plus belle. La plus belle parce que la plus difficile. Elle est leur chef-d'œuvre.

Il regarde les gens sur la plage.

Une petite oasis de paix au milieu d'un monde en furie. Ils ont réussi à faire cela. Mais combien de temps cela pourra-t-il durer ?

Opération Pinocchio ! Ces gens-là abîment tout ce qu'ils touchent. Ils n'ont aucun sens de ce qui est grand et de ce qui est beau. Entre leurs mains, tout devient petit, ridicule, dérisoire.

Les *Bateaux* de Nicolas de Staël ? Un barbouillage. *Ulysse* de Joyce ? Un brouillon. La *Cinquième* de Mahler ? Un vacarme.

Sous ses yeux de vieillard, une civilisation s'effondre. La décadence des mœurs et du goût a maintenant atteint le commandement en chef. Des lâches et des traîtres. Pire encore, des aveugles et des pitres. Depuis que Kuntz lui a révélé le nom de code donné par les officiers de l'Otan à l'opération, Karlo ne décolère pas.

Il regrette de ne pas en avoir fait exécuter davantage.

Le Vieux regarde la ville depuis son balcon.

Les choses n'ont pas évolué comme il l'aurait souhaité. Mais ces femmes et ces hommes peuvent se sentir en sécurité et cela reste pour lui l'essentiel. Ne pas vivre dans la crainte permanente de sa faiblesse et de la violence. Refuser d'être des victimes.

Roland est allé voir la petite, mais il n'a pas osé lui parler. Karlo en comprend les raisons. Il faut d'abord qu'ils finissent ce qu'ils ont à faire.

Il quitte le balcon et rentre dans la suite présidentielle. Le vaste salon se divise en trois coins, l'un pour le déjeuner, l'autre pour travailler, le dernier pour recevoir.

Kuntz est en train de manger des fruits qu'il a pris dans une corbeille posée sur la table en signe de bienvenue.

Après le déjeuner, ils se rendront tous les deux au siège du Mossad pour voir le nouveau directeur, un certain Harari.

Karlo ne le connaît pas. Roland non plus. Personne ne peut savoir ce qui va se produire.

À Sofia, à Kiev, à Istanbul, à Vienne, à Budapest, à Riga, à Athènes, d'autres têtes de serpent doivent tomber.

C'est le prix à payer pour la paix.

Hans Ritter est mort. Il était sans doute le maître de la confrérie, le plus haut gradé. Mais la confrérie continue d'exister. Elle ne manque pas de recrues et de vocations. De fanatiques et de dévots. La guerre n'est pas finie. La guerre ne finira pas. Les fous ne sont pas ceux qui continuent de se battre. Les fous sont ceux qui croient que la paix est faite et qu'ils peuvent déposer les armes. Les fous sont ceux qui croient pouvoir dormir tranquilles.

Habillé en *frum*, Roland pèle des oranges. Il est le meilleur agent que Karlo ait jamais rencontré. Et il en a connu beaucoup. Karlo sait qu'il pourra compter sur lui même après sa mort. L'équipe a encore du temps devant elle. Tous ces imbéciles les ont pris pour des retraités. Un petit groupe de vieux agents mis au rancart. Ils ont pensé qu'il serait facile de se servir d'eux, de les manipuler.

Karlo sourit.

Ils ont construit leur scénario, identifié leurs cibles, planifié leur stratégie. Dix années de préparation. Et ceux qui se prenaient pour des chasseurs sont soudain devenus des proies.

En regardant Roland avec sa longue barbe, son chapeau, ses tsitsits, Karlo comprend ce qu'il a pu ressentir en voyant Ava et le bébé sortir de chez eux.

Il faut dire qu'il n'avait pas la tenue qui convient pour des retrouvailles. Roland repousse celles-ci au lendemain, comme si le lendemain allait être un autre jour. Cela porte un nom. L'espérance. Pourquoi pas ?

Karlo est très fatigué. Il faut qu'il se repose avant de se rendre à leur rendez-vous. Il a décidé de se rendre au quartier général rue Sha'ul-HaMelech seul avec Roland. Ses hommes attendront à l'entrée du Hadar Dafna Building. D'ici là, il veut manger et se reposer. Il est douze heures et les bruits de la plage où une foule s'est amassée leur parviennent. Le ciel est d'un bleu azur, sans tache. Pas un nuage ne se profile à l'horizon. La climatisation permet d'échapper à la fournaise.

Ils se mettent à manger en silence.

Kuntz ne se sent pas dans son état normal. Ce n'est pas du tout lié à ce qu'il leur reste à faire.

Depuis qu'il a aperçu sa fille portant son bébé sur le ventre et qu'il a pris la fuite comme un voleur, il est confronté à tout ce qu'il a mis tant de soin à ensevelir et à oublier durant toutes ces années.

Lui qui n'a jamais fui devant personne, il a fui devant son propre sang. Il a fui devant l'amour comme un lâche.

Cette idée le taraude. Il se méprise.

Il se souvient des paroles du rabbin dans la petite synagogue des déportés, enseignant au gamin la nécessité de faire face. Demain, il retournera dans le petit jardin et, cette fois, il se présentera à visage découvert. Demain, il ira vers eux et il les prendra dans ses bras.

Kuntz mange sans appétit, machinalement, la tête ailleurs.

Ce n'est pas le cas de Karlo, qui reste concentré. Chaque bouchée est comme un exercice spirituel, une transe douce, un début d'extase. Karlo est entièrement absorbé par sa sensibilité intérieure. Le monde extérieur a disparu.

Quand ils finissent de manger, Karlo revient à lui, comme s'il se réveillait d'un songe somnambulique ou d'une séance d'hypnose :

— Je vais aller dormir une heure.

Kuntz quitte la suite présidentielle, prend l'ascenseur, traverse le hall gigantesque de l'hôtel, marche sur Ben-Yehuda jusqu'à Ge'ula et remonte chez lui. Il quitte son déguisement, prend une douche, passe un costume élégant. Le soleil et la chaleur pénètrent dans le vieil appartement dont il laisse les volets ouverts.

Il est temps de partir.

Karlo l'attend à l'arrière d'une voiture noire, un modèle tout-terrain aux vitres fumées. Une autre voiture du même type est arrêtée derrière. Ils prennent la route du quartier général. Ni l'un ni l'autre ne dit un mot de tout le chemin. Ils sont juste contents d'être là. Ils sont juste contents d'être ensemble.

Arrivés devant les portes du centre, ils s'arrêtent à l'extérieur. Les hommes descendent. Ils sont quatre, plus les deux chauffeurs. Karlo descend à son tour et Kuntz le suit. Cela fait si longtemps qu'il n'est pas venu ici. Le bâtiment se dresse devant lui, un peu en hauteur, entouré de ses hauts murs, avec de grandes antennes sur les toits.

Karlo s'approche du poste de garde. Il marche difficilement. Le soleil tape encore dur, presque à la verticale dans le ciel.

En le voyant marcher si difficilement, le cœur de Kuntz se serre et il repense au jeune juif de la patrouille Sirius qui parcourait des milliers de kilomètres dans le vent et le froid en conduisant son traîneau tiré par l'attelage des chiens aux yeux bleus et verts.

Plus de soixante-dix ans se sont écoulés.

Qui pourrait reconnaître, dans cette silhouette de grand vieillard, le jeune soldat au corps d'athlète ?

Et pourtant, songe Kuntz, qui pourrait soutenir sérieusement que ce n'est pas, soixante-dix après, le même homme ?

Ils sont attendus.

Les deux soldats du poste de garde les regardent avec curiosité. Ils sont très jeunes.

Karlo traverse la cour lentement, à petits pas, de sa démarche de vieillard infirme, Kuntz à côté de lui.

Karlo est habillé d'un pantalon de toile bleue, de ses vieux godillots de terrassier et d'une chemise acrylique à rayures et manches courtes. Il a la tête nue et, malgré la douleur de ses jambes, il marche fièrement.

Il n'a trahi personne. Il n'a pas tué d'enfants. Il n'a fait que s'affronter au Mal.

Derrière ses lunettes aux montures d'acier, Kuntz devine les femmes et les hommes cachés derrière les fenêtres, des dizaines de regards braqués sur eux qui les observent avec intérêt, crainte et amitié.

Il aurait aimé que toute l'équipe soit là : Robert, les frérots, Marco, Gérard, Bernilde, Philippe, Aminata, Cheng et le colonel Chamblain.

Il aurait aimé avancer ici, dans cette cour, sous le soleil, avec Giorgio Bressan, le mafieux sicilien, avec Mohamed Jaffar, le prophète marocain, avec Ajar, le combattant kurde, ses amis sans lesquels ils n'auraient pas pu couper la tête des serpents et gagner la bataille.

Il aurait aussi aimé que Pia soit là, avec ses dents de nacre, ses yeux de lilas mauve et cet amour qui lui brûle le ventre et lui redonne l'envie folle de vivre, même au milieu des décombres et des ruines.

Ils pénètrent dans le grand bâtiment moderne.

Dans le hall, les noms des agents morts en service sont gravés sur une plaque de pierre plus claire qui occupe le centre et monte jusqu'au plafond, une plaque immense.

Le colonel Moshé Tibor les accueille à la porte.

Il salue Karlo en se mettant au garde-à-vous :

— Mon général.

C'est un homme de l'âge de Kuntz, crâne rasé, vigoureux, le visage tanné par le soleil. Il est en tenue d'officier. Son émotion est palpable.

Karlo et Kuntz le connaissent bien. C'est pour cela sans doute qu'ils l'ont envoyé à leur rencontre. Il a dirigé pendant longtemps la formation des nouveaux agents à la Midrasha. Aujourd'hui, il est un des adjoints de Leibovici.

Il leur serre la main avec force et il se met en retrait le temps que Karlo et Kuntz se recueillent devant la stèle. Il se recueille avec eux.

Beaucoup des agents morts en mission étaient leurs camarades. Certains étaient leurs amis.

Puis ils prennent l'ascenseur pour monter chez le général.

Toujours sans échanger un mot.

Harari n'est pas seul. Il a demandé à plusieurs officiers d'être présents : Eitan Lipni, Shmuel Leibovici, Moshé Tibor, Joseph Mendelsohn, le chef du service des relations extérieures et de la communication, ainsi que les deux correspondants de la sécurité intérieure et de la sécurité militaire, David Lévi et Noam Batov.

Le général Harari sent que la maison tout entière retient son souffle et que les centaines d'yeux qui ont regardé Karlo traverser la cour essayent maintenant de percer l'épaisseur des murs de son bureau pour assister à la réunion. Ce ne sont pas des hommes qu'il a devant lui. Ce sont des légendes, des mythes, des héros. Cela ne lui facilite pas la tâche.

Et puis Karlo passe son gros corps dans la porte.

Ils se lèvent tous comme un seul homme, le général plus lentement, presque à contrecœur. Ce n'est pas, psychologiquement, une bonne entrée en matière. Il le sait.

Ce gros bonhomme ne ressemble à rien. Il est vraiment très vieux. En le regardant, le général pense que les héros ne sont pas toujours conformes à l'image que l'on peut se faire d'eux.

Karlo ne ressemble pas non plus aux photos qu'il a regardées pour préparer la rencontre, les photos du général Morgenstern à l'époque de sa splendeur, un homme au corps athlétique.

Un pan de sa chemise à rayures de mauvaise facture sort de son pantalon sans ceinture, son pantalon de toile tombe sur des godillots sales et déformés par des pieds de vieillard. Ses lunettes ont des verres sales et épais derrière lesquels il est difficile d'apercevoir son regard. On dirait presque un clochard.

Derrière lui, Tibor reste droit, presque au garde-à-vous, et le fameux Kuntz observe chacun d'entre eux, le visage impénétrable et fermé, derrière ses lunettes noires. Cet homme est fidèle à sa réputation. Il est seulement plus petit que ne l'avait imaginé le général.

Ils se serrent la main avec une relative froideur et le général les invite tous à s'asseoir autour de la table.

Karlo s'installe le premier, face à lui, et Kuntz prend place à sa droite.

Un plateau avec un broc de citronnade sucrée est posé sur la table, flanqué d'une pile de verres en plastique. Le général leur propose à boire. Le vieil homme accepte d'un sourire. Tout ce mouvement lui a donné soif. Tibor fait passer le broc. Le silence se prolonge. Chacun observe le vieil homme qui fait comme s'il ne s'en rendait pas compte. Il a presque l'air absent.

Lorsque Tibor finit de remplir le dernier verre, le général se lance :

— Nous sommes heureux de vous voir. Cela fait longtemps que vous n'êtes pas venu. Vous vouliez me rencontrer ?

Le Vieux a pris son verre pendant qu'il parlait et il

a bu une gorgée. Le général s'est senti un peu déstabilisé. C'était sans doute le but.

Puis il repose son verre très doucement et sa voix, aussi douce que son sourire, se fait entendre dans un silence de plomb.

— Oui, merci, mon général. C'est effectivement moi qui ai souhaité vous voir.

Le général Harari attend qu'il poursuive, mais Karlo s'interrompt. Comme s'il avait oublié ce qu'il était venu lui dire.

Le général doit le relancer :

— Je vous écoute.

Le vieil homme hoche la tête. Il n'a pas l'air hostile. Ce n'est pas le cas de Kuntz. Ce type respire la violence contenue et la colère.

— Mon général, je suis maintenant, vous le voyez, un très vieil homme.

Harari n'en croit pas ses oreilles. Cela ne lui inspire rien de bon. Qu'est-ce qu'il veut ? Se faire plaindre ?

C'est à son tour de hocher la tête et de paraître attentif.

Karlo continue :

— Comme vous le savez, des événements se sont produits.

Le vieil homme plante ses tout petits yeux dans les siens. C'est aussi inattendu que brutal. Le général sait qu'il ne doit pas ciller. Il le regarde toujours fixement, mais il fait une légère pause :

— Ce qui est passé est passé. On ne refera pas l'histoire. Ni vous ni moi. Ni personne d'autre, d'ailleurs.

À qui songe-t-il ? Aux Américains ?

Puis il l'interroge directement :

— Je pense que vous êtes de mon avis ?

Le vieil homme ne lui laisse pas beaucoup le choix.

Le général doit créer une rupture, marquer son territoire.

Il doit reprendre la main :

— Qu'est-ce qui vous fait croire ça ?

L'ambiance se tend d'un coup autour de la table.

Le vieil homme n'a pas l'air de s'en émouvoir.

Il enchaîne sur le même ton doucereux et insupportable :

— La volonté qui est la mienne, mon général, de dissiper tous les malentendus.

Harari discerne dans ce ton mielleux qu'il ne supporte pas comme une affirmation de supériorité, donc de mépris. Mais il ne veut pas perdre son calme :

— C'est un projet tout à fait louable.

Il faut qu'il l'oblige à se découvrir un peu davantage :

— Mais de quels malentendus parlez-vous ?

C'est osé, mais c'est astucieusement joué. Le visage du vieil homme se ferme d'un coup et il scrute le visage de chaque officier autour de la table comme s'il les passait en revue avant de les exécuter.

Harari attend.

Le vieil homme prend son temps.

Le silence est lourd, épais, pesant.

Le seul bruit que l'on entend est celui de la climatisation qui s'est mise en route.

Puis le vieil homme regarde fixement sa main posée à plat sur la table et il soupire :

— Connaissiez-vous, mon général, le général Paulus ?

Il a l'air très affecté.

Harari fait non de la tête.

C'est un demi-mensonge.

Il ne l'a pas connu personnellement, mais il en a entendu parler. Qui d'ailleurs n'en a pas entendu parler ?

Le vieil homme secoue la tête. Il a l'air pensif :

— Vous avez beaucoup perdu, mon général. Le général Paulus était quelqu'un de bien.

Il a souligné les derniers mots, pour lui rendre hommage mais aussi comme s'il avait voulu en même temps marquer le contraste avec lui. Harari sait que, dans ce genre de situation, l'orgueil n'est pas un allié.

Il fait comme s'il n'avait pas noté l'intention blessante :

— Alors je le regrette. Mais pourquoi me demandez-vous ça ?

Il a réussi à retrouver un ton dégagé et avenant. C'est sa meilleure arme, dans ces circonstances.

Si le vieil homme parvient à dissimuler ses émotions, Kuntz, à côté de lui, n'y arrive pas. Il ne cherche pas à le faire. La haine se lit sur son visage dur et fermé comme un caillou. Si cet homme le pouvait, il l'étranglerait de ses mains.

Le vieil homme reprend comme si de rien n'était :

— Parce que, avant de mourir, le général Paulus

m'a fait parvenir une liste qu'il voulait que je vous transmette.

On y est.

Le général l'interroge, faussement étonné :

— Une liste ?

— Oui, une liste. Je vous l'ai amenée. Il faut toujours respecter les dernières volontés des défunts.

Il sourit et, en même temps, il sort de la poche de sa chemise un papier plié en quatre qu'il lui tend.

Autour d'eux, le silence s'est fait.

Le général Harari trouve ses hommes médiocres. Ils ne lui servent à rien. Ils sont au spectacle.

Il déplie la feuille. Elle contient une liste de noms, avec, à côté de chacun des onze noms qu'il a comptés, une ville et un pays.

— Merci.

Et il enchaîne, l'air dégagé :

— Vous savez de quoi il s'agit ?

Le vieil homme se fait évasif :

— Non. Mais le général Paulus, avant de se suicider, m'a dit de vous préciser que cette liste doit remplacer et effacer pour toujours une autre liste que vous auriez fait parvenir à des puissances étrangères. Sans doute par erreur.

Le silence autour de la table est à couper au couteau. Le général Harari acquiesce :

— Je comprends.

Harari sait qu'il n'est pas nécessaire de prolonger davantage cette réunion.

Pour prix de la paix, le Vieux lui a donné une liste

de cibles. Onze officiers supérieurs et responsables politiques à faire exécuter. Tous des membres éminents de la confrérie de Thulé.

Onze cibles, pour le prix de la paix, cela paraît à Harari un compromis acceptable. D'autant plus qu'à voir les noms, elles méritent toutes la mort qui les attend.

Tous les hommes autour de la table guettent sa réaction.

Harari sent que, pour la première fois, il a pris l'ascendant sur ses collaborateurs. Il faut surtout le conserver.

Il sourit et s'adresse à Karlo :

— Pour l'autre liste, je vous le confirme : c'était bien une erreur et nous allons tout faire pour la réparer.

Et il demande, pour détendre l'atmosphère :

— Vous connaissez les procédures ?

Cela ne manque pas d'humour.

Le visage du vieil homme s'éclaire :

— Si elles n'ont pas changé, général.

Harari sourit à nouveau :

— Elles n'ont pas changé, général.

Autour de la table, tout le monde est stupéfait. Même Kuntz ne réussit pas à masquer sa surprise.

C'est la première fois qu'il l'appelle ainsi : général. C'est bien joué.

Harari enchaîne aussitôt, prenant son avantage :

— Je me permettrai de vous joindre dès que possible. Vous restez un peu ?

La conversation a changé de ton. La tension est retombée.

— Un peu. Je suis à la retraite. Nous ne sommes pas pressés.

C'est sa façon de lui dire qu'il attend son appel.

Ils se lèvent à l'unisson et tous les autres font de même.

Le général attend Karlo dans le couloir. Kuntz suit.

— J'ai été très heureux de faire votre connaissance.

Le vieil homme lui serre la main chaleureusement :

— Moi aussi, général. J'attends de vos nouvelles.

Tibor les raccompagne.

Ils sentent les centaines de paires d'yeux qui se collent dans leurs dos comme des ventouses pendant qu'ils traversent à nouveau la cour. Le vieil homme a du mal à marcher. Ses jambes le font souffrir.

Dehors, les hommes de Karlo les attendent. Ils n'ont pas bougé.

Ils montent dans les voitures et reprennent la direction du Hilton.

À cette saison, la ville se transforme en station balnéaire. Des pères en short et des mères drapées dans des saris de plage traînent des gosses en tongs et des bouées géantes.

Derrière les vitres noires de la voiture, Kuntz et Karlo regardent ce spectacle avec effroi.

Resté dans son bureau, le général Harari passe la liste aux cinq hommes qui sont encore présents.

— Préparez-moi des scénarios. Je veux pouvoir les soumettre très vite.

Les cinq hommes présents opinent, puis ils sortent tous ensemble.

Dès que le général Harari se retrouve seul, il appelle sa secrétaire et lui demande de bien vouloir prévenir le Premier ministre qu'il souhaite le voir de façon urgente. Il se tient à sa disposition.

ÉPILOGUE

Kuntz est assis sur le banc du petit jardin, à la même place exactement que la veille. Mais personne ne pourrait dire, en le regardant, que c'est le même homme.

Celui-ci a un costume bien coupé, est rasé de près, porte une chemise blanche.

Ses courts cheveux gris sont bien peignés, il porte des chaussures de ville coûteuses et des lunettes de soleil avec des montures en acier argenté.

Il croise les mains entre ses jambes un peu écartées et regarde en direction de la porte du petit immeuble coincé derrière les deux parcs à jeux, au fond de la place.

Il est huit heures du matin, les premiers rayons du soleil commencent à taper sur les murs, mais le coin où il est assis est encore dans l'ombre.

La chaleur est douce.

Il a dormi chez lui, dans un appartement où rien n'a changé depuis dix ans, et il a bien dormi. Son rêve d'épuisement l'a abandonné. Les ours blancs n'ont pas eu besoin de le porter. La vieille Inuite ne l'a pas recueilli dans le petit café au milieu des explosions d'acier et de feu.

Tout était paisible et il a laissé la fenêtre ouverte pour que la fraîcheur de la nuit pénètre un peu dans la touffeur de l'appartement.

À cinq heures et demie, il s'est levé en même temps que le jour, il a fait un café et il est allé courir une heure le long de la plage pour trouver du courage. Cela faisait si longtemps qu'il n'avait pas dormi d'une traite six heures d'affilée.

Puis il est rentré, a acheté des croissants aux graines de pavot, s'est fait un autre café et s'est préparé.

Assis sur son petit banc, il regarde ses mains.

Il sait qu'elles sont rouges de sang. Mais qui d'autre que lui le voit ?

Il vient d'avoir cinquante-sept ans. Il n'est plus tout à fait un jeune homme.

Il a payé sa dette et porté son deuil.

Il n'a pas baissé la tête.

Maintenant, il lui faut apprendre à faire une place aux vivants.

Des gens sortent de chez eux d'un pas alerte, pressés. Ils se rendent au travail. Certains montent sur des vélos, d'autres s'installent au volant de leur voiture. C'est une agitation sans heurts. Personne n'a l'air intrigué par sa présence. Personne n'a l'air étonné qu'un homme en costume élégant attende ainsi sur un banc dans le petit matin, immobile au milieu de la ville.

Ils vivent en paix et ainsi, sans le savoir, ils donnent du sens à sa vie.

Lorsqu'Ava sort de chez elle, elle jette un coup d'œil directement dans sa direction. Elle a un pressentiment et le souvenir de l'homme qui est parti en courant la veille ne l'a pas quittée. Elle porte son enfant sur son ventre. Elle l'aperçoit aussitôt et s'immobilise. Il croise son regard.

Il se lève.

Ses mains sont glacées.

Ava vient à sa rencontre, avec ses longs cheveux bouclés, ses grands yeux sombres et son doux visage de madone.

Il se souvient de l'avoir portée contre son ventre comme elle porte aujourd'hui son enfant. Elle était sa gloire et sa joie.

Elle l'est toujours.

Elle s'arrête à cinquante centimètres de lui et elle le dévisage en souriant.

Elle est émue, mais moins que lui peut-être.

Il cherche à se donner une contenance :

— C'est ton fils ?

Et il regarde le petit enfant aux yeux clairs.

Elle lui dégage le visage pour qu'il puisse mieux le voir.

Kuntz ne sait plus que hocher la tête :

— Il est magnifique.

Ava rigole.

— Manquerait plus que tu me dises qu'il est moche.

Puis elle lui demande :

— Pourquoi tu n'es pas monté à l'appartement ?

Il voudrait la prendre dans ses bras mais, avec le petit sur son ventre, il ne sait comment faire.

Il passe sa main doucement sur sa joue.

Elle prend sa main dans la sienne, puis elle l'embrasse en la portant à ses lèvres :

— Tu es arrivé depuis longtemps ?

— Je suis là depuis avant-hier.

Elle comprend qu'il est bien l'homme qui s'était enfui le matin précédent.

Son regard l'interroge.

Il confirme :

— Je n'ai pas osé te déranger.

Elle s'arrête :

— Me déranger ?

Il cherche à expliquer ce qu'il a voulu dire :

— Après toutes ces années.

Elle coupe court :

— Je n'ai pas cessé de t'attendre. J'étais sûre que tu reviendrais.

Le petit bonhomme aux yeux bleus assiste à cette scène sans rien dire, mais il les regarde avec attention comme s'il comprenait ce qui se joue.

Kuntz se penche et embrasse l'enfant sur le front.

Ils se mettent à marcher l'un à côté de l'autre.

— Je vais le déposer à la crèche.

Il ne sait quoi dire.

Il marche avec sa fille et son petit-fils sur un trottoir de Tel Aviv en plein cœur de juillet et il est ahuri de bonheur.

Elle ne lui pose pas de questions. Parce qu'elle en

connaît mieux que personne les réponses. Et parce que ces réponses appartiennent déjà au passé.

— Le papa n'est pas là ?

Il l'avait vu la veille.

— Non. Il travaille à la maison.

En arrivant devant la crèche, il aperçoit, sur le trottoir d'en face, une silhouette qui lui est familière et qu'il reconnaîtrait entre toutes.

Ils ont fait ce qu'ils avaient à faire.

Le vieil homme met un doigt sur sa bouche.

Pour que Kuntz ne dise rien, ne traverse pas la rue et fasse comme s'il ne l'avait pas vu.

Trente années ont passé depuis que Karlo l'a recruté et a fait de lui son meilleur agent.

Peut-être l'a-t-il regretté un jour ?

Pour sa part, Kuntz considère que Karlo lui a donné mille fois plus qu'il ne lui a pris.

Au moment d'entrer dans la crèche, Kuntz pose la main sur l'épaule de sa fille et se retourne discrètement.

Mais la rue est déserte et le vieil homme a disparu.

PAPIER À BASE DE FIBRES CERTIFIÉES

Le Livre de Poche s'engage pour l'environnement en réduisant l'empreinte carbone de ses livres. Celle de cet exemplaire est de :
400 g éq. CO_2
Rendez-vous sur www.livredepoche-durable.fr

Composition réalisée par MAURY-IMPRIMEUR

Achevé d'imprimer en février 2017, en France sur Presse Offset par
Maury Imprimeur – 45330 Malesherbes
N° d'imprimeur : 215705
Dépôt légal 1re publication : mars 2017
LIBRAIRIE GÉNÉRALE FRANÇAISE – 21, rue du Montparnasse – 75298 Paris Cedex 06

64/3333/2